天喜文化

从声音到文字·分享人类智慧

第十七回至第十八回　大观园试才题对额　荣国府归省庆元宵（一）

第十七回至第十八回　大观园试才题对额　荣国府归省庆元宵（二）

第十七回至第十八回　大观园试才题对额　荣国府归省庆元宵（三）

第十七回至第十八回　大观园试才题对额　荣国府归省庆元宵（四）

第十七回至第十八回　大观园试才题对额　荣国府归省庆元宵（五）

第十七回至第十八回　大观园试才题对额　荣国府归省庆元宵（六）

第十七回至第十八回　大观园试才题对额　荣国府归省庆元宵（七）

第十七回至第十八回　大观园试才题对额　荣国府归省庆元宵（八）

第十九回　情切切良宵花解语　意绵绵静日玉生香

第二十回　王熙凤正言弹妒意　林黛玉俏语谑娇音

第二十一回　贤袭人娇嗔箴宝玉　俏平儿软语救贾琏

第二十二回　听曲文宝玉悟禅机　制灯谜贾政悲谶语（一）

第二十二回　听曲文宝玉悟禅机　制灯谜贾政悲谶语（二）

第二十二回　听曲文宝玉悟禅机　制灯谜贾政悲谶语（三）

第二十三回　西厢记妙词通戏语　牡丹亭艳曲警芳心

第二十四回　醉金刚轻财尚义侠　痴女儿遗帕惹相思

第二十五回　魘魔法叔嫂逢五鬼　通灵玉蒙蔽遇双真（一）

第二十五回　魇魔法叔嫂逢五鬼　通灵玉蒙蔽遇双真（二）

第二十六回　蜂腰桥设言传蜜意　潇湘馆春困发幽情（一）

第二十六回　蜂腰桥设言传蜜意　潇湘馆春困发幽情（二）

第二十七回　滴翠亭杨妃戏彩蝶　埋香冢飞燕泣残红（一）

第二十七回　滴翠亭杨妃戏彩蝶　埋香冢飞燕泣残红（二）

马瑞芳品读红楼梦

②

马瑞芳

著

天地出版社｜TIANDI PRESS

白鹿
© Bailu Studio

目录

001　大观园第一次整体亮相
　　——第十七回至第十八回　大观园试才题对额　荣国府归省庆元宵（上）

014　宝黛情真，皇家威重
　　——第十七回至第十八回　大观园试才题对额　荣国府归省庆元宵（中）

028　大观园"诗歌节"，贾元春点戏
　　——第十七回至第十八回　大观园试才题对额　荣国府归省庆元宵（下）

038　花袭人来了番"感情讹诈"
　　——第十九回　情切切良宵花解语　意绵绵静日玉生香（上）

049　宝黛情成永远的甜美追忆
　　——第十九回　情切切良宵花解语　意绵绵静日玉生香（下）

057　王熙凤按正统狠训赵姨娘
　　——第二十回　王熙凤正言弹妒意　林黛玉俏语谑娇音（上）

067　宝玉、黛玉首次"谈心"
　　——第二十回　王熙凤正言弹妒意　林黛玉俏语谑娇音（下）

075 | 袭人再次规劝宝玉
——第二十一回　贤袭人娇嗔箴宝玉　俏平儿软语救贾琏（上）

084 | 平儿救贾琏和丢失章回的回目
——第二十一回　贤袭人娇嗔箴宝玉　俏平儿软语救贾琏（下）

094 | 宝玉填词预示二宝悲剧
——第二十二回　听曲文宝玉悟禅机　制灯谜贾政悲谶语（上）

108 | 元春灯谜预伏贾府覆灭
——第二十二回　听曲文宝玉悟禅机　制灯谜贾政悲谶语（下）

120 | 《红楼梦》的"主场"——大观园
——第二十三回　西厢记妙词通戏语　牡丹亭艳曲警芳心（上）

133 | 共读《西厢》和闻曲惊心
——第二十三回　西厢记妙词通戏语　牡丹亭艳曲警芳心（下）

142 | 寒门子聪明伶俐，见机行事
——第二十四回　醉金刚轻财尚义侠　痴女儿遗帕惹相思（上）

155 | 小丫鬟眼空心大，欲攀高枝
——第二十四回　醉金刚轻财尚义侠　痴女儿遗帕惹相思（下）

164 宝玉、凤姐遭暗算
——第二十五回 魇魔法叔嫂逢五鬼 通灵玉蒙蔽遇双真

177 贾芸、小红主动出击
——第二十六回 蜂腰桥设言传蜜意 潇湘馆春困发幽情（上）

185 宝玉、黛玉躲躲闪闪
——第二十六回 蜂腰桥设言传蜜意 潇湘馆春困发幽情（下）

194 宝钗扑蝶——最有心计的行为艺术
——第二十七回 滴翠亭杨妃戏彩蝶 埋香冢飞燕泣残红（上）

205 黛玉葬花是绛珠仙子的人格宣言
——第二十七回 滴翠亭杨妃戏彩蝶 埋香冢飞燕泣残红（下）

大观园第一次整体亮相

——第十七回至第十八回　大观园试才题对额　荣国府归省庆元宵（上）

元妃归省在《红楼梦》第十七至十八回。回目名为《大观园试才题对额　荣国府归省庆元宵》，上句写贾宝玉随贾政巡视刚刚竣工的省亲别墅，下句写贾元春在元宵节这天回荣国府省亲。

贾政让贾宝玉在园中各处题匾额和对联时，"大观园"的名字还没有出现，这个名字是元妃归省时由她所题的。所以，宝玉题对额时，省亲别墅还不能叫"大观园"，但为了叙述统一，曹雪芹提前把"大观园"的名字用上了。

《红楼梦》是人与自然和谐共处之哲学论文

西方的一些评论家说长篇小说可以当作哲学论文看。《红楼梦》就是一部人与自然和谐共处的哲学论文，大观园带有点题性质。大观园有没有真实的园林作为原型？袁枚说大观园的原型是他家的随园。随园原为曹寅于1706年前后所建，曹家被抄家后，归江宁织造隋赫德所有，后隋赫德也被抄家，园子被袁枚买下，取名随园。我到过随园遗址几次，发现它并不是大观园的原型。有专家论证说大观园的很多地方以圆明园为原型。圆明园被英法联军烧了，从相关的记载来看，大观园有的地方（比如蘅芜苑）确实有圆明园的痕迹。不过，归根到底，大观园不是任何真实园林的再现，它是小说家想象的园子，就像每个神祇都需要一个庙宇一样，小说家也要给小说人物安排特定的活动空间。《三国演义》里，刘备到了隆中，隆中人杰地灵，诸葛亮就生活在这个地方，刘备三顾茅庐；《聊斋志异》中个性自由的婴宁住在野花烂漫的深山；曹雪芹给他笔下的人物设置的专属"庙宇"，是怡红院、潇湘馆、蘅芜苑等，组合起来就是大观园。

我想起三十多年前游上海大观园时，发生过一件有趣的小事。1982年，我到上海参加一次红学研讨会，红学家冯其庸、周汝昌、李希凡、《曹雪芹》的作者端木蕻良等都到会了，但会上最引人注目的是那些"红楼人物"。原来，上海市委把越剧电影《红楼梦》的主演们请来和红学家们交流学习。我们和贾宝玉、林黛玉、薛宝钗等角色的扮演者一块儿去看了上海大观园。贾宝玉的扮演者徐玉兰走到"怡红院"时，笑吟吟地说："我就在这个地方泡一杯茶，叫晴雯给我端来，在这儿好好看景。"她一抬头，又说，"这个地方怎么还有一个楼？怡红院里没有楼。"这位著名越剧演员看《红楼梦》看得那么仔细，竟然知道怡红院里没有楼。这是题外话，说明古典名著多么深入人心。

曹雪芹对大观园集中写了四次，第一次是宝玉题对额，第二次是元妃归省，第三次是贾母带刘姥姥游园，最后一次是凤姐抄检大观园，每次描写都各有侧重。而"大观园试才题对额"，是大观园在小说里第一次全面又有所侧重的亮相，也是贾宝玉这个杂学旁收的家伙，在这座建筑园林里的第一次亮相。这一回描写了聪慧杂学的贾宝玉和他那古板迂腐的老爹，以及他老爹养的一群清客游园题对额的故事。清客们肯定是有学问的，但他们为了突出宝玉而有意装蠢。

众星捧月显宝玉

贾政要带清客们游园，他说，按说园子里的匾额和对联应等贵妃亲自题，但如果等她来时再题，到时候就什么字也没有，不好看。清客们笑说，咱们先去看看，把它拟出来，如果贵妃觉得合适就用，不合适就以后再想办法。贾政表示同意，又说，但我素来对这块儿不大擅长，是不是得把雨村请来？清客们说，这倒不必，我们每个人都来拟几句，好的留下，差的弃掉就是了。于是一行人往园子而来。

宝玉因秦钟的死闷闷不乐，此时正在园子里散心，忽见贾珍走了过来。贾珍笑着说道，你还不出去，老爷一会儿就来了！吓得宝玉一溜烟就出了园子，没承想兜头就碰上他爹了。贾政平时嫌宝玉不好好读书，但是又听私塾老师说，宝玉擅长对对联，颇有些"歪才情"。既然今日偶然撞见了宝玉，便命他跟来。老爹要在特殊地点用特殊考题"面试"儿子。贾政心想：你不是不喜欢四书五经，喜欢读些唐诗宋词和对对联吗？我倒要看看你的水平到底怎么样。

贾宝玉果然大放光彩。贾宝玉的光彩是建立在清客们有意藏拙的基础上的。既然能做清客，就必得有点儿学问，能吟诗作赋，替主人捉刀代笔。难道这么多清客不及一个黄口孺子？当然不是。只不过是清客们知道，贾政要考察他儿子的学识，所以个个不露才华，故意拿二流甚至三流的题额和文不对题的对联敷衍了事，指山说磨，隔靴搔痒，衬托得贾宝玉脱颖而出。

　　贾政带宝玉进了园子，命人将园门关上。先看五间正门，上面桶瓦泥鳅脊；门栏窗槅，都是细雕新鲜花样；一色水磨群墙，下面白石台矶，凿成西番莲的图案。这些都是明显的苏州园林的特点，不落富丽俗套。贾政很高兴。他命人将先前关上的门打开后，只见迎面一带翠嶂挡在前面，更高兴了，夸奖这道绿色屏障的设计，说，如果没有这山，一进来园里所有的东西就都看见了，还有什么意趣？

　　他们顺着假山中的羊肠小道往里走，贾珍在前引导，贾政扶了宝玉跟在后头。小说家很注意这些细微的地方，儿子在身边，贾政不会扶小厮，得扶着儿子。贾政抬头看到山上有块白石，那是留着题字用的。清客们胡乱给出"叠翠""锦嶂""赛香炉""小终南"等拙劣的建议。宝玉说此处应题"曲径通幽处"。宝玉刚说完，清客们忙说，太好了，二世兄天分高，才情远，不像我们，读书都读呆了。贾政听了这些话当然高兴，嘴上却说，你们不要夸奖他，他不过是以一知充十用，再等等，看他会不会些别的。

　　众人进入石洞，就看到一道活水。这股活水从贾珍的会芳园——那个最污浊的地方——引到了曹雪芹心目中的伊甸园。接着众人看到绿树、清溪、飞楼、桥亭、池沼、白石，什么景致都有。宝玉又给亭子题了个"沁芳"。这次同样是清客们出了各种歪主意后，宝玉一语中的的。贾政说："再作一副七言对联来。"宝玉当时多大？十三岁，跟现在的初中二年级学生差不多大，但宝玉的国学底子好，他爹叫他写对联，他四顾一望，就念道："绕堤柳借三篙翠，隔岸花分一脉香。"亭子建在清溪上面，又有"沁芳"的匾额，对联的意思就是：水光澄清，借来堤上杨柳的翠色；泉水芬芳，好像分得两岸鲜花的香气。这副对联对得工整秀媚，很像古代的香奁体诗。贾政听了点头微笑，没有言不由衷说宝玉不行。清客们又是称赞不已。

有凤来仪却谓谁？

众人出亭过池，一山一石，一花一木，都仔细观看，但小说家没细写。接着众人忽然看到前面一个地方有千百竿翠竹遮映。这是哪儿？是将来林黛玉住的地方。众人进去一看，小小两三间房舍，一明两暗，院子里种着大株梨花、芭蕉，后院下面得泉一派，上面翠竹摇曳，下面清溪流淌。宝玉给这儿题了个匾额，叫"有凤来仪"。省亲别墅的题额要和皇妃联系在一起，皇妃回家叫"有凤来仪"，意思是凤凰飞来了。但按照曹雪芹的构思，真正的"凤凰"是谁？并不是给家族带来荣耀的贾元春，而是孤高自许的林黛玉，她才是真正的"凤凰"。

贾宝玉题"有凤来仪"，众人哄然叫妙，贾政也点头，儿子写得好，老爹服气了，但还得口不应心地说，畜生，畜生，真是"管窥蠡测"，再题一副对联来。宝玉信口就念道："宝鼎茶闲烟尚绿，幽窗棋罢指犹凉。""宝鼎"指茶炉，茶鼎沸时有绿色的烟，因为周围有溪水、竹子，环境异常幽静，在这里下棋，指头都会沾染凉意。匾额题得好，对联也特别得体，将此处翠竹遮映、绿荫生凉、溪水潺潺的景致形容臻至。有评论家曾说，把贾宝玉的这两句放到古代名家咏竹的妙句中也毫不逊色。当然了，这哪是这个十二三岁的小男孩想出来的，分明是曹雪芹想出来的。

贾政想起一件事，问贾珍，这个地方床、几、桌、椅都有了，窗帘、床围、桌围有了没有？是不是按照各个地方配置的？看来贾政也懂得一点儿空间美学。贾珍说，陈设的东西已经添了好多，都是按每个地方的特点配置的，听琏兄弟说，东西还不太全，但早就画好了图样，量好了尺寸，想必昨天得了一半。贾政马上派人把贾琏叫来。贾琏这段汇报也非闲笔，而是要告诉诸位：看看，大观园多阔气！只见贾琏从他的靴筒里拿出一张纸，看了看上面记录的内容，汇报说，各种各样的绸缎大小幔子一百二十架，昨天得了八十架，还欠四十架；帘子两百挂，昨天都拿到了；猩猩毡帘两百挂，竹帘有红漆的、黑漆的，还有五彩线络盘花帘，都是两百挂，总共八百挂，每样都得了一半，等到了秋天就都全了；椅搭、桌围、床裙、桌套，每样一千二百件，也都有了。

多么大的排场！窗帘、桌围、椅套，都是用什么做的？最高档的纺织品——妆缎、蟒缎、绣花、堆花、刻丝、弹墨。昂贵的纺织品用来做窗帘椅套，多么豪华奢靡！

贾宝玉给他爹讲课

几人一面说，一面走，眼前来到的地方是后来的稻香村。贾政很喜欢这个有很多杏花的地方，说，这地方叫我产生了归农之意。接着他又说，这个地方有土井、辘轳，分畦列亩种着菜，虽然是人造的，但挺有意思的。宝玉说，这地方不如"有凤来仪"。贾政说，你这无知的蠢物，只知道朱楼画栋，哪知道这个地方的清幽气象，说到底，还是因为你不读书！宝玉表面上说老爷教训的是，接着就反问，古人常说"天然"二字，不知是什么意思？这小子想造反了，竟然当场和他爹辩论起来！宝玉的意思是：你不是刚才还说这个地方是人造的，怎么现在又夸它有清幽气象？古人说要"天然"，这怎么讲？清客们赶紧打圆场。宝玉还是坚持他的观点，继续说，这地方远无邻村，近不负郭，背山山无脉，临水水无源，高无隐寺之塔，下无通市之桥，都是穿凿而成，和古人说的"天然图画"四字太不相宜。当爹的守着这么多清客被儿子教育一顿，简直要气晕了，下令道："又出去！"他叫小厮捺着宝玉的脖子把他轰出去。

在这之前，宝玉已给这个地方题名"稻香村"。他爹让小厮把他又出去，又叫他回来，命他再题一副对联，如果题得不好，就一并打嘴。生气归生气，毕竟宝玉说得有理。宝玉只好念道："新涨绿添浣葛处，好云香护采芹人。"意思是：在洗葛衣的地方新涨了碧绿的春水，在读书人的周围开满了祥云般飘着香气的杏花。葛是一种植物，其纤维可以做衣服。《诗经》中就有一首写一个很勤劳的新妇，她洗完所有葛衣才肯回家[1]，所以《毛诗序》说"浣葛"是后妃之德，这很合乎元妃的身份。后来元妃把这个地方命名为浣葛山庄。等林黛玉当"枪手"替宝玉写出"十里稻花香"的诗句后，元妃又将其重新命名为"稻香村"。贾宝玉确实杂学旁收，他的几副对联，都符合他所题对额地方的景色。

蘅芷清芬意味深长

众人继续游园。贾政看到一所清凉瓦舍，大主山所分之脉穿墙而过，就说，这房子很无味。他们进门之后，只见迎面突出插天的大玲珑山石，四面群绕着各种石块，把里面所有的房屋都遮住了，而且一株花木也没有。直到看到很多异草，有牵藤的，有引蔓的，

---

1 指《诗经》中《国风·周南·葛覃》里"言告师氏，言告言归。薄污我私，薄浣我衣。害浣害否？归宁父母"之句。"归宁父母"似与元妃省亲相对应。——编者注

有垂在山巅的，有穿在石隙中的，有绕在屋檐下的，有绕在厅柱上的，如翠带飘飘，香气馥郁，贾政这时才说有趣。这是哪儿？是将来薛宝钗住的地方。薛宝钗善于把心思藏起来，她住的地方就用大石头把房子挡了起来。我们不是用鲜花形容少女吗？她这儿没有花，都是异草，而且越冷越有香气，和冷香丸挂上了钩。贾政说，这么多草，也不知道都叫些什么名儿。宝玉又卖弄起他的杂学旁收，他口若悬河地介绍这个草叫什么，那个草叫什么，这个草的名字从哪儿来，那个草的名字从哪儿来，《文选》说了出来，《离骚》摆了出来，滔滔不绝。还没说完，他爹就喝道："谁问你来！"他爹很尴尬：我这当爹的不认得的草，你却全认得。贾政把宝玉喝住后，又叫他题额、写对联。这些地方将来直接采用了贾宝玉题的匾额和对联。为什么？宝玉小时候，是元春开蒙的，两人虽是姐弟，却情如母子。姐姐一听小弟弟能题对额且题得这么准确，当然高兴了，用吧！原来的题额并没有正式放在匾上，而是用灯笼吊着挂悬在那里，贵妃姐姐一点头，就正式做成匾额了。

"贾政因见两边俱是超手游廊，便顺着游廊步入。只见上面五间清厦连着卷棚，四面出廊，绿窗油壁，更比前几处清雅不同。"这处将来被叫作蘅芜苑的地方，其建筑模式、用料，和潇湘馆、怡红院都不一样。潇湘馆清雅，怡红院富贵，蘅芜苑是清雅表面下富贵，表面上看朴素得很，实际上极其考究。潇湘馆和怡红院的粉墙，是砖砌后抹上白灰，而蘅芜苑的水磨砖墙，是采用无缝对接的方式砌好，再用细磨石沾水磨光，这是建筑学上一种非常高档的砌法。蘅芜苑"五间清厦连着卷棚"，"卷棚"是没正脊的屋面，一般前面出廊，叫堂前敞轩，蘅芜苑四面出廊，更显气派。"绿窗油壁"不是单纯的板壁，是选用高档木料制成板壁后，再用精制桐油反复涂刷，做成之后板壁光洁平整，浑然一体，原来的木材被桐油严严实实地包藏起来，不叫你看到它本来的模样。这里的水磨墙、绿窗油壁、四面出廊，件件桩桩，貌似普通，实际豪华在骨子里。宝钗也是表面朴素，实际奢华，薛宝钗穿的一件半新不旧的玫瑰紫二色金七分袖上衣，其价值抵得上刘姥姥一家好几年的开销。将来薛宝钗住蘅芜苑，可谓居得其所。

蘅芜苑是曹雪芹为"珍重芳姿昼掩门"的大家闺秀薛宝钗量身定做的"庙宇"。就像蘅芜苑的房屋藏在玲珑山石背后一样，宝钗也有被遮挡的风光。她艳冠群芳，博学多才，温柔敦厚，柔婉谨慎，是按照封建妇德内外兼修的人，也是用淑女的"厚壳"隐藏真情怀的人。贾政当然能看透这个地方外表朴素，内里奢华，肯定也嗅到这里无处不在的"冷香"，所以他说："此轩中煮茶操琴，亦不必再焚名香矣。"贾政叫清客们题对额，清客们故意用"兰风蕙露""麝兰芳霭""杜若香飘"这些俗语，引出贾宝玉的真知灼见。宝玉说，这个地方应题"蘅芷清芬"，对联是："吟成豆蔻才犹艳，睡足酴醾梦也香。""吟成豆蔻才犹艳"出自杜牧《赠别》诗："娉娉袅袅十三余，豆蔻梢头二月初。"豆蔻未盛开时又叫含胎花，形容花刚欲开放时卷在嫩叶中的样子，通常用来比喻少女。"吟成豆蔻才犹艳"的意思是：写出杜牧那样的豆蔻诗后，才思仍很活跃。将来住在这里的薛宝钗确实是个才思敏捷的美女诗人。"睡足酴醾梦也香"则是描绘人在香气中睡觉，做梦都香甜的场景。匾额和对联都暗寓严格遵守封建礼教，德容言功俱全，散发着淑女芳香的薛宝钗。

接着众人来到崇阁巍峨、层楼高起的正殿。按说到了这儿，贾宝玉该好好题一题吧？恰恰不是，他走神了。他想起这地方像是在哪里见过一般，却又一时想不真切。实际上他在哪儿见过呢？太虚幻境。脂砚斋说，仍然归于葫芦一梦之太虚幻境，大观园是地上的太虚幻境。宝玉还在想着这事呢，贾政就命他快快题额、写对联。贾宝玉心思没在这上面，一时没有给出回答。清客们还以为宝玉被他爹的"现场面试"给折磨得才尽词穷了，再考说不定会给孩子急病了，就纷纷劝贾政说，明天再题吧。贾政也知道贾母最在意宝玉，就说，明天要是还不行，定不饶你！

怡红院是大观园中心

众人游大观园要出来时，才到了宝玉将来住的地方——怡红院。他们往外走，有清堂，有茅舍，有堆石为垣，有编花为牖，有佛寺，有丹房，众人都没停下来进去看看。等到了一个地方，贾政说进去歇歇。这个地方外面有碧桃花，粉墙环护，绿柳周垂，好美。进门后，院子里有几块山石，数株芭蕉，旁边还有一棵西府海棠。为什么海棠前面还要加上"西府"？因为西府海棠是海棠最名贵的品种之一，它特别红。这边是很绿很绿的芭蕉，那边是很红很红的海棠。贾政偏偏认识这海棠，他说这叫"女儿棠"，是从国外传过来的。贾政问这个地方题什么，一个清客说应该题"蕉鹤"——多不合题呀！哪来的仙鹤？而且只题了芭蕉，海棠上哪儿去了？另一个清客说该题"崇光泛彩"[1]——岂不成意识流了？清客们继续施展他们的伎俩，藏起自己的才能，让宝玉得以充分展示。贾宝玉就发了一阵子议论，最后说应该题"红香绿玉"。贾政却摇头说："不好，不好！"其实宝玉题得特别好，诸位不妨想一想："红香"是谁？贾宝玉；"绿玉"

---

[1] "崇光泛彩"典出苏轼《海棠》，是"有棠无蕉"。——编者注

是谁？林黛玉。怡红院是贾宝玉和林黛玉将来多次谈心的地方。

几人进入房内。只见房内四面都是雕空玲珑木板，木板上有山水人物、翎毛花卉、"岁寒三友"、"流云百蝠"、万福万寿，都是由当时的名手雕出。一个个格子放着各式各样的东西，有放书的，有放鼎的，有放笔砚的，还有放花瓶的，满壁满墙，玲珑剔透，都是根据古董玩器的形状抠成的槽子。放琴，就抠一个琴槽；放剑，就抠一个剑槽；放悬瓶，就抠一个瓶槽。大家纷纷赞叹说太精致了。

贾宝玉将来住的地方如此豪华，这次描写仅是一部分，将来还会写到怡红院的地板是什么样的。怡红院的地板，其豪华程度是现代人连想象都想象不出来的。

《脂砚斋重评石头记》己卯本在第十七、十八回前边的总批说："宝玉系诸艳之贯，故大观园对额必得玉兄题跋，暂题灯匾联上，再请赐题。此千妥万当之法。"有的版本把"诸艳之贯"改成"诸艳之冠"，这种改法是错的。贾宝玉不是"艳"，更不可能是"诸艳之冠"，脂砚斋所说的"诸艳之贯"指的是贾宝玉是贯穿诸艳的线索，若要论"诸艳之冠"，那也是双峰对峙的林黛玉和薛宝钗。

大观园是全书大关键

贾政带着宝玉游园，把未来大观园重点的几处地方都题到了。大观园里的匾额全是贾宝玉题的吗？不是的。到第七十六回，黛玉、湘云凹晶馆联诗时，黛玉说："当年舅舅试宝玉，叫他题额，他拟了几处，也有存的也有改的，也有还没有拟的，后来我们大家就把那些他没拟的都拟出来了，注了出处，一并带进去叫大姐姐看了，她又让带出来叫舅舅看，舅舅倒喜欢了，说：'早知这样，那天就该叫他们姐妹们一块儿去拟了，岂不有趣。'凡我拟的，一字不改都用了。"

大观园题额竟然是宝玉和黛玉等人合作的成果！

大观园被小说描绘成中国古代园林建筑文化的集大成者，是中国古代山水文化和文人诗词水乳交融的结晶，它为小说中的人物量体裁衣。小说家创造的楼阁厅堂，无不精准，每个地方都和将来要住在这个地方的人物命运个性相吻合。怪不得梁思成教授将《红楼梦》列入清华大学建筑系学生的必读书目。

元春归省后，下令叫姐妹们搬进大观园，宝玉跟进去读书。这样，从第二十三回到第八十回，宝玉和姐妹们在大观园有分有合的活动，成了《红楼梦》最有诗意的内容。大观园是长篇小说《红楼梦》的大关键，是伟大的小说家曹雪芹的大手笔。某个阶段，这个地方简直针插不进，水泼不进。贾政管不着，贾赦管不着，贾珍也管不着。年轻人在这儿绽放着烂漫的青春。怎么一个封建家庭竟能容忍出现自由的乌托邦？这似乎很不合情理。但是，这个乌托邦是为了贵妃归省而建立的，这就合情了；贵妃下旨，叫众姐妹和宝玉住进去，这就合理了。宝玉和姐妹们进大观园之前，每天要参加家庭的晨昏定省，基本以贾母为中心，缺少一个相对独立的空间，缺少一个年轻人集中表演的舞台——大观园就成了这样一个空间和舞台。后来连贾母都要跑进来，找年轻人乐一乐，她还把她的特殊客人刘姥姥也带到园子里来乐一乐。

大观园和快乐联系在一起。曹雪芹苦心营造出一个大观园，叫贾宝玉和林黛玉及其他姐妹过上一段舒心的日子，叫他们的诗才和个性充分发挥出来。我们将会在大观园看到宝钗扑蝶、黛玉葬花、湘云醉卧、宝琴立雪、菊花诗会、怡红夜宴，等等，非常富有诗意。

晴雯撕扇、补裘发生在大观园，苦命女香菱学诗、斗草也出现在大观园。当大观园被查抄，大观园里的儿女们丧失了难得的自由，灾难的来临才更加可怕。

宝黛情真，皇家威重

——第十七回至第十八回　大观园试才题对额　荣国府归省庆元宵（中）

　　程伟元、高鹗根据无名氏续书补订后四十回的同时，对前八十回从回目到内容都按照他们的政治理想和审美要求做了修改，第十八回回目叫《皇恩重元妃省父母　天伦乐宝玉呈才藻》。续书作者在后四十回一再强调皇恩浩荡，这种思想也影响到他对前八十回回目的篡改。阅读完第十八回的内容后，我们会发现：元妃省亲表现的哪儿是什么"皇恩重"，倒是实实在在的"皇威重"。元妃省亲体现的是"天伦乐"吗？也不是，实则是人性和亲情被皇威扭曲。乾隆一百二十回本第十七回回目是《会芳园试才题对额　贾宝玉机敏动诸宾》，第十八回回目是《林黛玉误剪香囊袋　贾元春归省庆元宵》，虽然算不上十分准确，至少还算中性，比较合理。

　　宝玉游园过程中，贾母怕他爹训他，几次派人想把他叫回去。贾政的小厮报告贾母说没事，宝玉这才把园子看完。贾政的小厮们觉得他们有功劳，说，如果老太太叫时，我们把你请回去，你就不能露脸了，得赏我们。宝玉笑着说，一人一吊钱。小厮们说，谁没见过那一吊钱，把你身上的荷包赏我们吧。说完一个上来解荷包，一个上来解扇囊，把宝玉身上七零八碎的贵族公子的小物件抢光了，然后把宝玉送到了贾母处。宝玉见过贾母，贾母知道贾政不曾为难他，心里很欢喜。

读到这里我特别感慨，祖母疼孙子，真是没话说。古今一理，当年我儿子比较顽皮，上小学时，有时老师因为熊孩子在学校不听话请家长，做爹的想触及儿子的灵魂甚至触及皮肉。每当老子想教训儿子时，我婆婆就会像黄继光堵枪眼儿似的挡到孙子跟前。祖母都是溺爱孙子的"贾母"。贾母这个人物形象太生动丰满了，要不然我怎么会在1982年就写了一篇名为《古今中外一祖母》的文章来专门分析她！

林妹妹错了，宝哥哥赔不是

宝玉回到房间后，袭人见他身上的物件全没了，知道又是那些没脸的东西解去了，看来小厮抢宝玉随身的东西不止一次，袭人已习以为常。但林黛玉不行，她担心宝玉受舅舅刁难，一早就在宝玉房间里等消息，一听这话，就对宝玉说："我给的那个荷包也给他们了？你明儿再想我的东西，可不能够了！"说完赌气回到自己房间。林黛玉很少做针线活儿，她本来正在精心给宝玉绣香袋，才做了一半，现下拿起剪刀就剪了起来。宝玉见林妹妹生气跑了，赶快赶了过来，见林妹妹在剪香袋，赶忙解开衣领，从贴身的棉袄上解下黛玉送的荷包，说："你瞧瞧，这是什么！我那一回把你的东西给人了？"宝玉把黛玉送的东西视若珍宝，藏在贴身的棉袄里，说明他看重林妹妹。黛玉没话可讲，又愧又气，愧自己不分青红皂白地埋怨宝玉，又气好不容易绣了个香袋，倒让自己剪了。黛玉刚刚为何生气？她绣的荷包不许宝玉给人，并不是黛玉小气，而是黛玉只允许宝玉一人接触她的东西。当初宝玉郑重其事地把北静王的鹡鸰香串奉给林妹妹，黛玉都要说"什么臭男人拿过的！我不要"，现在自己给宝玉绣的荷包给了贾政的臭小厮，她当然不高兴了。但是自己剪错了，她只好一声不吭。宝玉居然还想教训黛玉，把荷包撂到黛玉怀里，说，我连这个也还给你。谁知黛玉拿起来就剪，宝玉赶快回身抢住，赔着笑脸说："好妹妹，饶了他罢。"黛玉把剪子一摔，擦着眼泪说："你不用同我好一阵歹一阵的，要恼，就撂开手。这当了什么！"说着，黛玉赌气上床，面朝里躺下擦眼泪。宝玉上来"妹妹"长"妹妹"短，一个劲儿地赔不是。

明明是林妹妹错了，还得宝哥哥赔不是，为什么？因为在宝玉眼里，荷包事小，气坏林妹妹事大。宝玉有没有原则？有，他的原则就是林妹妹永远没错。林妹妹万一错了怎么办？宝哥哥赔不是。世界上就是有这样的事，颠颠倒倒，犯了错误的，反而得别人赔不是，这叫什么？这就叫深爱，深深的爱怜。这两人的感情还处于朦胧状态，所以特别好看。袭人说过，林姑娘一年未必做一件针线活儿，但她给宝玉做的香袋十分精美，这说明黛玉也在乎宝玉。宝黛之间的爱情难免有"求全之毁，不虞之隙"，越想十全十美，越可能发生误会。脂砚斋说这是儿女之情必有之事，但像宝黛之间这样细腻而痴缠的描写，在前人笔下甚少得见。《红楼梦》真是情痴之至文。

贾母一直在喊宝玉过去，听说宝玉在黛玉房里，贾母说："好，好，好！让他姊妹们一处顽顽罢。才他老子拘了他这半天，让他开心一会子罢。只别叫他们拌嘴，不许牛了他。"祖母把孙子当成心肝宝贝，怕他爹委屈了她孙子。她也很清楚宝玉和林妹妹在一块儿最快活，就叫他俩一块儿玩吧。贾母称宝黛为"姊妹们"，因为在贾母心中，他俩还是年纪很小的表兄妹。贾母不想叫他俩拌嘴，但他俩却经常拌嘴、每天拌嘴、时时拌嘴，原因是什么？因为黛玉想确认宝玉是不是在乎她。宝玉每每想告诉她，自己非常在乎她，但总会发生一些误会，所以两人常拌嘴。贾母说"不可牛了他"，有的版本写的是"牛"，有的版本写的是"扭"，都是不要违背宝玉意愿的意思。贾母真是宝玉的保护神。

黛玉被宝玉纠缠不过，起来说："你的意思不叫我安生，我就离了你。"黛玉还是不讲理，本是她找的事，却说宝玉不叫她安生，她要离开他。宝玉说："你到那里，我跟到那里。"这是宝玉最早发出的"誓言"，后来就一步步升级，直到黛玉死了，他跑去做了和尚。宝玉又要戴上刚才扔给黛玉的荷包，黛玉就来抢，说，你说不要了，这会儿又要戴上，我都替你臊得慌！一边说一边自己就笑了。两个人总这么拌嘴，为一点儿芝麻绿豆大的小事吵得不可开交，但是黛玉只要知道宝玉在乎她，她的怒气马上就会烟消云散，变得高兴不得了。

两人一块儿到王夫人那里去了，可巧宝钗也在那里。最后嫁给宝玉的是宝钗，但在小说里，宝钗和宝玉这样闹过别扭吗？一次都没有。宝钗总是正儿八经地教育宝玉要好好读书。他们结婚后，宝钗还是劝宝玉读书做官。即便后来他们举案齐眉，宝玉和黛玉之间的那种真情，宝钗也一分一毫都没有享受到。

戏班成立，妙玉入园

王夫人这儿正热闹着呢。原来，贾蔷从姑苏买来了十二个唱戏的女孩子，给她们聘了教习，买了行头。宝钗一家已搬到东北角一所幽静的房舍居住，把梨香院腾了出来给这些戏子们用。贾蔷本来就得到以三万两银子采买女戏子和行头的美差，现在又负责掌管小戏班，总理她们的日用出入银钱和采买物料，成了有固定肥缺收入的"高级白领"。

林之孝家的来汇报说，买来了十个小尼姑、小道姑，连她们的衣服都做好了。有个带发修行的官宦小姐，十八岁，法名妙玉。她随师父到长安观看观音遗迹和贝叶遗文，师父去世了，她本要扶师父的灵柩回乡，但师父临终说她现在不可回乡，她现如今在郊外的寺院住着。王夫人说，我们把她接来好了。林之孝家的说，我们请她了，她说侯门公府必定会以贵势压人，不肯来。王夫人通情达理，说，既然是官宦家的小姐，我们就下个请帖，派人备轿把她请来。

这一段有两处闲笔。一处是戏班子成立，贾蔷负责管理。这戏班子里面有个像林黛玉的小戏子，名叫龄官，她在元春归省时就出场了，后来还有单独的故事——龄官画蔷。另一处是妙玉来了。妙玉是贾宝玉在太虚幻境看到的金陵十二钗中唯一的贾府之外的人，同样以"玉"为名。《红楼梦》当中，以"玉"为名的有哪几人？宝玉、黛玉、妙玉、蒋玉菡、红玉、玉钏儿。宝玉和黛玉自不必说，妙玉能把粉红色生日贺帖送到怡红院，能把栊翠庵的大红梅花剪下来送给宝玉插瓶，足以说明两人交情不浅。而蒋玉菡是跟宝玉要好的男戏子。宝玉有个小丫鬟本来叫红玉，因和宝玉重了一个字，只得改名叫小红。玉钏儿的名字居然没给改掉。后来王熙凤不是发过牢骚吗？她说，都叫"玉"，都得了玉的益似的。这说明名字带"玉"字非常重要。

有人来汇报说工程上等着绫罗绸缎用，请凤姐去开楼拣绫罗绸缎。王夫人等人也在配合着贾珍他们建造大观园，忙碌不堪。终于，等到十月将近时，各种物什都齐备了。

读者中有没有像我一样，喜欢给《红楼梦》列时间表的？《红楼梦》里的时间像科幻小说，说长就长，说短就短。比如我们给它算一算：宝钗进府时，她哥哥薛蟠十五岁，她十三岁；闹学堂时，金荣的母亲胡氏说，薛蟠两年内给了他们七八十两银子，此时薛蟠十七岁，宝钗十五岁；金荣姑妈想去告状时，得知秦可卿病了，而在秦可卿病中，贾瑞死了，贾瑞死后过了近两年，贾府开始盖园子。盖园子用了多长时间？"又不知历几何时"。按常理说，盖偌大一个大观园，没个一两年，连园子的雏形都盖不起来，再加上装修，前后肯定是需要几年的。曹雪芹有意模糊，我们姑且算一年。贾政带宝玉游园时正值杏花开放，王夫人忙乱到十月将近，这又是一年。从宝钗进府到元春归省过了至少六年，宝钗进府时十三岁，六年过去，该十九岁了，按照时俗，这么大的女子，早该结婚了，孩子都该满地跑了。但元春归省后，叫姐妹们进园时，宝钗才十四岁！你这里时间流逝，贾府人的岁数就是不长！这是我看《红楼梦》经常感到莫名其妙、百思不得其解的地方。曹雪芹增删五次，时间上不太贴切，或者说太不贴切，我们姑且不算这细账。

贾母忙在路旁跪下

贾元春归省，得贾政题本，由皇帝批准，于第二年正月十五省亲。整个贾府连春节都没好好过。到了正月初八，就有太监出来看方向：哪个地方休息，哪个地方受礼，哪个地方开宴。又有巡察地方总理关防的太监来布设帷幕，指示贾府的人何处跪，何处启事，何处进膳，等等。另外还有工部官员并五城兵备道打扫街道，撵逐闲人。贾赦等督促匠人扎花灯，准备焰火，到了正月十四，所有准备工作全部齐备。这一晚，贾府上下都不曾睡觉。

到了正月十五五鼓，贾府的人都起来了。从贾母开始，按品服大妆，贾母得按照一品诰命夫人的品服，穿戴凤冠霞帔。邢夫人、王夫人、王熙凤等也都得按照身份化妆。众人一早就在荣国府门口呆等，过了老半天，才有太监来通报，说元妃晚饭后才请旨动身。用山东俗话说就是"起个五更，赶个晚集"。

晚饭后，贾赦带合族男子在西街口外迎接，贾母带合族女眷在荣国府大门外迎接，又是静悄悄地等了半天。终于，听到外面有马跑的声音，十来个太监气喘吁吁地跑过来拍手，大家知道是来了。一对红衣太监骑着马缓缓过来，把马赶出帷幕去，垂手面西站立。过了老大一会儿，又过来一对太监，还是把马赶出帷幕去，垂手面西站立。这样来了十来对太监后，才听到隐隐的细乐声——

　　一对对龙旌凤翣、雉羽夔头，又有销金提炉焚着御香，然后一把曲柄七凤黄金伞过来，便是冠袍带履。又有值事太监捧着香珠、绣帕、漱盂、拂尘等类。

举着龙形图案的旌，执着孔雀毛编成的后妃大掌扇，黄金龙头口中衔着香炉，里面焚着御香，明黄绸缎上绣着凤纹的顶部弯曲仪仗伞……然后，八个太监抬着一顶金顶金黄绣凤版舆，缓缓行了过来。

元春来了！贾母连忙在路旁跪下。祖母怎么能给孙女下跪？不可思议！但在当时却是天经地义的事，因为皇权高于一切，元春是皇帝的妃子，随着她的到来，所有人包括她的祖母都得下跪。而在贾母等女眷跪下之前，元春的亲爹贾政、亲伯父贾赦早就在西街口跪下了。元春进府时看到一个匾灯上写着"体仁沐德"，什么意思？太上皇和皇帝允许贵妃省亲，是天大的仁义，臣子都蒙受着皇恩。

石头感慨和元妃感叹

贾府为了迎接元春省亲，将大观园布置得豪华奢靡之极，仅窗帘、椅围、桌围就用了两万两银子。元春进园后，只见香烟缭绕，花彩缤纷，灯光相映，细乐声喧，说不尽的太平气象，富贵风流。

这时有"人"出来说话了，谁？石头。有趣不有趣，好玩不好玩？这就是《红楼梦》叙事的高明之处。《红楼梦》不是又叫《石头记》吗？石头到人间记录见闻，现在石头要以它的口气发表感慨：

——此时自己回想当初在大荒山中，青埂峰下，那等凄凉寂寞；若不亏癞僧、跛道二人携来到此，又安能得见这般世面。本欲作一篇《灯月赋》《省亲颂》，以志今日之事，但又恐入了别书的俗套。按此时之景，即作一赋一赞，也不能形容得尽其妙；即不作赋赞，其豪华富丽，观者诸公亦可想而知矣。所以倒是省了这工夫纸墨，且说正经的为是。

这是小说家借石头说话。石头说话是中国古典小说中一种特殊的叙事手法。下面石头还会再说一段话，此后石头就不大出来说话了。

元春看到：大观园金银幻彩，珠宝争辉，彩灯都是纱绫扎的，精致之极；河边石栏上的灯是水晶玻璃做的，点亮之后像银花雪浪；树上有"叶"有"花"；河里各种"彩禽"漂来漂去。

严冬时节，哪来的叶、花、鸟？原来，那些"叶"和"花"都是由通草、绸绫、彩纸做成，一个一个粘在枝上的。偌大一个园子，里面有多少棵树？需要剪多少片叶？造多少朵花？池子里的彩禽，像仙鹤、鸬鹚、鸳鸯什么的，都在水里漂着，它们是活的吗？不是，是手工制作的。费了这么多的金银，用了这么多的人工，只为让元妃在船上看一眼！这样的气派，连皇帝妃子看了都暗暗叹息太奢华过费了。元妃确实应该感叹，因为此时皇宫里边尚满目萧瑟，没有树叶，没有鲜花，没有禽鸟，她娘家造的园林，却有"叶"、有"花"、有"鸟"，这些都是花费巨资现造出来的。

造豪华省亲别墅导致贾府极度透支，因为讲排场、摆阔气，贾府本来尚未耗尽的内囊用光了。后来贾蓉曾说，过两年再省一次亲，就精穷了。

贾宝玉不是题了很多的匾额吗？贾元春在船上看各种景色，就要陆续看到自己弟弟的作品了。贾元春坐的船进入一个石港，她看到一个高悬的大灯笼上面有四个字——"蓼汀花溆"，这是贾宝玉跟着贾政游园的时候，走到河边题的。当时贾宝玉听到水声潺潺，看到清水从石洞泻出，上则萝薜倒垂，下则落花浮荡，落花、藤萝、碧水，美极妙极，于是贾宝玉化用唐诗来形容这小河美景。他化用的唐诗有两首：一首是唐代诗人罗邺的《雁》，其中有两句是："暮天新雁起汀洲，红蓼花开水国愁。"贾宝玉从这两句诗中化出"蓼汀"二字。另一首是唐代诗人崔国辅的《采莲曲》，其中有两句是：

"玉溆花争发，金塘水乱流。"贾宝玉从这两句诗中化出"花溆"二字。其实，"汀"是水边平沙，"溆"也是水边，"蓼汀"和"花溆"实际上意思相同。所以贾元春才会说："'花溆'二字便妥，何必'蓼汀'？"贾宝玉题的这个匾额，说明他懂唐诗，会化用唐诗。他的大姐姐给他改得更简练精巧，说明他的大姐姐更懂唐诗。这也可以理解，贾宝玉小时候的启蒙老师本来就是贾元春。

这时，石头又出来说：贾府是世代诗书人家，怎么会用一个小孩的题词来搪塞呢？倒真像是暴发新荣之家。你就听蠢物我给你说明白。当初贾妃没进宫时，从小是贾母教养，添了宝玉，贾妃像母亲教育儿子一样带着弟弟。宝玉三四岁时，元春已教了他几本书，认得几千个字。元春入宫后还常捎信给父母，交代他们这个弟弟得好生抚养。贾政叫宝玉在大观园题对额，且把宝玉题的都用上，就是有这段原委。请贾雨村这样进士出身的人题对额可能题得更好，但不如本家风味有趣。元春若是知道弟弟都能题对额了，肯定会很高兴。

元妃和祖母、娘亲呜咽对泣

元春下船上轿，看到上书"天仙宝境"四字的石牌坊，这是省亲别墅的正门，那四字会不会是贾政题的？倒好像有意引着大家联想起太虚幻境。贾元春说，换成"省亲别墅"四个字。进入殿内，她问，这个殿怎么没有匾额？太监说，这是正殿，外臣不敢擅拟。这是很讲规矩的，贵妃的亲弟弟可以这里题个匾额，那里弄副对联，但正殿必须由贵妃来题。元春点头不语。礼仪太监请贵妃入座，又安排贾府的人上前拜见。礼仪太监引着贾赦、贾政、贾母、邢夫人、王夫人等，分别排班，按皇家规矩拜见元妃。但元妃通情达理，一律下令"免"。

看过省亲别墅，元春起驾来到荣国府，这才算真正回家。按照封建礼法，出嫁的女儿回娘家，要向长辈行礼。元妃进入贾母正室，想行家礼时，"贾母等俱跪止不迭"，孙女要给祖母跪下磕头，祖母又给她跪下了！

元春封了贤德妃，是贾府莫大的荣幸。给家族带来莫大荣幸的大小姐回家，那该多么高兴啊！还不得整个贾府都充盈着欢声笑语？但元妃见亲人，却活像生离死别。元妃一只手搀了从小把她带在身边的祖母，一只手搀了生身母亲，满眼垂泪。三个人心里有许多话，都说不出口，只管呜咽对泣。为什么嫁出去的闺女回娘家，祖母和母亲只是和她拉着手哭？为什么不能把心事说出来？若元春嫁的是寻常人家，祖母和母亲得问问，你嫁到那边，公公、婆婆待你和善吗？丈夫宠爱你吗？但是她们不敢问，因为元春的婚姻对象是皇帝，一言不合就可下令罢官、抄家甚至杀头的皇帝。而且皇帝有三宫六院七十二妃，谁知皇帝宠爱不宠爱她？祖母和母亲绝对不敢问，这是个雷区。出嫁的小姐回娘家，祖母和母亲最想问的一个问题大概是什么时候能怀上孩子。但皇帝多长时间才去一趟元春那儿，元春能不能有喜，贾母和王夫人同样不敢问。寻常人家出嫁的女儿回娘家时要聊的话题，在元妃归省时都不能讲，也不敢讲。邢夫人、李纨、王熙凤、迎春、探春、惜春围绕在一旁，都垂泪无语。在任何场合下都能妙语连珠的王熙凤，怎么今天成了徐庶进曹营——一言不发？这完全可以理解，试想，聪明的王熙凤敢在贵妃面前口若悬河吗？

元妃半吞半吐地把心中的苦痛告诉了祖母和母亲："当日既送

我到那不得见人的去处，好容易今日回家娘儿们一会，不说说笑笑，反倒哭起来。一会子我去了，又不知多早晚才来！"说完又哭了。皇宫为什么成了"不得见人的去处"？因为那是一座"牢笼"，所有后宫的女子都是皇帝的玩物，不能见外人甚至自己的亲人。现在太上皇发恩典，家属可以定期进宫探望，有深宅大院的也可以归省，但这只是少有的机会。不像平常姑娘嫁出去，哪天想家了就回家看看。元春归省这一段，出现频率最高的动作就是哭，如"呜咽""哽咽""垂泪无言""哭泣"，好像不是皇妃衣锦还乡，倒像是她来和家人生离死别。实际上，元春归省确实就是一场死别，她再也没回来过。

至于"母女姊妹深叙些离别情景，及家务私情"，曹雪芹都不仔细描写，似乎诚心给读者留下这样的印象：元妃归省，气氛很悲伤。

父亲见女儿的世界之最

元妃见父亲太有趣了。"贾政至帘外问安，贾妃垂帘行参等事。"什么意思？当爹的隔着帘子跪下参拜自己的亲女儿，似乎不通情理，但非这么做不可，因为女儿是皇帝身边的人。元妃倒想和她父亲说几句心里话，她隔着帘子，流着眼泪，跟她爹说，那些庄户人家，虽然吃的是腌菜，穿的是布衣，但是一家人可以和和美美地享受天伦之乐；我们现在富贵到了极点，却骨肉分离，想想真没什么意思！元妃终于大着胆子把心中的苦闷对父亲说了出来，却得到一番不伦不类、令人啼笑皆非的回答。贾政含泪启道（臣子见皇帝的时候要启奏，"含泪"是父亲对女儿的情感，而这种情感又完全淹没在臣子对皇室的恭敬中）："臣，草莽寒门，鸠群鸦属之中，岂意得征凤鸾之瑞。"意思是：我这个做臣子的是穷人家，家里这帮女孩都是乌鸦、麻雀，没想到鸦雀窝里飞出您这么个金凤凰！贾政的话矫揉造作，言不由衷！贾府是寒门？不是。荣国公传到贾赦这儿已三代公卿。贾府的女孩都是乌鸦、麻雀吗？更不是。贾探春比起贾元春就一点儿也不差。贾政还要用颂圣的语气说女儿："今贵人上锡天恩，下昭祖德，此皆山川日月之精奇、祖宗之远德钟于一人，幸及政夫妇。"贾政还挺有创造性的，发明了一个新词。人们平时说某个人光宗耀祖，应该是"上昭祖德"，意思是祖宗的恩德降临到身上了。贾政却说"下昭祖德"，意思是祖宗的功劳再大，也不能和皇室并列。当贾政说到自己的女婿时，他表示，现在皇上恩准您回娘家，我们肝脑涂地也不能报于万一，只能兢兢业业，祝皇上万寿千秋。女婿叫女儿回一次娘家，成了天地生物之大德，古今未有之旷恩，老丈人只能跪下来高呼"万岁，万岁，万万岁"。身为贾元春生父的贾政，竟然用极其恭敬、卑微的语言，用奴才对主子说话的口气，来对亲生女儿说话，因为此时他的女儿不再是贾府大小姐，而是皇帝的代表。如此滑稽可笑地描写血缘关系的颠倒、尊卑上下的颠倒，是对皇权、孝道的莫大讽刺。

元春已明确说了在宫里很苦恼，贾政还得嘱咐她：务必恭恭敬敬、勤勤恳恳、兢兢业业地侍奉皇上。贾政一本正经地颂圣，把贾元春的悲哀压了下去，她不再哭了，摆出贵妃的架子教导父亲，以后要以国事为重。

贾政能在元妃跟前讲出一番非常到位的官场话语，当然是因为他在官场经过了多年历练。贾政见元妃，父亲见女儿，如此对话，在世界文学史上绝无仅有，可算世界之最。

关于元妃归省，有诗曰："豪华虽足羡，离别却难堪。博得虚名在，谁人识苦甘？"元春得到妃子的虚名，进了皇宫这一牢笼，不得不接受跟家人离别的苦痛，她心中的苦痛谁知道？古代文学中，描写皇妃苦恼的作品不是没有，如《长生殿》就曾写到杨贵妃怎样争宠，但关于贵妃和家人的生离死别从没有人写过，曹雪芹写元妃归省算是破天荒头一回。

大观园"诗歌节"，贾元春点戏

——第十七回至第十八回　大观园试才题对额　荣国府归省庆元宵（下）

　　元妃归省带来大观园里的第一个"诗歌节"，元妃点戏则预示了贾府的未来命运。

　　贾元春为人周到，她对薛姨妈一家及林黛玉在贾府居留的信息早已知晓，故在两府人行完礼后，问询道："薛姨妈、宝钗、黛玉因何不见？"然后，与薛姨妈等人叙阔别寒温。元春对宝钗和黛玉有"姣花软玉一般"的美誉。从贾政的奏闻中，元春得知省亲别墅的题额都是宝玉所题，含笑说"果进益了"，立即召见宝玉。宝玉先对姐姐行国礼，"元妃命他进前，携手揽于怀内，又抚其头颈笑道：'比先竟长了好些……'一语未终，泪如雨下"。如此简练的文字，描写出如此感人的姐弟之情，这在世界文学名著中也很难找到。

　　尤氏、凤姐"请贵妃游幸"时，贾宝玉成了导游，此次游览的是夜晚景色："早见灯光火树之中，诸般罗列非常。进园来先从'有凤来仪''红香绿玉''杏帘在望''蘅芷清芬'等处，登楼步阁，涉水缘山，百般眺览徘徊。一处处铺陈不一，一桩桩点缀新奇。"与贾政带贾宝玉游园的次序不同，能看出未来贾宝玉的住处和林黛玉的住处最接近。

　　元春跟贾宝玉以及两位"外戚"姑娘见面，是《红楼梦》里的重要情节，接着大观园里的第一次"诗歌节"和元妃点戏，都对后文的发展有重要意义。

元妃带来大观园里的第一个"诗歌节"

　　元妃游园后，在省亲别墅的正殿大开筵席，贾母等在下相陪，尤氏、李纨、凤姐等在桌边伺候。曹雪芹没写贾宝玉和众姐妹以及贾赦、贾政、贾琏、贾蓉等人坐在什么地方，估计都是旁席。大概是因为贵妃到来，家庭中常有的礼节——比如说贾赦、贾政在场时，尤氏、李纨、凤姐等人得躲起来——大概都可以忽略，毕竟皇权大于家法，也大于礼法。

　　元春命人笔砚伺候，自己先题上一块匾额和一副对联，匾额叫"顾恩思义"，是典型的颂圣。对联也是恭维皇帝的，曰："天地启宏慈，赤子苍头同感戴；古今垂旷典，九州万国被恩荣。"意思是太上皇允许妃子回家省亲，所有人都感恩戴德，全国百姓都感到恩荣。元春把省亲别墅命名为大观园，把她最喜欢的几处分别命名为潇湘馆、怡红院、蘅芜苑、浣葛山庄，又题了一绝：

　　　　衔山抱水建来精，多少工夫筑始成。
　　　　天上人间诸景备，芳园应锡大观名。

　　这首诗很有韵味，"天上"指太虚幻境，"人间"指红尘世界，"大观"包罗万象，从闺阁到官场，从民间到皇宫，从天上到地上。

大观园是地上的太虚幻境，但它和红尘世界有着刀割不断的联系。从此，大观园成为红楼青年男女的主场，主场背后是贾府的兴衰。

中国古典小说里，人物聚会常写诗，甚至曹操征伐敌人还要横槊赋诗。但由皇妃带来大观园里的第一个"诗歌节"，其他小说里从没有过。元春令众姐妹各题一匾一诗。这时元春已见过宝钗和黛玉，还感叹两个妹妹像娇美的鲜花、晶莹的美玉，一试才发现她们的诗也很出色。

元妃看过众姐妹的诗后，说："终是薛林二妹之作与众不同，非愚姊妹可同列者。"元春不是个出色的诗人，却是个不错的诗评家。宝钗和黛玉的诗在《红楼梦》里初露锋芒，其气度和文采已显出与贾府众姐妹的不同。

宝钗题的匾额叫"凝晖钟瑞"，意思是皇恩光辉凝聚。"晖""瑞"都是光辉之意。宝钗的诗歌颂皇帝恩典，歌颂元春像凤凰归来，归省显示皇室的孝化。她的诗雍容典雅：

> 芳园筑向帝城西，华日祥云笼罩奇。
> 高柳喜迁莺出谷，修篁时待凤来仪。
> 文风已著宸游夕，孝化应隆归省时。
> 睿藻仙才盈彩笔，自惭何敢再为辞。

说得多么得体！黄莺出谷，飞到皇宫变成了凤凰，蒙恩典回到家。皇妃的文辞这么好，我怎么还敢再写诗？

林黛玉题的匾额叫"世外仙源"，她的诗比宝钗的诗更似信手拈来，透着一股潇洒脱俗：

名园筑何处，仙境别红尘。

借得山川秀，添来景物新。

香融金谷酒，花媚玉堂人。

何幸邀恩宠，宫车过往频。

黛玉当然也得颂圣。诗中说园子像仙境，犹如当年石崇的金谷园，花儿映照着皇宫（"玉堂"）来的人，我们能参加宴会是邀了恩宠。黛玉的诗提到仙境，因为她本来就是从仙境下来的。

贾府三艳中，探春的诗稍微好一点儿，但也看不出太多的灵气；惜春的诗，头一句是"山水横拖千里外"，简直不知所云；迎春的诗最差，她为人怯懦，也没有什么想象力，她题的匾额是"旷性怡情"，诗句却没写出到底是什么美景以及如何心旷神怡，第二句和第四句，都是题额的反复，曹雪芹怎么能想象出这么符合"二木头"的蹩脚诗句：

园成景备特精奇，奉命羞题额旷怡。

谁信世间有此境，游来宁不畅神思？

皇妃"面试"，黛玉做宝玉的"枪手"

元妃重点考察的是她亲手教大的弟弟有没有长进。众姐妹都题了一匾一诗，而宝玉得以怡红院、潇湘馆、蘅芜苑、浣葛山庄为题各作一首。姐姐难得出宫见弟弟一次，本该是弟弟跟姐姐撒撒娇，两人好好叙叙的时刻，结果姐姐又"面试"起来了。宝玉在那儿挖空心思作诗，有两个人最关心他，那就是宝钗和黛玉。但两人关心的角度不一样。宝钗关心的是，你的诗千万不要叫元妃不高兴；黛玉关心的是，你一定要写首好诗露一手，你要是写不出来，我替你写。宝玉作完"潇湘馆"和"蘅芜苑"，正在作"怡红院"，起草的诗里有一句"绿玉春犹卷"，恰好被宝钗瞥见，宝钗趁没人注意，悄悄推宝玉说："他因不喜'红香绿玉'四字，改了'怡红快绿'，你这会子偏用'绿玉'二字，岂不是有意和他争驰了？况且蕉叶之说也颇多，再想一个字改了罢。"宝玉拿着袖子擦汗说，想不起蕉叶还有什么典故。宝钗悄悄说，你把绿玉的"玉"改成"蜡"就行了。宝玉傻乎乎地问"绿蜡"有什么出处，宝钗说，你今晚不过如此，将来金殿对策，大概连赵钱孙李都要忘了！唐诗中咏芭蕉的"冷烛无烟绿蜡干"你都忘了吗？宝玉听了豁然开朗，说："该死，该死！现成眼前之物偏倒想不起来了，真可谓'一字师'了。从此后我只叫你师父，再不叫姐姐了。"宝钗悄悄地笑着说道："还不快作上去，只管姐姐妹妹的。谁是你姐姐，那上头穿黄袍的才是你姐姐！你又认我这姐姐了。""那上头穿黄袍的才是你姐姐"，口气多么艳羡！宝钗曾待选陪公主读书，没选上，也就没有进宫的机会，更不可能穿上黄袍，现在见人家穿黄袍，心里是何等地羡慕。

黛玉只写了一首诗，一身的文采没完全展示出来，正有点儿不畅快，看到宝玉一人作四首，心想：我何不替他作两首？就问宝玉，都有了吗？宝玉说，有了三首，就缺"杏帘在望"了。黛玉说，你先誊抄前面三首，等你抄完我就替你作出最后一首了。她说着低头一想，马上就有了，将诗写在纸条上，搓成团子，扔到了宝玉跟前。

可笑不可笑？皇妃亲自"面试"，竟然还有人作弊！看来元春也不是一个好监考官。宝玉打开一看，发现黛玉写的这一首比自己写的三首高过十倍，赶快恭恭敬敬地抄了呈上去。诗曰：

杏帘招客饮，在望有山庄。

菱荇鹅儿水，桑榆燕子梁。

一畦春韭绿，十里稻花香。

盛世无饥馁，何须耕织忙。

林黛玉替贾宝玉写的这首诗，比她自己的《世外仙源》好得多，简直太有韵味了！就是放到唐诗里，也能和那些著名的田园诗有一比。特别是中间四句，用绝妙的对仗写出了山庄的美景。"菱荇鹅儿水"，写水面有白杆紫红色叶子的荇菜，鹅在荇菜间嬉戏；"桑榆燕子梁"，写燕子在桑树和榆树之间飞来飞去，忙着筑巢。春韭是绿的，稻花是香的，一片丰收景色。

穿黄袍的姐姐一看，弟弟的诗作得这么好！她说，最好的是《杏帘在望》。因为有"一畦春韭绿，十里稻花香"之句，可以算作名句，元妃立即把她已命名为"浣葛山庄"的地方改名为"稻香村"。

元妃点戏埋藏贾府命运

作完诗就该点戏了。什么叫点戏？就是戏班子准备好剧目，把戏单拿来，由元妃挑选。现在常演的京剧曲目《失街亭》《空城计》《斩马谡》等，元春是看不到的，只能点昆曲。为什么呢？因为京剧这一剧种是乾隆晚年徽班进京后才逐渐走向成熟的。演戏的女孩们都住在梨香院，由贾蔷总管，还有教习带领管理，俨然是一个完整的剧团。这个戏班子仅仅是为了迎接元妃省亲，为了摆阔气才设置的吗？不全是，这个戏班子还将在贾府存留相当长的时间。他们将要演的戏对红楼人物的命运起着重要的暗示作用。元妃一共点了四出戏，第一出《豪宴》，第二出《乞巧》，第三出《仙缘》，第四出《离魂》。这四出戏对贾府的命运以及贾府主要人物的命运，都起到了预示作用。

贾元春点的第一出戏是《豪宴》，脂砚斋评曰："《一捧雪》中，伏贾家之败。"《豪宴》是清初戏剧家李玉的名作《一捧雪》中的一折。《一捧雪》讲的是莫怀古家有玉杯一捧雪，严世蕃向莫怀古讨要，莫怀古把复制品送去。莫怀古的门客汤勤向严世蕃告密说玉杯是假的。严世蕃把莫怀古害得家破人亡。《豪宴》一折演的是莫怀古因补官到京城，以世交关系拜谒严世蕃，把门客汤勤推荐给严世蕃。他们一边喝酒一边看戏，他们看的戏叫《中山狼》，暗示汤勤是中山狼。按说元春不该点这样的戏，但她偏偏点了，实则是曹雪芹安排她点的，是为小说的整体构思服务的，因为将来贾府会发生和《一捧雪》相似的事件：贾赦看中石呆子的扇子，即使出价一千两银子一把，石呆子也不肯卖。贾琏没要来，被贾赦胖揍一顿。贾雨村滥用权力，说石呆子欠官府的银子，将石呆子家产罚没，把他的扇子抄了来，白送给贾赦。贾赦为了一把扇子，害得石呆子家破人亡，是贾府被抄的原因。所以《豪宴》"伏贾家之败"。

如果仅仅是贾赦恃强凌弱，还不至于导致贾府败落，因为贾府在朝里有人，贾元春还在。贾府败落的主要原因是贾元春死了。这正是贾元春点的第二出戏所预示的。第二出戏《乞巧》，脂砚斋评曰："《长生殿》中，伏元妃之死。"《乞巧》演的是杨贵妃七月七日在长生殿乞巧，唐明皇对天发誓愿和杨贵妃生生世世为夫妻，永不分离。不久，安史之乱发生，唐玄宗逃难，行至马嵬坡，六军不发，要求处死杨国忠和杨贵妃。唐玄宗无可奈何，只好下令将杨贵妃勒死。

元妃也有很大可能是被皇帝下令上吊而死的。第五回贾宝玉听到关于元妃的曲子里有一个词叫"荡悠悠"，可以形容灵魂飘荡，也可以暗示活人被白绫吊起来。所以元妃可能是自缢而死的，也有可能是被勒死的。《乞巧》借杨贵妃之死预伏元妃之死，而元妃之死又成为贾府败落最重要的原因。

元春点的第三出戏《仙缘》，脂砚斋评曰："《邯郸梦》中，伏甄宝玉送玉。"《邯郸梦》即《邯郸记》，是明代戏剧家汤显祖的名作，根据唐传奇《枕中记》写成。《邯郸记》讲的是穷书生卢生梦中人富人贵，出将入相，又因官场内斗，被贬到云南。卢生醒来时发现，他入梦时店家蒸的黄粱米饭还未熟，他自觉泼天的富贵，也不过黄粱一梦，于是看破人生，被吕洞宾引渡上天，接过八仙之一的何仙姑手中的花帚扫花。脂砚斋认为，这出戏预伏将来甄宝玉送玉。因为曹雪芹《红楼梦》后三十回丢了，我们不知道甄宝玉为什么要送玉，送玉会导致什么后果。我怀疑这实际上预示了贾宝玉会像卢生一样看破人生出家。

第四出戏《离魂》，脂砚斋评曰："《牡丹亭》中，伏黛玉之死。"《离魂》是《牡丹亭》里的一出折子戏，讲的是官家小姐杜丽娘梦中和书生柳梦梅在牡丹亭畔幽会，梦醒后病倒了，带着对爱情的渴望离开了人世。可以想见，林黛玉应像杜丽娘一样，躺在潇湘馆的榻上，在连宵夜雨中为贾宝玉泪尽而逝，肯定不会是程高本后四十回中的"掉包记"等似乎很有戏剧性实则很浅表的情节。脂砚斋的评语透露，黛玉死后，宝玉再到潇湘馆，看到的是"落叶萧萧，寒烟漠漠"。

元春省亲点戏，对整个贾府及主要人物贾宝玉、林黛玉、贾元春的命运做了预示。脂砚斋说："所点之戏剧伏四事，乃通部书之大过节、大关键。"什么叫"通部书"？就是不仅包括前八十回，还包括丢失的后三十回。脂砚斋是看完全书后才这样说的。脂砚斋曾在第五回对应贾元春的曲子旁边批了一句"悲险之至"，悲到什么程度？险到什么程度？元妃究竟是怎么死的，可能是《红楼梦》最有趣的一个谜。

点戏的时候出现了一个小插曲。元妃夸奖一个叫龄官的小旦唱得不错，叫她再作两出，不管作什么都行。戏班总管贾蔷令龄官唱《游园》《惊梦》两出，因为她刚才唱的《离魂》是《牡丹亭》里的，已得到表扬了，何不把《牡丹亭》前面两出再唱唱？谁知，龄官是个有个性的：你叫我唱《游园》《惊梦》，我偏不唱，我要唱《相约》《相骂》。《相约》《相骂》是明代《钗钏记》里的两出折子戏，和《游园》《惊梦》不一样，这两出戏演的是丫鬟和老夫人拌嘴的场景。贾蔷拗不过她，只得随她去。《红楼梦》里一些很小的角色，只要一出来，个性都很鲜明。

龄官能得到元妃的赞赏很不简单。想想看，元妃在宫廷里看了多少御用戏班子唱的戏？而且，皇帝有时候还会从地方调最好的戏班子进宫唱戏。

写完诗，看完戏，元妃开始例行赏赐。贾母的是金、玉如意各一柄，沉香拐杖一根，念珠一串，还有金锞、银锞、宫绸、宫缎。邢夫人和王夫人的，除了没有金、玉如意和拐杖，其他的与贾母相同。贾敬、贾赦、贾政的，都是御制新书、宝墨以及金、银酒杯。宝玉和姐妹们得到御制新书、宝砚和金银锞。贾环生病没来，曹雪芹特别会调度，贾环登不得大雅之堂，所以"不失时机"地生病了。还有千两金银赏给两府的下人。赏赐面面俱到，但比起贾府盖大观园的开销，只能叫九牛一毛。

贾元春最后到大观园里的佛寺题了个匾额，叫"苦海慈航"。这几乎是她本人和贾府命运的写照。他们都得在苦海中苦苦挣扎，希望能得到解脱。

执事太监报告说，时辰到了，该起驾回銮了。元妃临行前嘱咐道，如明年还能归省，千万不要这样奢华靡费了。贾母等已哭得说不出话来。贾妃不愿意告别亲人，但皇家规矩不能够违抗，只得忍着眼泪上轿子回去了。其他人安慰着贾母，将她扶了回去。

贾妃还能不能再省亲？不能。所以她这一次和家人的生离，实际上是死别。

花袭人来了番"感情讹诈"

——第十九回　情切切良宵花解语　意绵绵静日玉生香（上）

　　元妃归省完回宫，贾府的一件大事总算是完成了，接下来几回写的似乎都是一些琐事，但在小说中有着重要的价值。

　　第十九回《情切切良宵花解语　意绵绵静日玉生香》，回目对仗工整，含义温婉。上句说花袭人以柔情蜜意控制宝玉，向他提出"约法三章"。"花解语"从唐玄宗形容杨贵妃是"解语花"而来。李白写杨贵妃"名花倾国两相欢，常得君王带笑看"，袭人姓花，自认为铁定是宝玉身边的人，于是想操纵宝玉的人生轨迹。她擅长以软语劝宝玉，所以叫"花解语"。下句说宝玉和黛玉之间温馨玩笑，展示出宝黛爱情处于苗头阶段时的美好情态。"玉生香"是指宝玉嗅到黛玉身上的香味，编出小老鼠偷香玉的故事。二玉正在从要好的表兄妹向恋人的关系过渡。

　　这一回开头，似乎无意中提到王熙凤身子欠安。在轰轰烈烈地协理宁国府的过程中，已写了王熙凤失眠，写了王熙凤对宝玉说乏得浑身生疼，而元妃归省之后，荣国府"人人力倦，各各神疲"，而王熙凤第一个事多任重，"别人或可偷安躲静，独他是不能脱得的；二则本性要强，不肯落人褒贬，只扎挣着与无事的人一样"。如此年

038

轻，已经需要"扎挣着"管家，可见王熙凤的病根不浅。

茗烟的风流事是"花解语"的导线

袭人的母亲接袭人回家吃年茶。宝玉无聊已极，便到东府放灯看戏。东府唱的戏宝玉一点儿都不喜欢。宝玉爱看《游园》《惊梦》这类文艺青年喜欢看的戏，贾珍却喜欢热热闹闹的戏，他点的都是诸如《丁郎认父》《黄伯央大摆阴魂阵》《姜子牙斩将封神》《孙行者大闹天宫》等戏，神鬼妖魔，敲锣打鼓，喧闹之极。宝玉坐了一会儿，想到这边有个小书房，里面挂着一轴美人图，那美人恐怕很寂寞，得去看看她。宝玉竟然关心起挂在墙上的美人，活脱脱一个绝代情痴。脂砚斋评曰："极不通极胡说中写出绝代情痴，宜乎众人谓之疯傻。"

平时宝玉到哪儿去都有人前呼后拥，偏偏这次他是自己来的，刚到窗前就听到房间里有动静，吓了一跳，心想：难道是美人活了吗？于是舔破窗纸往里面一看，了不得，茗烟在干警幻所训之事！宝玉一脚踹开门进去，那两人赶忙分开了，吓得浑身发抖。茗烟一看不是贾珍的人，就不害怕了，知道宝玉不会把自己怎么着，跪求不迭。宝玉说："青天白日，这是怎么说。珍大爷知道，你是死是活？"再看看那个丫头，长得倒还白净，羞得满脸通红。宝玉对那个丫头说："还不快跑！"那个丫头飞也似的跑了出去，宝玉再赶出来喊道："你别怕，我是不告诉人的。"急得茗烟在后面叫："祖宗，这是分明告诉人了！"宝玉问茗烟那丫头几岁了，叫什么名字。听茗烟连她多少岁都不太详知，宝玉说，她真是白认得你了，可怜！

贾宝玉不仅爱林黛玉，也爱惜大观园里的群钗，他还爱护身份低贱的小戏子，连这个跟茗烟搞鱼水之欢的丫鬟，他都是爱护的。他叫偷情的丫鬟"快跑"，又赶出去告诉她"我是不告诉人的"，这两句话把宝玉爱护女性的本性写得"搜神夺魄、至神至妙"。鲁迅先生说贾宝玉"爱博而心劳"，可谓非常恰当。这样的人物，在《红楼梦》之前的小说、戏剧中从来没有出现过，对于宝玉这一形象的典型意义，脂砚斋似乎先知先觉，庚辰本《脂砚斋重评石头记》在宝玉感叹茗烟不知宁国府丫鬟年龄处加了段长长的夹评：

> 按此书中写一宝玉，其宝玉之为人，是我辈于书中见而知有此人，实未目曾亲睹者。又写宝玉之发言，每每令人不解；宝玉之生性，件件令人可笑；不独于世上亲见这样的人不曾，即阅今古所有之小说传奇中，亦未见这样的文字。于颦儿处更为甚。其囫囵不解之中实可解，可解之中又说不出理路。合目思之，却如真见一宝玉，真闻此言者，移至第二人万不可，亦不成文字矣。余阅《石头记》中至奇至妙之文，全在宝玉颦儿至痴至呆、囫囵不解之语中，其诗词、雅谜、酒令、奇衣、奇食、奇玩等类固他书中未能，然在此书中评之，犹为二着。

脂砚斋的意思是：贾宝玉这样的人物是我从来没有见到别人在书里写过的，不管是小说还是传奇，尤其表现在他和黛玉的关系上。我也从来没在社会上见过这样的人。贾宝玉的性情叫人很不理解，干的事叫人可笑。

有人说贾宝玉就是曹雪芹。脂砚斋是曹雪芹创作时一直在其身边评点的亲属，连他都不知道贾宝玉是从哪儿来的，贾宝玉怎么可能是曹雪芹？贾宝玉是曹雪芹笔下的典型人物，而脂砚斋的这段评语，早于马克思、恩格斯及俄罗斯著名评论家车尔尼雪夫斯基、杜勃罗留波夫、别林斯基等的"典型论"。虽然脂砚斋没有提出"典型形象"这个文学术语，他所表述的贾宝玉这一形象具备文学典型意义的意思却非常明确。

宝玉本想去看袭人，但不敢提，因为这违反国公府的规矩——贵族少爷不能到奴仆家去。茗烟想掩饰自己刚才干的事，只好听贾宝玉的，领着宝玉到袭人家去。

眼前摆满总无可吃，将来没啥可吃

袭人的母亲接了外甥女、侄女在家吃年茶。在袭人的母亲接了几个外甥女的语句旁，庚辰本《脂砚斋重评石头记》有简短评语："一树千枝，一源万派，无意随手，伏脉千里。"似乎在曹雪芹丢失的后三十回当中，袭人的表妹还会出现，只是我们看不到了。

听到有人叫"花大哥"，袭人的哥哥连忙出去，一看是宝玉和茗烟，吓得不轻，赶紧把宝玉从马上抱了下来。袭人也很害怕，说："你怎么来了？"宝玉说："我怪闷的，来瞧瞧你作什么呢。"袭人说："你也忒胡闹了，可作什么来呢！"贾府禁止这位少爷到处乱跑，更不能到奴仆家里去。袭人吓唬茗烟说，这都是你挑唆的，我回去一定要叫嬷嬷们打你！

袭人那三五个表妹见了宝玉都低了头，羞惭惭的。宝玉见了袭人的表妹，回到贾府后感叹说，她们才"配生在这深堂大院里，没的我们这种浊物倒生在这里"。贾宝玉这番话，引出脂砚斋又一段重要长批：

这皆宝玉意中心中确实之念，非前勉强之词，所以谓今古未有之一人耳。听其圆图不解之言，察其幽微感触之心，审其痴妄委婉之意，皆今古未见之人，亦是未见之文字。说不得贤，说不得愚，说不得不肖，说不得善，说不得恶，说不得正大光明，说不得混账恶赖，说不得聪明才俊，说不得庸俗平凡，说不得好色好淫，说不得情痴情种，恰恰只有一颦儿可对，令他人徒加评论，总未摸着他二人是何等脱胎、何等心臆、何等骨肉。余阅此书，亦爱其文字耳，实亦不能评出此二人终是何等人物。后观《情榜》评曰"宝玉情不情""代（黛）玉情情"，此二评自在评痴之上，亦属圆图不解，妙甚！

脂砚斋连用十一个"说不得"，来说明对贾宝玉这个人物形象，很难用小说评点者惯用的正面反面、好人坏人等概念来分析他，贾宝玉是个全新的人物，宝玉形象的成功及其价值正在于他的复杂性、先验性、不可捉摸性。这是脂砚斋"典型论"的进一步阐述。

曹雪芹最后的《情榜》，对宝黛二人评语的前一个"情"字是动词，后面的则是宾语。"不情"指互相没有感情交流的人、对贾宝玉不知情的人，甚至是无知无觉之物，天上的飞鸟，水中的游鱼，贾宝玉都用痴情去体贴，所以他"情不情"。而黛玉"情情"，只钟情于有情者，亦即宝玉一人，对之一往情深，至死靡他。其实林黛玉对贾母和凤姐，对宝钗母女，对丫鬟紫鹃，对落花，对潇湘馆檐下的燕子，对架上的鹦鹉，都有情，曹雪芹这样分派是否合理，我们姑且不论。

袭人的哥哥和母亲百般热情地招待宝玉，齐齐整整地摆了一桌子果品。袭人一看，"总无可吃之物"，这些东西档次都太低了，宝二爷怎么会吃?

在"袭人见总无可吃之物"这个地方,庚辰本《脂砚斋重评石头记》的另一位评点者畸笏叟在旁边加了段评语:"补明宝玉自幼何等娇贵。以此一句留与下部后数十回'寒冬噎酸齑,雪夜围破毡'等处对看,可为后生浪子之戒。叹叹!"这段话的意思是,贾宝玉从小吃高档的东西,金尊玉贵,娇生惯养,花家摆了一桌子果品,他都总无可吃之物,但是贾府败落之后,贾宝玉在寒冬腊月的雪夜,没有御寒的衣服穿,只好围着破毡,没有像样的食物可以充饥,只好吃切碎的又酸又涩的腌酸菜,当年贾府的宝二爷如今穷到极点了。这段评点很重要,它提供了贾宝玉"金满箱,银满箱,转眼乞丐人皆谤""贫穷难耐凄凉"的具体细节。这是曹雪芹已经写出来的。不少红学家认为畸笏叟就是曹雪芹的父亲曹頫,是曹雪芹手稿的保存者也是丢失者。

袭人亲自挑了几颗松子,剥开,吹去细皮,用手帕托着递给宝玉,又叫宝玉用自己的杯子喝水,说,你坐一坐就回去吧!宝玉说:"你就家去才好呢,我还替你留着好东西呢。"袭人悄悄嘱咐:"悄悄的,叫他们听着什么意思。"袭人的哥哥和母亲肯定得琢磨:这俩人什么关系?怎么这么亲密?

袭人表面上温柔退让,骨子里却争强好胜。她不仅在宝玉身边的丫鬟中要争头筹,想做未来的宝二姨娘,还要向表妹们显摆。她取下宝玉脖子上的通灵宝玉,对表妹们说:"你们见识见识。时常说起来都当希罕,恨不能一见,今儿可尽力瞧了。再瞧什么希罕物儿,也不过是这么个东西。"这是显摆什么呢?袭人是想表示:你们平时想看这块玉,看不到,你们平时想接触宝二爷,也接触不到,但我每天都在宝二爷身边,管着他这块玉。众人传看了一番,又给宝玉挂好，袭人叫哥哥雇了一乘轿子，把宝玉送了回去。

宝玉回去后才知道，丫鬟们和奶妈李嬷嬷又闹事了。宝玉去东府听戏后，李嬷嬷来了，看到众丫鬟在那里玩，就想管教一下。丫鬟们不听：你都告老了还出来管什么闲事？李嬷嬷只管问宝玉现在一天吃多少饭、什么时候睡觉等话，丫鬟们胡乱答应着，悄悄说："好一个讨厌的老货！"李嬷嬷发现桌上有一碗酥酪，就说，怎么不给我送去？她拿起来就吃。一个丫鬟说，别动，那是给袭人留着的。李嬷嬷生气了，说，我吃碗牛奶也是应该的，难道他对袭人比对我还要好？当年他是吃着我的奶长大的，如今我吃他一碗牛奶，他就生气了？我偏吃！袭人不就是我调教出来的一个毛丫头，什么阿物儿！李嬷嬷心里没数，她也不想想现在袭人在宝玉身边是什么身份了。

袭人成功玩了番"感情讹诈"

宝玉回来后，叫袭人吃他特意留给她的酥酪。丫鬟们说李奶奶吃了。宝玉刚要发火，袭人就对宝玉说，多谢多谢，我前几天吃了肚子疼，全吐了，她吃了倒好。我现在想吃栗子，你去给我剥栗子吧，我去给你铺床。袭人息事宁人，不给宝玉教训奶妈的借口，这是写她温柔和顺的细节之一。

袭人发现宝玉有很多毛病，千奇百怪，仗着祖母溺爱，最不喜务正业。其实，宝玉务不务正业，和你一个丫鬟有何相干？但袭人觉得她和宝玉的关系不一样了，认为自己将来跟定宝玉了，是要做宝二姨娘的人。她这次回家，母亲和哥哥告诉她，我们现在日子好过了，想赎你回去。她哭了，对母亲和哥哥说："当日原是你们没饭吃，就剩我还值几两银子，若不叫你们卖，没有个看着老子娘饿死的理。如今幸而卖到这个地方，吃穿和主子一样，又不朝打暮骂。"这段话说明，袭人跟晴雯的身世有些相似，都是因为家庭贫苦才被卖到贾府的，袭人并不是"家生子"。袭人对母亲和哥哥表示，我现在很好，虽然是当丫鬟，却比别人家的小姐过得还好，我不愿意回家。其实袭人内心真正想的是：我不想离开贾府，我要坐稳宝二姨娘的位子。正在袭人的母亲和哥哥对于袭人说她的处境比一般人家的小姐还好有点儿不大相信时，宝玉来了。他们一看袭人和宝玉这个情景，心里透亮，知道袭人已不仅仅是丫鬟。

袭人这时想：宝玉今天到我家，看到我掉眼泪，我正好借这个机会，好好劝一劝他。于是袭人编出母亲和哥哥要赎她回去的话骗宝玉，直到把宝玉惹得泪痕满面才说，你有什么伤心的？果然留我，我就不出去了，但咱们要约法三章。宝玉很依恋袭人，因为袭人对他的照顾无微不至，宝玉重情，既然两人已有那层警幻仙子教的云雨情，他就要对袭人负责，把她留在身边。他对袭人说："好姐姐，好亲姐姐，别说两三件，就是两三百件，我也依。只求你们同看着我，守着我，等我有一日化成了飞灰，——飞灰还不好，灰还有形有迹，还有知识。——等我化成一股轻烟，风一吹便散了的时候，你们也管不得我，我也顾不得你们了。那时凭我去，我也凭你们爱那里去就去了。"袭人说，这就是头一件你得改的，以后不能这么说。宝玉赶快答应说，不说了，再说你就拧嘴。贾宝玉是不是从此就不说这类话？当然不是，他往后还是继续这样说，而且说得更加有文化，引经据典，比如他填的那首《寄生草》。不过，不认字的袭人当然不理解了。

袭人说，第二件事，不管你是真喜欢读书还是假喜欢读书，在老爷和别人跟前，都要装出个喜欢读书的样子。你在人前背后说那些混话，把读书上进的人叫"禄蠹"，还说除了"明明德"之外没有书，不就惹得老爷生气、打你吗？宝玉赶快承认，那是我小时信口胡说的，以后不说了。宝玉以后真不说了？说得更厉害了。

袭人说，第三件事，再也不可毁僧谤道，调脂弄粉，再也不许吃人嘴上的胭脂。宝玉答应都改。袭人说，再也没有了，百事检点些，不要任情就是了。你若是这样，八抬大轿也抬不出我去了。

这里埋了个伏笔，将来袭人就是被蒋玉菡的八抬大轿给抬出去的。

"情切切良宵花解语"这个段落似乎很不起眼，写的是贾宝玉身边发生的琐事，实际上是两种思想不见硝烟的"拼刺刀"，表面上老实稳重、没嘴葫芦似的袭人跟贾宝玉玩了一场感情游戏，我们不妨叫它"感情讹诈"。

袭人一步一步煞有介事地对贾宝玉说她必须离开贾府，离开贾宝玉。袭人先把她的母亲和哥哥已经决定不再赎她的事编成板上钉钉肯定得赎，说，今儿听见我妈和哥哥商议，明年赎我出去。她振振有词地说她不是贾府的"家生子"，是可以赎的。宝玉自恃乃贾府天之骄子，跟袭人又有很深的感情，他自信地说："我不叫你去也难。"袭人却反驳说，连宫廷都有定例，或几年一选，几年一入，没有个长远留下人的理，别说你了！拿皇宫压贾宝玉，自然一压一个准。宝玉想想有理，又说："老太太不放你也难。"看来，贾宝玉想仗着贾母的溺爱，打算等花家真来赎人时，向贾母求情，无非是多出点儿钱，由贾母挽留下袭人。袭人回答说，照顾你的事，并非没我不行，贾府从没干过倚势仗贵霸道的事，无故凭空留下我，于你无益，反叫我们骨肉分离，老太太、太太断不肯行。

袭人一再说出她非走不可的理由，贾宝玉一再想出挽留袭人的办法。任贾宝玉有千条妙计，袭人只需一计应对：她一定得走，而贾母和王夫人也得放她走。

贾宝玉心地单纯，不会跟人耍心眼儿，袭人一再强调花家要赎她，她一定得走，而且说她到贾府后服侍过老太太、史湘云、贾宝玉，就算服侍得好，也不能因此留下她，她走了，自然会有更好的人来服侍。袭人一个字也不提她跟贾宝玉的实际感情。贾宝玉终于明白，纵然花家有赎回袭人的理，纵然贾府有不得不放袭人的理，如果她本人不乐意被赎回，花家人能有什么办法？袭人只谈她和家人的骨肉之情，没有一个字说到她和贾宝玉的感情，贾宝玉因此说袭人"薄情无义"，非常失望，干脆哭了，放弃了跟袭人的辩论，赌气上床睡觉。

心思缜密的袭人成功地借赎身一事和没有心机的贾宝玉玩了场感情游戏之后，看到贾宝玉哭了，赌气上床睡觉了，她便开始"感情讹诈"，用她继续留在贾宝玉身边作为条件，胁迫贾宝玉改变根本的人生态度：不能再说有天无日的话，不能再为丫鬟调弄脂粉，即使不爱读圣贤书，也得假装爱读圣贤书，不能再骂读书做官的人是"禄蠹"。而说人生幻灭那类的话，亲近身份低贱的丫鬟并为她们服务，不爱读四书五经，骂读书做官的人是"禄蠹"，这种种行为，正是贾宝玉作为封建规则叛逆者的重要表现。因此，"情切切良宵花解语"表面上讲的是一件日常琐事，实际上是一次重要的思想交锋，是袭人、贾政等人的正统思想跟贾宝玉离经叛道的思想之间的一次交锋。表面上看，似乎是袭人胜利了；实际上，贾宝玉虽答应了下来，却绝对不执行，继续我行我素，甚至变本加厉。

那么，贾宝玉是虚与委蛇，还是权宜之计？看来都不是，贾宝玉没有那么深的心机，他只是本能地不希望袭人离开，急切之中，袭人提任何条件，他都会信口答应，而贾宝玉的本质是跟传统道德对着干的，他原来怎么做以后还会怎么做。此后贾政那一顿几乎将他打死的棍棒都改变不了他，又岂是袭人几句巧言倩语就能轻易让他改变的？

宝黛情成永远的甜美追忆

——第十九回　情切切良宵花解语　意绵绵静日玉生香（下）

第二天，袭人感冒了，宝玉找大夫给她看病，袭人吃药后躺着发汗。宝玉不是和她约法三章了吗？最后一件是不要调脂弄粉。偏偏袭人躺着捂汗时，宝玉就去给丫鬟们淘弄胭脂了，还不小心在自己左腮上沾了纽扣大小的一块红渍，被黛玉看到。这就引出来这一回最重要的情节——"意绵绵静日玉生香"。

黛玉成了"香玉"

元妃省亲，身体虚弱的黛玉不得不熬夜，第二天浑身酸痛。宝玉和黛玉已经不住在碧纱橱里外了，他们仍然住在贾母的小院里，估计是一个住东厢房，一个住西厢房。

黛玉正在床上歇午觉，丫鬟不在，满屋静悄悄的。宝玉掀起帘子进入里间，看到黛玉睡在那里，忙走上来推林黛玉说："好妹妹，才吃了饭，又睡觉！"刚刚叫了不知多少声袭人"好姐姐"，转眼的工夫就叫起"好妹妹"来了。

宝玉见意中人睡着，全无邪念，与秦钟有天壤之别。《脂砚斋重评石头记》己卯本有段评语说："若是别部书中写此时之宝玉，一进来便生不轨之心，突萌苟且之念，更有许多贼形鬼状等丑态邪言矣。此却反推唤醒她，毫不在意，所谓'说不得淫荡'是也。"

宝玉把黛玉叫醒。黛玉不是喜欢和宝玉在一块儿吗？宝玉来了她应该很高兴，但是黛玉太虚弱了，需要休息，她对宝玉说，你先到别的地方闹一会子。宝玉说，我不去，看到他们就怪腻的，我要说话给你解闷。黛玉说，那你老老实实坐在那里说话。宝玉说，不行，我得歪着，躺在你旁边。黛玉说，那你就歪着吧。宝玉说，没有枕头，咱俩枕一个枕头吧！贾宝玉这是干吗？这是对林黛玉一点儿不存他念，只希望亲近林妹妹，越亲近越好，就是所谓"意绵绵"。绛珠仙子下凡，多么美妙文雅的女性，这时居然骂了句"放屁"，然后说，你真是我命中的"天魔星"！说着把自己的枕头让给宝玉，自己又去找了个枕头，两人对脸躺下。

这时，黛玉看到宝玉脸上红颜色的胭脂痕，以为是血渍，关心地问他是谁挠破的，宝玉直接告诉她，是给丫鬟们淘漉胭脂时蹭的。像这样的事，袭人或宝钗看到，必得好好规劝一番：你可不能干这个，你得好好读书。但是黛玉一点儿也不大惊小怪，她亲手给他擦干净，说，你干这个也就罢了，你还要带出幌子来，叫别人当个新奇事，吹到舅舅耳朵里面，又该大家不干净惹气。

这就叫知心。黛玉知道宝玉喜欢给丫鬟们淘弄胭脂，喜欢干就干吧，只别带出幌子来，把脸上抹上红颜色，叫别人告诉舅舅，我们大家就都不得安生了。黛玉给宝玉擦脸，是怕这块红胭脂被其他人看到，传到贾政的耳朵里，由此可见黛玉情之脉脉、意之绵绵。

黛玉这么关心宝玉，宝玉该好好听着吧？不，他偏偏像小猎狗一样，鼻子在那里嗅来嗅去。什么东西这么香？他发现，黛玉的袖子上有一股令人醉魂酥骨的香气。

黛玉自带香气，这是曹雪芹写黛玉的神来之笔。曹雪芹写林黛玉是病如西子胜三分，传说西施便自身带有香味。六朝小说写过，西施洗澡后，她的洗澡水沉淀下来可做成香料。薛宝钗身上也有香气，那是冷香丸产生的香气。宝玉问，林妹妹袖子里笼了什么香？黛玉就棍打狗，讽刺起来了："难道我也有什么'罗汉''真人'给我些香不成？便是得了奇香，也没有亲哥哥亲兄弟弄了花儿、朵儿、霜儿、雪儿替我炮制。我有的是那些俗香罢了！"

什么意思？她这是讽刺薛宝钗和她的冷香丸呢。"罗汉""真人"就是癞头和尚，"花儿、朵儿、霜儿、雪儿"就是制作冷香丸需要用到的四季白色花蕊和水。黛玉心里一直对薛宝钗不以为然，认为薛家太造作。她拿冷香丸开涮，看宝玉怎么应对。宝玉很聪明，不上当，他说："凡我说一句，你就拉上这些，不给你个利害，也不知道，从今儿可不饶你了。"给个什么利害？挠痒痒。这不是小孩之间的玩闹吗？确实如此，表兄妹之间嬉闹，有亲切的真情，无一丝一毫的邪念，也无一丝一毫的邪行。黛玉最怕痒了，就说，我再也不敢了。她真的再也不敢了？不，她反而得寸进尺地又来了一句："我有奇香，你有'暖香'没有？"宝玉还是没有黛玉聪明，"暖香"的对仗是"冷香"，他没听懂。黛玉说："蠢才，蠢才！你有玉，人家就有金来配你；人家有'冷香'，你就没有'暖香'去配？"黛玉大大方方拿金玉良缘开涮，这说明黛玉根本不相信是什么癞头和尚给的金锁，认为是薛姨妈造了个金锁来配宝玉的玉。所以她就讽刺，既然人家拿个金锁来配你的玉，你就应该有个"暖香"去配人家的"冷香"才是。这时黛玉真的在吃醋吗？没有，她把金玉良缘当成笑料，没把薛宝钗当成对自己真正的威胁。宝玉很聪明，还是不上当，再次动手挠痒痒。结果黛玉说："好哥哥，我可不敢了。"

宝玉总是一口一个"好妹妹"，黛玉叫"好哥哥"的次数实在不多。而在《意绵绵静日玉生香》一回中，她叫了"好哥哥"，这说明这对青梅竹马的表兄妹正悄悄向情哥哥情妹妹的关系过渡，但是两个人无论是在语言上还是在行动上，都没有邪念，孩子般的嬉闹中隐寓着彼此深深的关怀和爱护。

两人嬉闹完，宝玉有一搭没一搭地说些鬼话，黛玉就是不理。宝玉为什么要在这里说些鬼话呢？他怕黛玉躺在那儿休息容易积食，或是因白天睡觉影响晚上的睡眠，对她的身体不好。他看黛玉总不搭理他，就问黛玉几岁来的，路上见了些什么，扬州有什么古迹之类的。黛玉就是不回答。宝玉在一边喋喋不休，不妨碍她休息。宝玉已成了黛玉生活中的气场，甭管说什么，不用回答，只要他在就行。这时，宝玉为了吸引黛玉的注意力，像个天才童话作家一样，用黛玉的名字，编出一段扬州黛山林子洞里的小耗子精偷香玉的故事。

《意绵绵静日玉生香》是不是写爱情的章节？我看只能算写爱情萌芽的章节。宝玉一进房间就看到黛玉躺在那儿，宝玉只关心他的林妹妹不能躺着免得积食。宝玉和黛玉亲热体贴，像亲哥哥和亲妹妹，没有一点儿男女之别，但一点儿都没有越轨。他们俩的爱情正在慢慢萌芽。

宝玉和黛玉为什么不卷包而逃

1983年，我带了个日本留学生，他专门进修一年，跟我学习研究《红楼梦》。他每周看我指定的第几回到第几回，上课时，他就一一地提问，"老师，我这里有一个问题""老师，我那里有一个问题"。有一次，他提了几个问题，我永远都忘不了。他说，老师，我看了第十九回《情切切良宵花解语　意绵绵静日玉生香》，我有好多问题都不能理解。一个问题是，既然宝玉和黛玉是中国古典小说中最有名的一对恋人，为什么宝玉和袭人还有那样的关系？对于这个问题，我大概花了半个小时讲清楚了。

他又说，老师，你总是说宝玉和黛玉的爱情是大悲剧，你看《意绵绵静日玉生香》，宝玉和黛玉这不是已经上床了？这位日本留学生一提这个问题，我都要晕倒了。从清朝晚期开始，"红学"已经成为一门学问，红学家研究了两百多年，从没有任何红学家提出来，《意绵绵静日玉生香》是写宝玉和黛玉上床了。我说这真叫"石破天惊的二百年'红学'新发现"。我给他讲，虽然宝玉和黛玉是面对面躺在一张床上，虽然黛玉还用手去替宝玉擦掉脸上的胭脂，虽然宝玉还要求和黛玉枕一个枕头，宝玉还到黛玉胁下挠痒痒，两个人非常亲热，但是这绝对和西方人所谓"上床"不同。讲了一个小时，他才发现，中华民族很多的心理和习俗，和日本不一样。

中国红学会第一任会长是北京大学的吴组缃教授。吴先生是进入了现代文学史的小说家，他在北京大学讲了几十年的《红楼梦》，他讲《红楼梦》特别注重细节。那次我到北京大学朗润园看望吴先生，一进门就发现，吴先生很不高兴的样子。我俩聊了起来，吴先生说，你知道吗，我带一个捷克留学生读了一年《红楼梦》，每周他读个几回，我给他答疑。我说，这留学生怎么这么幸运？我想来跟着吴先生进修一年，我们系里不让我来！那这个留学生应该很有成就了？吴先生说，这个捷克留学生昨天来跟我告别，说，吴先生，

《红楼梦》里面的所有问题我都明白了，只有一个问题不明白。吴先生问是什么问题，那位捷克留学生说，大观园里那么多的珍宝，宝玉和黛玉为什么不卷包而逃？吴先生就说，马瑞芳，听了这个问题，我就知道，我这一年的《红楼梦》课程全都白上了。我就拿那位日本留学生说宝玉和黛玉都上了床这件事来劝吴先生，我说，吴先生，您看，咱们要跟外国朋友讲咱们的《红楼梦》，那真是不知道要过多少个坎儿。你不仅要讲小说，还得讲中华民族的历史，还得讲中华民族的心理，还得讲中华民族的风俗。这《红楼梦》太有意思了，太不好讲了，也太值得讲了。

柔美温馨数"香玉"

外国青年读者为什么看不懂贾宝玉和林黛玉的感情交流？那是因为国情不同，在中国延续了两千多年的封建社会对青年男女，特别是贵族青年男女造成的影响，是现代的外国青年很难理解的。曹雪芹正是既把握住了这种特定的分寸，又捕捉到了豆蔻年华的特点，才写出《意绵绵静日玉生香》中温馨、谐趣的情节。

曹雪芹是写情的行家里手，他准确地把握住了宝玉和黛玉之间青梅竹马的互相依恋，把握住了他们之间朦朦胧胧的依依不舍，把柔情蜜意始终放在两小无猜的框架中，写得丝丝入扣。贾宝玉进入林黛玉房间时，林黛玉因为身体虚弱，在歇午觉。宝玉推她起来，黛玉见是宝玉，说"你且出去逛逛"，要支开贾宝玉自己好好休息。贾宝玉却死皮赖脸非得留下，林黛玉只能容忍他留下。这时曹雪芹并没有描写刚刚睁开眼发现是宝玉的黛玉又把眼睛闭上休息，但是从下文来看，黛玉这时已经又闭上眼睛了。贾宝玉得寸进尺地对黛玉说，你歪着，我也歪着。黛玉的态度是：你要歪着就歪着呗。看来两人从小一起长大，黛玉想不到现在已经不是儿时，已经要讲究男女有别，大概也想不到，宝玉如果歪着就得跟自己歪到一张床上，那成何体统？这说明两人都属小儿心性。宝玉又蹬鼻子上脸，要跟黛玉枕一个枕头。宝玉这是干吗？仍是小儿心性，一心想亲近林妹妹，并无杂念，才敢直接说跟黛玉枕一个枕头，距离上越逼越近，感情上情意绵绵，却还不是男女之情。黛玉只好骂他"放屁"，叫他到外头拿个枕头，宝玉又说外边的枕头不知道是哪个脏婆子的，意思是坚持要跟黛玉枕一个枕头。这时黛玉才睁开眼睛，起身笑道："真真你就是我命中的'天魔星'！请枕这一个。"说着，把自己枕的推给宝玉，又起身将自己的再拿了一个来，二人对面躺下。因为对面躺着，宝玉能就近嗅到黛玉身上的香味，才引出奇香、暖香、冷香的话题。黛玉调侃了宝玉，被宝玉挠痒痒，只好告饶。宝玉的交换条件是"饶便饶你，只把袖子我闻一闻"，宝玉把黛玉的袖子拉到鼻子边，像小狗一样闻个不住，他实际嗅到的是黛玉的体香。黛玉此时还是想支开宝玉自己休息，说："这可该去了。"宝玉笑道："去，不能。咱们斯斯文文的躺着说话儿。"这个家伙真像狗皮膏药一样，贴到黛玉身上了。黛玉仍然不理他，闭着眼似乎还想睡觉，于是"香玉"的故事出来了……这一系列描写，一环扣一环，娓娓道来，写得多么顺畅自然，又多么巧妙细腻。

《红楼梦》里的"香玉"一段，受到了《聊斋志异》的影响。《聊斋志异》名篇《香玉》写牡丹花神香玉和黄生的生死恋，写他们的六世情。牡丹花神身带香味，行走时香风飘拂。牡丹花被挖走，花神随之死去，靠情人黄生用一杯一杯中药浇灌才得以重生。这和宝黛二人的前身——神瑛侍者用甘露浇灌绛珠仙草，何其相似！研究者经常说《红楼梦》深得《金瓶梅》壶奥，我几十年来同时研究《聊斋志异》和《红楼梦》，发现它们之间的承传才真是非常明显。

就在黛玉笑骂宝玉编了个"香玉"的故事来编排她，要撕他的嘴时，薛宝钗来了。为什么往往当宝玉和黛玉处得最亲密的时候，薛宝钗都要出来插一杠子？眼看他们要有进一步的交流，薛宝钗就来截住了。为什么？这正是曹雪芹的天才手笔，他不能叫宝玉和黛玉的爱情像大河奔流一泻千里，不能叫宝玉和黛玉像张生和崔莺莺那般进展神速。红娘抱个枕头就把崔莺莺送进张生的书房了，那是别人的写法，曹雪芹绝对不会这么写，他一定要叫宝玉和黛玉的爱情在曲折中发展。

在这一段里，宝钗最后才出现，但宝钗的标志早就出来了。黛玉拿冷香丸开玩笑，拿金锁开玩笑，宝玉根本不辩解，说明宝玉心里根本就没有宝钗。

《意绵绵静日玉生香》是宝黛爱情最柔美、最温馨的章节。黛玉不是到人世间来向神瑛侍者的后身宝玉还泪的吗？但是在这一节里面，她动不动就笑得喘不过气来，没有掉过一滴眼泪。这段描写，是很多青年读者，也是很多红学家们最喜欢的一段，可惜这样的描写像昙花一现。

王熙凤按正统狠训赵姨娘

——第二十回 王熙凤正言弹妒意 林黛玉俏语谑娇音（上）

第二十回写王熙凤把赵姨娘狠狠教训了一顿，提醒她她只是个奴才；黛玉和宝玉误会解除后，说俏皮话和湘云开玩笑。这回的回目是《王熙凤正言弹妒意 林黛玉俏语谑娇音》，虽然看着是两件事，实际上讲的是三件事，这三件事都和宝玉有关。第一件事是宝玉的奶妈李嬷嬷和袭人发生矛盾，其他的丫鬟也对袭人有看法。第二件事是赵姨娘母子嫉恨宝玉，赵姨娘教训贾环，被王熙凤听到，王熙凤教训了赵姨娘一顿。第三件事是湘云来了，宝钗和湘云跟宝玉在一起玩，引起黛玉的不满。这一回里，林黛玉的形象很精妙，王熙凤的形象很出色——凤姐甭管在哪儿露面，总有让人眼前一亮的语言和行动。

王熙凤"卷走"李嬷嬷

宝玉正和黛玉讲到"耗子精偷香玉"的故事时，宝钗来了。这时，他们听到宝玉的房里闹起来了。黛玉先笑了，对宝玉说："这是你妈妈和袭人叫嚷呢。那袭人也罢了，你妈妈再要认真排场他，可见老背晦了。"袭人为人周到，但赞扬袭人的话能从黛玉的嘴里说出来，非常不简单。"也罢了"的意思是：她已经做得很不错了，你的奶妈再跟她找不痛快，那真是老背晦了。宝玉刚要往自己房间跑，宝钗将他一把拉住，说："你别和你妈妈吵才是，他老糊涂了，倒要让他一步为是。"宝钗显然比黛玉顾全大局。

原来，李嬷嬷来了，见袭人在那儿躺着，认为袭人现在翅膀硬了，瞧不起她，就骂起来："忘了本的小娼妇！我抬举起你来，这会子我来了，你大模大样的躺在炕上，见我来也不理一理。一心只想妆狐媚子哄宝玉，哄的宝玉不理我，听你们的话。你不过是几两臭银子买来的毛丫头，这屋里你就作耗，如何使得！好不好拉出去配一个小子，看你还妖精似的哄宝玉不哄！"

李嬷嬷特别不能忍受别人的冷淡，她老了，宝玉早就不吃奶了，她还要管宝玉的事。宝玉现在的事主要由袭人管，她就受不了了。袭人原本认为李嬷嬷只不过是怪罪她不起来，就分辩说自己生病了。听到李嬷嬷骂她"哄宝玉""妆狐媚子""配小子"的话，就哭了。李嬷嬷说的有没有道理呢？李嬷嬷是个老人，她对年轻人的观察实际上很犀利。她发现袭人虽然表面稳重，但她是在哄宝玉，所以就说出"妆狐媚子"的话来。袭人认为李嬷嬷的话和自己很不相符，委屈得哭了。

宝玉说袭人病了，刚吃了药，不信可以去问别的丫鬟们。李嬷嬷一听更气了，说宝玉护着"狐狸"，又说出"谁不是袭人拿下马来的"等话。宝玉不能管李嬷嬷，黛玉和宝钗被李嬷嬷抓住诉苦，且说出上次她来，喝了枫露茶，茜雪就出去了的事。这里埋了一个曹雪芹丢失的后三十回的线索。根据脂砚斋的评语，茜雪确实被撵出去了，后来茜雪在狱神庙一节又出现了，在贾宝玉和王熙凤困难的时候来帮助他们。具体她是怎么帮助的，因为原稿丢失，我们就看不到了。

宝玉房中吵闹，被王熙凤听见了，她赶忙过来拉住了李嬷嬷，笑着说："好妈妈，别生气。大节下，老太太才喜欢了一日，你是个老人家，别人高声，你还要管他们呢；难道你反不知道规矩，在这里嚷起来，叫老太太生气不成？你只说谁不好，我替你打他。我家里烧的滚热的野鸡，快来跟我吃酒去。"王熙凤太厉害了，她要敲打李嬷嬷，但李嬷嬷是个老人，凤姐对贾琏的奶妈那样客气，对李嬷嬷也不能凶横。怎么敲打她？拿贾母来敲打，嘴上说你不要惹老太太生气，深层含义是：袭人是老太太派来服侍宝玉的，你不能这样说袭人。李嬷嬷有没有听懂凤姐话里有话，我们不得而知，但一听二奶奶这么给面子，李嬷嬷就脚不沾地跟着凤姐走了。

凤姐拉李嬷嬷走时还嘱咐道："丰儿，替你李奶奶拿着拐棍子，擦眼泪的手帕子。"多么生动！黛玉和宝钗都拍手笑道："亏这一阵风来，把个老婆子撮了去了。"宝玉感叹说，不知道是谁惹的事，又骂起袭人来了。他话音还未了，丫鬟间的矛盾马上就暴露出来了。只见晴雯说："谁又疯了，得罪他作什么。便得罪了他，就有本事承任，不犯着带累别人！"这就是晴雯，别人对主子唯唯诺诺，她有话就直说，贾宝玉说得不对，她就顶嘴。袭人赶快出来打圆场。袭人担心宝玉祖护自己而得罪其他人，实际上袭人在宝玉的众丫鬟中已比较受孤立。

满屋里就只是他磨牙

在宝玉身边做杂活的仆妇端上袭人的药，宝玉端着喂袭人喝。贵族少爷有平等意识，不仅伺候袭人喝药，待会儿还会给麝月篦头。

宝玉等袭人躺下，就到上房来，同贾母吃完饭，才回到自己房中。他看到麝月在一个人抹骨牌，就问，你怎么不和她们玩去？麝月说没有钱。宝玉说，床底下有的是钱，你拿着去用就是了。麝月说，得有人看门。宝玉听了，暗道又是一个"袭人"。这里又埋了一个伏笔，将来袭人离开宝玉时嘱咐他"好歹留着麝月"，最后留在宝玉身边的就是宝钗和麝月。宝玉说，我在这里看着吧。麝月说，你在这儿，咱俩就说说话吧。宝玉说，干脆我替你篦篦头吧！什么叫篦头？就是拿齿很细很密的梳子，从贴着头皮的地方用劲儿梳下来，以此去掉头屑和虱子。古人常干这样的事，但少爷给丫鬟篦头，恐怕从来没有过。宝玉和袭人有那层关系，和麝月并没有更深的关系，他只是把麝月当成姐妹看待。

恰好此时晴雯进来了，一看他俩，冷笑道："哦，交杯盏还没吃，倒上头了！"那时的婚礼习俗，新郎新娘要交换酒杯饮酒，叫"交杯"。女子出嫁时把少女发型改成少妇发型，再戴上首饰，叫"上头"。晴雯口角伶俐，挖苦这两个人太亲近。宝玉说，你过来，我也给你篦一篦。晴雯说："我没那么大福。"摔帘子出去了。

宝玉和麝月在镜内相视，宝玉对麝月说："满屋里就只是他磨牙。"这句话很生动，意思是满屋子人里就她爱顶嘴。麝月赶快在镜子里摆手，提醒宝玉不能说这话。晴雯果然跑了回来，问道："我怎么磨牙了？咱们倒得说说。"麝月把她劝走了，晴雯临走时说："你们那瞒神弄鬼的，我都知道。"在宝玉身边，从袭人开始，众人争相向宝玉献媚的事都落在冰雪聪明的晴雯眼里。晴雯不屑于这么做，所以她说"你们那瞒神弄鬼的，我都知道"。这一段很生动。

贾环赖丫头的钱

袭人病好了些，宝玉比较放心了，跑去找宝姐姐玩。正月里，学堂放学，闺阁也不做针线活，都闲着。贾环也过来玩，恰好宝钗、香菱、莺儿在赶围棋，贾环也要玩。宝钗从来对贾环像对宝玉一样，就叫他坐在一块儿玩。但这是要赌钱的，头一回贾环赢了，他很高兴，等输了几盘就急了。这一盘赶到他掷骰子，如果掷个七点以上他就稳赢，如果是六点，接下来莺儿只需要掷个三点以上就是她赢。贾环拿起骰子用力地一掷，其中一个掷出来是五点，另一个骰子还在转，莺儿拍着手喊"幺"，贾环胡乱喊着"六——七——八"，谁知一转转出个幺来。莺儿胜券在握。贾环耍赖，伸手抓起骰子就去拿钱，说这是个六点。莺儿说，就是个幺，怎么成了六？宝钗看贾环急了，就瞅了莺儿一眼，说："越大越没规矩，难道爷们还赖你？还不放下钱来呢！"看来莺儿也是在宝钗跟前比较得宠。她满心不得劲儿，心想：明明是个幺，他赖我钱，怎么小姐倒批评我？于是她嘟嘟囔囔道："一个作爷的，还赖我们这几个钱，连我也不放在眼里。前儿我和宝二爷顽，他输了那些，也没急。下剩的钱，还是几个小丫头子们一抢，他一笑就罢了。"贾环一听，反感来了。他一向心里就不平衡。他是姨娘养的，宝玉是太太养的。贾母对宝玉这个嫡孙视若珍宝，王夫人对亲生儿子也视若珍宝。表面上王夫人对贾环还不错，似乎将其与宝玉一样看待，因为旧时宗法制度规定，贾环虽然是赵姨娘生的，但王夫人是嫡母，贾环应该算作王夫人的儿子。但嫡出和庶出完全不一样，这就对年少的贾环过早地造成了心理压力，使得他有很重的自卑感，再加上生母不是省油的灯，整日里挑拨，他早就对宝玉这个哥哥非常妒忌。宝钗还没等莺儿说完，就把她制止了，但贾环还是听到了，说："我拿什么比宝玉呢。你们怕他，都和他好，都欺负我不是太太养的。"说着就哭了起来。宝钗劝他："好兄弟，快别说这话，人家笑话你。"又继续骂莺儿。

地狱里都是不知感恩的灵魂

这时宝玉来了。贾府里弟弟都怕哥哥，大概因为哥哥有权揍弟弟。但宝玉没有这种想法，他觉得大家都是兄弟，都有父母管，自己何必再去管。而且宝玉觉得，山川日月之精秀，只钟于女儿，须眉男子不过是些渣滓浊沫而已。他把一切男人都看成混沌浊物，可有可无。因为孔子讲兄弟友爱，宝玉不能不遵守圣教，所以在兄弟之间，宝玉一向是尽其大概的情理就行，并不想为弟弟做表率，所以贾环不怕他。宝钗看宝玉来了，就替贾环掩饰。宝玉说："大正月里哭什么？这里不好，你别处顽去。你天天念书，倒念糊涂了。比如这件东西不好，横竖那一件好，就弃了这件取那个。难道你守着这个东西哭一会子就好了不成？你原是来取乐顽的，既不能取乐，就往别处去寻乐顽去。哭一会子，难道算取乐顽了不成？倒招自己烦恼，不如快去为是。"这根本不能算教训，只是告诉弟弟这里不好玩，就找别的地方玩去。但贾环满心都是赵姨娘所教的阴毒奸计，他回去后，赵姨娘一见他那样子，就问："又是那里垫了踹窝来了？""垫了踹窝"即供人践踏，被人欺负。赵姨娘专门无事生非，一开口就是不好听的话。贾环说："同宝姐姐顽的，莺儿欺负我，赖我的钱，宝玉哥哥撵我来了。"贾环的叙述把所有事实都歪曲了。莺儿没欺负他，是他赖莺儿的钱，宝玉也没撵他。贾环这么一说，性质完全变了。赵姨娘马上啐道："下流没脸的东西！那里顽不得？谁叫你跑了去讨没意思！"

赵姨娘的来历

赵姨娘出身卑贱，她原是伺候贾政的丫鬟，很可能不是王夫人从王家带来的，而是贾府原来派给贾政的丫鬟，甚至她和贾政很可能是奉女成亲。贾母对赵姨娘非常不以为然，为什么要挑她给儿子做妾？肯定有一定的理由。作者后来写到贾政，说他在年轻时曾经荒唐过。

跟我的推测不同，其他红学家们基本都认为赵姨娘是王夫人从娘家带过来的，最重要的依据是探春理家。赵姨娘的兄弟赵国基死了，探春根据贾府的规矩给了二十两银子，赵姨娘大闹，探春拿旧账给生身母亲看，解释说，赵国基是太太的奴才。他们想当然地认为，既然赵国基是太太的奴才，赵姨娘当然就是太太从娘家带过来的奴才。但是"太太的奴才"就一定是太太从娘家带来的奴才吗？还真不一定。俏丽少女鸳鸯是贾母的奴才，你能说她是贾母从史家带来的奴才吗？那鸳鸯还不得老态龙钟，拄起拐棍？王夫人是贾政嫡妻，是荣国府的管家太太，贾政的奴才就是她的奴才，而且贾政不理家务，别人说起贾政的奴才，自然会说是王夫人的奴才。探春告诉赵姨娘，赵国基死了，赏赵家二十两银子"是祖宗手里旧规矩"，哪家的祖宗？当然是贾家的祖宗，而不是王家的祖宗。探春查的旧账也是贾府的旧账，不是王家的旧账。何况，从年龄上看，赵姨娘也不可能是王夫人从娘家带过来的陪嫁丫鬟。宝玉挨打时，王夫人对贾政说，我是将近五十岁的人了，如果赵姨娘是王夫人的陪嫁丫鬟，至少得四十多岁。但赵姨娘显然年轻得多，她的长女探春不过十一二岁，以此推断，赵姨娘最多也就三十多岁。王夫人怎么可能从娘家带个婴幼儿当陪嫁丫鬟？我可能过于钻牛角尖了。总之，不管赵姨娘本来是王家的丫鬟还是贾家的丫鬟，她都是《红楼梦》里非常特殊又非常典型的文学形象。清代红学家姚燮曾说过："天下之最呆、最恶、最无能、最不懂者无过赵氏。"用我们山东俗话来说，赵姨娘就是"八面砍不出一个镢楔"，意思是一无是处。她每次在《红楼梦》里亮相，总会在贾府闹出或大或小的风波，自己出或大或小的洋相。我一直纳闷，曹雪芹这位伟大作家塑造人物时极少脸谱化，但赵姨娘及其子（也可以说是她的影子）贾环，就是《红楼梦》里两张黑得发亮的"丑"脸，是"坏"概念人物的小说化。莫不是曹雪芹在生活中确实吃过这类人很大的亏，忍不住以厌恶的心理加以夸大，将其搬到小说里了？

王熙凤正告赵姨娘是奴才

赵姨娘虽然品性非常差，模样恐怕不会错，因为她的女儿探春，在元春之外的贾氏三姐妹中最漂亮。这在黛玉进府时已描写了。赵姨娘正教训儿子，可巧，凤姐从外面经过时都听见了，便隔着窗子说："大正月又怎么了？环兄弟小孩子家，一半点儿错了，你只教导他，说这些淡话作什么！凭他怎么去，还有太太老爷管他呢，就大口啐他！他现是主子，不好了，横竖有教导他的人，与你什么相干！"

读者读到这一段可能会有点儿不理解。按说赵姨娘是贾政的妾，也就是贾琏叔叔的姨太太，凤姐竟然像训斥奴仆一样训她，为什么？这是因为，在封建宗法家族里，嫡庶有别，妾没有地位，和嫡妻一个天上，一个地下。嫡妻可以和丈夫平起平坐，妾只能站在旁边端茶倒水掀帘子。妾生了孩子后，孩子是主子，她仍然是奴才。凤姐就用这样的道理教训赵姨娘，你儿子现在是主子，他不好了，有人教导他。谁教导他？老太太、老爷、太太，还有我这个嫂子，我们都可以教训他，但是你不行，因为你是奴仆，只有伺候他的义务，没有教训他的权利。在等级森严的封建制度下，凤姐是主子，赵姨娘是奴才，主子当然可以教训奴才。为什么这回的题目叫《王熙凤正言弹妒意》？因为王熙凤讲的这番道理在当时是正大光明的，所以叫"正言"。而赵姨娘那种妒忌心理绝对要不得。在宗法家族中，妾要做贤妾，一切都得听嫡妻的，不要和嫡妻争夺丈夫的宠爱，更不要说三道四。这一点曹雪芹写得非常客观。

教训完赵姨娘，凤姐说，环兄弟，出来跟我玩去！她可以骂赵姨娘，贾环虽是庶出，但也是主子，所以凤姐叫他"环兄弟"。贾环平时怕凤姐比怕王夫人更厉害，赶快唯唯诺诺地出来了。赵姨娘一声不敢吭。凤姐又说贾环："你也是个没气性的！时常说给你：要吃，要喝，要顽，要笑，只爱同那一个姐姐妹妹哥哥嫂子顽，就同那个顽。你不听我的话，反叫这些人教的歪心邪意，狐媚子霸道的。自己不尊重，要往下流走，安着坏心，还只管怨人家偏心。"这是说贾环，更是指桑骂槐敲打赵姨娘。脂砚斋加了句评语，说："借人发脱，好阿凤！好口齿！句句正言正理。赵姨安得不抿翅低头，静听发挥？"赵姨娘只能忍气吞声听着王熙凤骂她。王熙凤又问贾环："输了几个钱？就这么个样儿！"贾环说："输了一二百。"

贾环每个月有多少月钱？二两银子。输了一二百钱，太微不足道了，但他很当回事。凤姐说："亏你还是爷，输了一二百钱就这样！"她回头叫丰儿："去取一吊钱来，姑娘们都在后头顽呢，把他送了顽去。"又教训贾环，"你明儿再这么下流狐媚子，我先打了你，打发人告诉学里，皮不揭了你的！为你这个不尊重，恨的你哥哥牙根痒痒，不是我拦着，窝心脚把你的肠子窝出来了。"嫂子真厉害！

贾环诺诺地跟着丰儿拿了钱，和迎春这些人玩去了。猥琐的三爷只能找二木头玩。有趣!

王熙凤是贾赦的儿媳，贾赦姬妾最多，但《红楼梦》里从没写过凤姐如何和贾赦的姨太太打交道，反而多次写她和贾政的姨太太赵姨娘打交道，而且她特别瞧不起赵姨娘，要教训赵姨娘。赵姨娘和贾环确实人格低下。贾环为人猥琐，赵姨娘阴贼毒辣。但是王熙凤在和赵姨娘的关系上，有没有替王夫人出头的意思? 很有可能。王夫人讨厌赵姨娘，但是作为正妻，她不能表现出对妾的排斥，要装出一副大度的样子。她的厌恶情绪通过她的娘家侄女淋漓尽致地表现出来了。

王熙凤如此对待赵姨娘，引起赵姨娘的刻骨仇恨，埋下赵姨娘害王熙凤和宝玉的伏笔。

宝玉、黛玉首次"谈心"

贾环走了，宝玉继续和宝钗玩耍，有人说史大姑娘来了。

金陵十二钗中，黛玉、宝钗、王熙凤，甚至妙玉，出场前都有个来龙去脉，怎么湘云突然就出来了？《红楼梦》经过曹雪芹五次增删，实际上曹雪芹曾写过湘云小时候和宝玉青梅竹马，后来又改了，只通过袭人的回忆讲出来。所以，史湘云在《红楼梦》里的第一次出场显得比较突兀。

我为的是我的心

宝玉一听湘云来了，抬身就走，想去见她。宝钗叫他等着一块儿走。他们两个一块儿走，就引出许多故事。两人到了贾母那儿，看到湘云"大笑大说"，这四个字太精彩了。宝玉神游太虚幻境，看到湘云的判词是"英豪阔大宽宏量"，湘云是像男孩的女孩。她大说大笑，有人就小心眼。黛玉看宝玉来了，问，你刚在哪里呢？宝玉说在宝姐姐家。黛玉冷笑道："我说呢，亏在那里绊住，不然早就飞了来了。"一石二鸟，讽刺了两个人：宝钗千方百计想留住宝玉；宝玉在意湘云，想见湘云，不是走来，不是跑来，是飞来。这表现了黛玉之爱的排他心理。宝玉这时的最佳选择是装没听见，但他还没琢磨透黛玉的心理，傻呵呵地说："只许同你顽，替你解闷儿。不过偶然去他那里一趟，就说这话。"他说的是实话，正因为是实话，黛玉才更生气。照黛玉的心理，你到宝钗那里待一分钟都不可以。但她不能说出来，就跟宝玉怄气："好没意思的话！去不去管我什么事，我又没叫你替我解闷儿。可许你从此不理我呢！"说完，她赌气回房。

湘云刚来，是客人，姐妹们本该陪着湘云和贾母说说笑笑，但黛玉走了。这是不是黛玉的错？她挑起纠纷，讽刺宝玉到宝钗那儿去，又讽刺宝玉急忙想见湘云，然后她还赌气回房。但宝玉不管林妹妹怎样使小性子，都会赶快跟过去巴结。黛玉一走，他也跟了过去，把湘云撂在那里了。黛玉继续不讲理，而且越来越不讲理。宝玉劝她："好好的又生气？就是我说错了，你到底也还坐在那里，和别人说笑一会子。又来自己纳闷。"宝玉先承认，是我错了，甭管怎么着，林妹妹你别气着你自己。黛玉说："你管我呢！"小姑娘的任性被刻画了出来。宝玉赶快说，我当然不敢管你了，但是你也不要自己作践自己。黛玉继续不讲理，说，我偏偏使劲作践自己，我作践坏了身子，我死了，和你有什么相干？宝玉还是低声下气："何苦来，大正月里，死了活了的。"黛玉说："偏说死！我这会子就死！你怕死，你长命百岁的，如何？"越说越难听，越说越离谱，林妹妹真是有点儿不可思议。宝玉也受不了了，说："要像只管这样闹，我还怕死呢？倒不如死了干净。"黛玉说，对，这么闹，不如死了干净。宝玉是说自己死了干净，黛玉接过话来诬赖宝玉说她死了干净。宝玉说："我说我自己死了干净，别听错了话赖人。"

看到这些地方，现代读者可能会有些难以理解，这对初恋恋人为什么总是吵架？黛玉总找碴儿，总是不讲理，岂不是像上海人说的"作女"？而宝玉像幼儿园阿姨哄小朋友，你不讲理，我就哄你，劝你，不管你怎么胡搅蛮缠，总是我错了。而黛玉没有一句骂宝玉，她不断伤害自己：你不是心疼我吗，我就伤害我自己，说我要死了。

《红楼梦》这样描写爱情，有些古代文学研究者也不大明白，甚至有一些大红学家都不大明白。周汝昌先生就不喜欢黛玉，他喜欢湘云。周汝昌先生在世时，对我很提携，他问过我为什么不到《百家讲坛》讲《红楼梦》，我说人家让我讲《聊斋志异》呢。有人特地提醒我，周先生不喜欢黛玉，后来甚至还说小红都比黛玉强。我说我仍然要在周先生面前坚持自己喜欢黛玉，而且要告诉他，我为什么喜欢黛玉。

是黛玉不通情理吗？不是，是曹雪芹太懂恋爱心理了。真正相爱的两个人之间，有权不讲理。我联想起我自己家的事。我母亲在妯娌、街坊之间非常讲理，但经常和我父亲不讲理，而我父亲总让着她，我当时很不理解。我父亲在中华人民共和国成立前是大名医，先参加革命工作，后来做到司局级，还是全国人大代表，而母亲只是一个普通家庭妇女。父亲却一直让着她，还坚持一个观点："我们家男女平等，女略高于男。"奇谈怪论！我想就是因为我母亲《红楼梦》看得太多，影响到了我父亲：我都对你托以终身了，在鸡毛蒜皮的小事上，就可以不讲理了吧。

这就是为什么黛玉在别人面前，包括在丫鬟、仆妇跟前，从没有不讲理，唯独在宝玉面前总不讲理。宝玉还想和她讲理，讲着讲着，就跟着她不讲常理起来，甚至还纵容黛玉不讲理。

如果黛玉永远不讲理，就没有什么可爱之处，和《聊斋志异》

里的妒妇有得一比了。但黛玉不是，她只要搞清楚宝玉在意她，立马就晴空万里。这很像莎士比亚写的："爱情就像四月的天气，一会儿展示阳光下的一切美丽，一会儿乌云遮住了一切。"宝黛的爱情就是这样，一会儿大雨倾盆，一会儿雨过天晴，但甭管下不下雨，甭管有没有乌云，两人始终互相深深爱恋着对方。能够把爱情写得这样细致，这样别致，这样入情入理的，只有《红楼梦》。

正当黛玉不讲理，宝玉在那儿挖空心思地劝解林妹妹时，宝钗来了。宝钗当然知道黛玉是赌气回来的，也知道宝玉是来哄黛玉的，宝钗怕宝玉生气，走进来对宝玉说，史大妹妹等着你呢，推着宝玉走了。宝钗和宝玉之间很少有肢体动作，但是这时有了。看来宝玉本不想走，是宝钗硬推着叫他走的。宝钗很会做人，但她在黛玉跟前，似乎没有刻意好好做人。宝玉和黛玉正吵得难舍难分，你是个姐姐，这时候就应该像宝哥哥哄林妹妹一样，也哄哄林妹妹，但是宝钗不哄，她把宝玉推上就走，说的是"史大妹妹等你呢"，意思就是甭理她，把她晾在这里，咱们找史大姑娘玩去。你能说宝钗没有棱角？她不仅有棱角，还有心机。她如果说"宝兄弟你跟我走"，那就是她把宝玉拉走的，但她说"史大妹妹等你呢"，那就是湘云叫宝玉走的。设想一下，如果宝钗走进来说，宝兄弟、林妹妹，史大姑娘等着你们呢，然后一手一个，拉上走了，多好？但她不这么做。这说明什么？我认为是宝钗心疼宝玉，不心疼黛玉，而脂砚斋说："此时宝钗尚未知他二人心性，故来劝；后文察其心性，故掷之不闻矣。"我认为脂砚斋说得不对，宝钗后来知道宝黛二人的心性后，仍然会过问，而且是很有锋芒地问，比如后来"借扇机带双敲"的情节。

这是宝玉、黛玉、宝钗早期的感情，后来宝钗和黛玉也情同姐妹。能够让两个似乎势不两立的聪明女孩互相欣赏、要好，这就是《红楼梦》的魅力。

黛玉本来就是为了宝钗生气，现在宝钗又把宝玉拉走了，留她一个人在那儿流泪。宝玉不一会儿就跑了回来。黛玉一看，越发哭个没完。怎么个哭法？抽抽噎噎，不出声，但特别伤心。她很清楚，宝哥哥才出去便马上跑回来，是因为心疼自己，她不吵了。那她为什么还要哭？这是绛珠仙子向神瑛侍者还泪呢。宝玉再哄她，黛玉便把自己真实的想法说出来了："你又来作什么？横竖如今有人和你顽，比我又会念，又会作，又会写，又会说笑，又怕你生气拉了你去，你又作什么来？死活凭我去罢了！"这不是妒忌宝钗吗？宝玉也说出掏心窝子的话："你这么个明白人，难道连'亲不间疏，先不僭后'也不知道？我虽糊涂，却明白这两句话。"这两句话是什么意思？就是关系亲密的人不会被关系疏远的人离间，先来的人不会被后来的人超越。他说这个，黛玉已听懂了。那就是说：我和宝钗是疏的，跟你是亲的；我跟你是先的，跟宝钗是后的。但宝玉还要进一步解释："头一件，咱们是姑舅姊妹，宝姐姐是两姨姊妹，论亲戚，他比你疏。第二件，你先来，咱们两个一桌吃，一床睡，长的这么大了，他是才来的，岂有个为他疏你的？"宝玉的这段话，说明黛玉进府时很小，可能七岁就来了，她跟宝玉青梅竹马好几年，宝钗才到贾府。但因为曹雪芹把《红楼梦》修改了好几次，成了我们现在看到的样子——黛玉进府第二天，贾府的人就商量着宝钗一家要来。

宝玉明确表示：我们两个最亲近，我最在意你。这些话说到黛玉心坎里了。但是黛玉受不了，黛玉特别聪明，宝玉这么说，不成了她和宝钗争亲疏了吗？她才不背这口黑锅！于是马上朝着宝玉啐道："我难道为叫你疏他？我成了个什么人了呢！"读者兴许会腹诽：

既然不是叫宝玉疏远宝钗，那你这么闹来闹去，是想干吗？黛玉终于把心里话说出来了："我为的是我的心。"这是什么话？黛玉的意思是：宝哥哥，你和任何人，愿意亲就亲，愿意疏就疏，我都不管，我的心已经交给你了。宝玉回答："我也为的是我的心。难道你就知你的心，不知我的心不成？"宝玉的话是什么意思？他的意思是：林妹妹，我的心也早就交给你了。两个人都说"我为的是我的心"，为的什么心呢？谁也不说，但谁心里都明白。

1985年，我带着跟我进修的美国印第安纳大学博士生戴德熙到开封参加一个古典小说研讨会，在会上遇到了《水浒传》研究名家、湖北大学的张国光教授。中国古典小说研究领域，像世界格局一样，分几个"世界"。研究《红楼梦》的叫"第一世界"，份额占比最大，那些期刊上发表的古典小说研究论文大概有90%都是研究《红楼梦》的。"第二世界"是研究《三国演义》《水浒传》《聊斋志异》等名著的。"第三世界"就是像我当时带的那位美国博士生一样研究《歧路灯》《醒世姻缘传》等名著的。"第二世界"里的有些专家喜欢贬低《红楼梦》来提高《水浒传》等作品的档次。张国光先生在会上说，《红楼梦》有什么好的，宝玉和黛玉从来不敢说句"我爱你"，也不敢造成既定事实，叫封建家长承认。又说，《红楼梦》有什么进步可言，比《水浒传》差远了。我当时说，张先生，如果宝玉和黛玉石破天惊地说出"我爱你"，而且还造成"既定事实"，我不知道吴组缃先生还研究不研究《红楼梦》，反正我从此就不再研究了，因为它不再是《红楼梦》了。

宝玉和黛玉说"我为的是我的心"，就是特殊的封建贵族家庭才有的爱情表达方式，我管它叫"近似于爱情表白"。因为对"心"可以有各种各样的理解，只有他们两个人心里清楚，这个"心"是爱对方的心，是以对方为唯一的心。但是他们不能明讲，就只能经常吵架，越爱越吵，越吵越爱，就像王熙凤说的，越大越成孩子了。

黛玉多聪明，既然宝玉已和她挑明了，她便低头一句话也不说了。黛玉嘴那么巧，怎么不说话了？她太感动了。她知道宝玉只在意她。放到现代作家手里，如果一对恋人出现这种场面，很可能下面会写黛玉说："我知道你的心了，原谅我。"曹雪芹才不那么写呢。黛玉是从来不会向宝玉认错的，她反而又责备起宝玉来："你只怨人行动嗔怪了你，你再不知道你自己恼人难受。就拿今日天气比，分明今儿冷的这样，你怎么倒反把个青肷披风脱了呢？"奇怪不奇怪？分明应该向宝玉道歉，怎么又批评怪罪起宝玉来了？而且怪罪的是今天这么冷，你为什么把披风脱了。宝玉穿不穿披风，干你黛玉什么事？实则是黛玉对宝玉爱之深，天冷了你就得穿暖和点儿，否则我就不愿意！宝玉回答："何尝不穿着，见你一恼，我一暴躁就脱了。"更妙，宝玉穿多穿少，都得看黛玉的情绪。黛玉一恼，他就浑身暴躁，浑身冒火，就把披风脱了下来，可见宝玉对黛玉是多么深情挚爱。

林黛玉开心挖苦史湘云

两人误会解除，感情会不会往前发展？不会，因为湘云来了，出现了回目上的《黛玉俏语谑娇音》。"俏语"是说俏皮话，"娇音"是指湘云说话咬舌头。黛玉就拿她说话咬舌开玩笑。湘云跑来找宝玉和黛玉，她看不出来宝哥哥和林姐姐的感情已不是普通表兄妹之间的感情，她认为她和宝玉的关系，跟黛玉和宝玉的关系是一样的，都是表兄妹在一块儿玩。所以她说："二哥哥，林姐姐，你们天天一处顽，我好容易来了，也不理我一理儿。"湘云也要求宝玉和自己玩，但黛玉没生气，为什么？因为湘云把他两人"一锅煮"了，她没单独和宝玉说"宝哥哥，你得跟我玩"，而是说"你们"得跟我玩。这时黛玉已经因为宝玉表白"我也为的是我的心"高兴得不得了，她就有心情拿湘云开涮了。湘云说话咬舌，把"二哥哥"叫成"爱哥哥"，黛玉挖苦湘云道："偏是咬舌子爱说话，连个'二'哥哥也叫不出来，只是'爱'哥哥'爱'哥哥的。回来赶围棋儿，又该你闹'幺爱三四五'了。"黛玉口角生风，她已经心情舒畅，满天乌云散尽，所以拿湘云开涮。先是宝玉劝黛玉："你学惯了他，明儿连你还咬起来呢。"他像在说相声，给黛玉捧哏。偏偏湘云还要拿宝钗来说事。湘云说："他再不放人一点儿，专挑人的不好。你自己便比世人好，也不犯着见一个打趣一个。指出一个人来，你敢挑他，我就服你。"黛玉问是谁。湘云说："你敢挑宝姐姐的短处，就算你是好的。我算不如你，他怎么不及你呢。"真是哪壶不开提哪壶！黛玉本来就对宝钗不满，现在湘云这个心胸开阔的小女孩，偏偏拿宝钗和黛玉对比！贾府的人已经多次将两人进行对比，认为黛玉孤高自许，不像宝钗会做人。黛玉冷笑起来："我当是谁，原来是他！我那里敢挑他呢。"语气是酸溜溜的。眼看着一波刚平，一波又起，宝玉赶快用话岔开。宝玉发现，在黛玉这儿，宝钗已成了不能踩的雷区。湘云说："这一辈子我自然比不上你。我只保佑着明儿得一个咬舌的林姐夫，时时刻刻你可听'爱''厄'去。阿弥陀佛，那才现在我眼里！"湘云太可爱了，根本不懂宝哥哥和林姐姐之间发生了什么事，继续开玩笑，而且立即回身就跑，众人一笑。曹雪芹把这一回结束得多么轻巧，似乎几个人物的声音和形象从纸上就能听到看到。

袭人再次规劝宝玉

——第二十一回　贤袭人娇嗔箴宝玉　俏平儿软语救贾琏（上）

第二十一回主要讲了两段故事：贤惠的袭人以撒娇的方式劝诫贾宝玉改掉爱在姐妹中间胡闹的毛病；俏美的平儿知道贾琏在和王熙凤短暂分离期间与多姑娘私通，拿到他们私通的证据，帮着贾琏遮丑。

天真娇憨的史湘云

黛玉挖苦湘云说话咬舌，是一处很妙的细节。我们现在不是常讲写正面人物也要有缺陷美吗？湘云就是这样一个人物。她是《红楼梦》中最受现代青年读者欣赏的女性形象之一，但湘云有咬舌的缺陷，把"二哥哥"说成"爱哥哥"。

湘云听了黛玉的挖苦，反唇相讥，叫黛玉将来找个咬舌的林姐夫，整天听他咬舌。湘云说完就跑了。黛玉撵她，宝玉赶快嘱咐说："仔细绊跌了！那里就赶上了？"宝玉时刻密切关注着林妹妹，不想让她受到一点儿伤害。黛玉赶到门前，宝玉叉手在门框上拦住，不叫她撵湘云："饶他这一遭罢。"黛玉说不饶，湘云央求道："好姐姐，饶我这一遭罢。"宝钗在湘云身后说："我劝你两个看宝兄弟分上，都丢开手罢。"宝玉、黛玉、湘云，三个人已难解难分，宝钗一句话，把四个人一起拢住，大家都是好朋友。脂砚斋评曰："真好文字！"

风波平息，各自回去睡觉，虽然黛玉挖苦了湘云，湘云还是要睡在黛玉房间。湘云一开始跟黛玉关系特别好，渐渐被宝钗感化，希望有个像宝钗这样的姐姐，变得和宝钗好了。黛玉在贾府跟着贾母住，实际上，在黛玉来到贾府之前，湘云也曾跟着贾母住过，和宝玉过了一段青梅竹马的日子。他们俩像亲哥哥和亲妹妹，没有任何隔阂。

宝玉看到从小一块儿长大的湘云来了，住在也是跟自己从小一块儿长大的黛玉房间，便一早爬了起来，披着衣服拖着鞋就跑来了。恰好黛玉和湘云的丫鬟都没在，他就直接进了黛玉的卧室，看到黛玉和湘云都还躺在床上。"那林黛玉严严密密裹着一幅杏子红绫被，安稳合目而睡。那史湘云却一把青丝拖于枕畔，被只齐胸，一弯雪白的膀子撂于被外，又带着两个金镯子。"如果将这个场景画成一幅画，该多么漂亮啊！黛玉是娇弱的女孩，被子盖得严严的，安安稳稳地睡觉。湘云是娇憨的女孩，露着两条雪白的膀子，还戴着两个金镯子。宝玉对着酣睡的湘云，叹息道："睡觉还是不老实！回来风吹了，又嚷肩窝疼了。"一面说，一面轻轻地用被子盖住湘云的手和肩。

这个毛病儿多早晚才改

宝玉时时刻刻对他身边的女性表现得非常体贴，不管是表姐妹还是丫鬟，这就是警幻仙子所说的"意淫"，对女性关怀、体贴、照顾，而他和这一回中贾琏的故事完全不一样。贾琏和贾珍、薛蟠一样，"皮肤滥淫"，追求感官享受。

我觉得宝玉似乎想回到童年，因为他和湘云、黛玉一起长大，就想回到当年男孩女孩可以一块儿嬉闹的岁月。《礼记》写："七年男女不同席。"那我们就都做儿童，都在一块儿玩吧。

黛玉醒了，猜着就是宝玉。必须黛玉先醒，因为黛玉睡觉警觉；能猜到是宝玉的也只能是黛玉，因为两人心连心。黛玉一翻身，果然是宝玉，说："这早晚就跑过来作什么？"宝玉说："这大还早呢！你起来瞧瞧。"黛玉说："你先出去，让我们起来。"她还要讲点儿男女有别。宝玉出去后，黛玉把湘云叫醒，两人穿好衣服，宝玉又进了来，坐在镜台旁边，看着紫鹃、雪雁服侍两位小姐梳洗。宝玉很好玩，你一个富家公子，怎么能坐在这里看两个表妹洗脸梳头？他就坐那儿看着。湘云洗完脸，翠缕端着脸盆要去泼水，宝玉说："站着，我趁势洗了就完了，省得又过去费事。"明明有袭人、麝月给他倒上干净的水服侍他洗脸，他为什么还要用湘云洗过的水自己洗？是不是想保留一点儿湘云身上的味道？宝玉走过来，弯腰洗了两把。紫鹃递过香皂，宝玉道："这盆里的就不少，不用搓了。"又洗了两把，就要毛巾。翠缕说："还是这个毛病儿，多早晚才改。"看来小时候宝玉常用湘云洗过的水洗脸。湘云梳完头，宝玉又走过来说："好妹妹，替我梳上头罢。"湘云说："这可不能了。"宝玉又说："好妹妹，你先时怎么替我梳了呢？"湘云说，我现在忘了。湘云是不是真的忘了？不一定，湘云可能觉得，小时我可以给你梳头，如今你长大了，找你的丫鬟梳去。宝玉说，反正我又不出门，你就给我打几个散辫子就完了，千妹妹万妹妹地央告。湘云只好扶过他的头来给他梳。

他的发型比较特殊，是将四围短发编成小辫，往头顶归了总，编成一根大辫，用红色的丝绦绑住。辫子上要坠珍珠、金坠脚。湘云一边给他编辫子，一边说，你这珍珠怎么只剩三颗原来的了？这一颗是后加的，原来那颗哪去了？宝玉说丢了。湘云说，必定是去外头的时候掉下来被人捡了去，倒便宜他。这才是湘云这位史侯家千金小姐的口气，宝贵的珍珠丢了，不说"可惜了的"，只说"倒便宜他"。

黛玉在旁边洗手，听到这些话，冷笑说："也不知是真丢了，也不知是给了人镶什么戴去了！"黛玉对宝玉的个性理解得更透彻，她知道宝玉心软，别人求他，他连身上的荷包、扇坠都会送给人家，这颗珍珠如果掉下来，哪个小厮说一句"给我吧"，他肯定就给了，人家就拿去镶东西戴去了。黛玉是对宝玉深知底里的口气，也有点儿带醋意。

宝玉看到镜台旁都是化妆品，顺手拿起来玩，拈了胭脂想往嘴里送。宝玉不是有爱红的毛病吗？他特别爱吃胭脂，甚至吃人家嘴上的胭脂。后来，王夫人的丫鬟金钏儿故意拿他开涮，当宝玉要去见贾政时，她对宝玉说，我嘴上有刚搽的胭脂，你吃吗？看来宝玉确实从别人嘴上吃过胭脂，现在看到胭脂就往嘴里送。湘云看见了，啪地一下子将胭脂打落，说："这不长进的毛病儿，多早晚才改过！"抬手打落，这就是大大咧咧的湘云的做法。她说的话，也说明宝玉爱红的毛病从小就有，没法改。这些描写好像并不意味着宝玉有多喜欢女人和化妆品。宝玉有点儿女性化，总不想长大，总希望跟小时候一样，你们是女孩，我也和女孩一样，大家一起玩。

这时，袭人来了，袭人的职责之一便是伺候宝玉洗脸梳头，一看宝玉梳洗过了，只好自己回去。就在这时，宝钗进了宝玉的房间。

宝钗留神窥察袭人

宝钗有事没事总跑来找宝玉。既然湘云是好久没来的小姐妹，既然湘云住在黛玉房间，那宝钗早上爬起来该去找这两个妹妹才对，但是她来找宝兄弟："宝兄弟那去了？"袭人笑着说："宝兄弟那里还有在家里的工夫！"这句话无意中透露出，袭人是以宝玉的房子为家的。宝钗一听，就明白宝玉肯定是找湘云和黛玉去了。袭人又叹息："姊妹们和气，也有个分寸礼节，也没个黑家白日闹的！凭人怎么劝，都是耳旁风。"她说的是宝玉对湘云吗？不，是对黛玉。湘云刚来，"黑家白日闹"只能是和黛玉闹。宝钗一听，暗想："倒别看错了这个丫头，听他说话，倒有些识见。"黛玉有没有和宝玉的大丫鬟袭人深谈过？有没有问过她从哪儿来的，家里都有什么人？没有，黛玉从来不打听宝玉丫鬟的底细。宝钗一听到袭人用这样的语气讲宝玉和黛玉的交往，就认为袭人有些见识。什么见识？袭人不想叫宝玉和黛玉太亲近。宝钗便在炕上坐了，随意地慢慢聊着，套问出袭人的年纪大小，家里境况如何，"留神窥察，其言语志量深可敬爱"。

为什么宝钗认为袭人"深可敬爱"？因为她发现袭人决心永远跟着宝玉，并劝导宝玉走正路，这和宝钗的愿望不谋而合。宝钗参选公主陪读没选上，薛姨妈已开始宣传金玉良缘；贾元春封妃后，她又和王夫人公开说，我女儿身上的金锁是癞头和尚送的，癞头和尚说，要和有玉的人成亲。"有玉"是个特定概念，不是你在哪个商店买块玉挂着就算有玉，而是出生时带下来的，也就单指贾宝玉。这实际上成了女家向男家求婚，这在当时是一件很没面子的事。有人说宝钗的母亲追求金玉良缘，宝钗没有追求。记得中国红学会首任会长吴组缃教授闲谈时曾说过，宝钗要是不追求金玉良缘，那她整天把标志着金玉良缘的沉甸甸的金锁戴在脖子上干吗？说得多么一针见血！

宝钗以后便千方百计笼络袭人，送袭人戒指，替袭人做针线，她是不是想建立一个包括王夫人、袭人在内，推动金玉良缘的同盟？

袭人大张温柔罗网

宝玉刚回来，宝钗就出去了，宝玉问袭人："怎么宝姐姐和你说的这么热闹，见我进来就跑了？"没有回应，再问，袭人说："你问我么？我那里知道你们的原故。"袭人是丫鬟，她和宝玉的关系又不仅仅是丫鬟和少爷的关系，她要劝诫宝玉，该采用什么办法呢？不能像贾政一样板起脸来正儿八经地教训宝玉，得用撒娇的方式来教育宝玉——你如果不听我的，我就不干了，不理你了。袭人一边说一边合眼在炕上躺下。说的什么呢？"只是从今以后别进这屋子了。横竖有人服侍你，再别来支使我。我仍旧还服侍老太太去。"这不是要罢工，要离开宝玉的意思吗？宝玉只好来劝她，袭人只管合了眼不理。这是少爷和丫鬟的关系吗？当然不是。麝月进来了，宝玉问："你姐姐怎么了？"麝月说："我知道么？问你自己便明白了。"曹雪芹真会调度，这时进来的为什么是麝月而不是晴雯？因为麝月和袭人关系最好，而且她的个性和袭人相似，她也要劝诫宝玉走正道、读书做官。宝玉一听，你们都不理我，我也睡觉去，便躺在那里假装睡觉，假装打呼噜。袭人以为宝玉真睡着了，便做起贴身大丫鬟的本职工作，拿一件斗篷给宝玉盖上。宝玉呼地一下子掀过去。袭人反应过来宝玉在装睡，说，我以后不说你了。宝玉忍不住爬起来，问袭人说，我怎么了？你要是真想劝我，你就劝吧，但你并没有劝我，从刚才见了我，你就不理我，我都被你整糊涂了。袭人说："你心里还不明白，还等我说呢！"袭人有心计，她不公开说"你和黛玉、湘云这么亲密，不行，我不高兴"，因为她没权利说。但她还是要叫宝玉知道：你这样做我非常不高兴。怎么办呢？娇嗔，我不理你了，你以后离我远点儿，我也不告诉你是怎么回事。宝玉只好自己在房里待着。袭人和麝月在外面。宝玉知道她们两人关系好，不理她俩，自己拿本书看，看到一个小丫鬟在一旁伺候，便问起她的名字。小丫鬟回答说叫蕙香，是袭人改的名字。宝玉说，什么蕙香，该叫"晦气"！又问她在家里排行第几，小丫鬟回说第四。宝玉说，行了，你以后就叫"四儿"。又说："不必什么'蕙香''兰气'的。那一个配比这些花，没的玷辱了好名好姓。"这话是故意说给袭人听的。袭人姓花，宝玉暗说她玷污了好名好姓，这又成了袭人和宝玉算账的口实。

宝玉和黛玉的笔战

宝玉这一天就不出去闹了，在房间里翻弄笔墨。脂砚斋认为这正是袭人获得的成功，实际上恰恰相反，这些事反而促使宝玉想办法从父亲、母亲、母亲的心腹丫鬟袭人对他的束缚中解脱出来。

他在书房里看起了《庄子》。《庄子》又叫《南华经》。唐代重道教，唐玄宗下令尊庄子为"南华真人"，尊《庄子》为《南华真经》。宝玉看的是《南华经》外篇《胠箧》，应该是庄子的门徒收集的。宝玉看的《胠箧》讲的什么？一个箱子，为了防备小偷，加了把锁，但如果里面不放什么珍宝，小偷不就不来了吗？这表达了庄子无为而治、返璞归真的消极政治理想。这种言辞引起宝玉对自身处境的联想，就提笔续了一段，大概意思是：遣散了袭人和麝月，闺阁中的女子就不会来劝我，不会没完没了地跟我唠叨；损毁了宝钗的仙姿，毁灭了黛玉的灵巧心思，就把我对她们的情谊都泯灭了。闺阁中的女孩子们的美丑，也就没有差别了，都一样。她们不来劝我，我就不会和他们不和了，把她们的仙姿和心思都毁灭了，我就不会再爱怜她们的才情，喜欢她们的仙姿了。宝钗、黛玉、袭人、麝月，这些人都是张大了罗网、挖深了洞穴想来迷惑我，我才不上她们的当呢！

宝玉挺有才气，写的是游戏笔墨，写完后，觉得自己的问题都解决了，他倒头就睡，到第二天天亮才醒。看到袭人和衣睡在旁边，他已经把昨天的事忘了，说，快起来，别冻着。袭人又和他算了一次总账，说，你睡醒了，赶快上那边去梳洗，晚了就赶不上了。如果那边腻了，这儿还有什么"四儿""五儿"服侍你，我们这些人是白玷辱了好名好姓的。宝玉说，你怎么还记着呢？袭人说，一百年还记着呢，不像你，拿我的话当耳旁风，夜里说的早上就忘了。宝玉见她娇嗔满面，就向枕边拿起一支玉簪一跌两段，说，我再不听你的，就同这个一样！

袭人这是第二次动大阵仗劝宝玉，上次劝的结果是约法三章，其中有一章是不许淘弄脂粉，谁知刚刚约法三章完，趁袭人病了躺下发汗，宝玉就去给丫鬟淘弄脂粉了，腮边还蹭到了胭脂，被黛玉看到。这次又跌了支玉簪，还发下誓言，不过仍然只是说说而已。袭人说，大清早的，何苦来哉？你快起来洗脸吧。两人没事了。

黛玉来了，此时宝玉已去向贾母请安，黛玉便翻弄起宝玉案上的书，谁知，刚好翻到宝玉昨天在《南华经》上续的地方，看完又气又笑。宝玉不是要毁灭黛玉的灵巧心思吗，灵巧心思马上使得黛玉提笔续了首绝句：

> 无端弄笔是何人？作践南华庄子因。
> 不悔自己无见识，却将丑语怪他人！

很多研究者把"庄子因"解释错了。而高鹗、程伟元的程高本，就把"因"字改成了"文"字，更是错得离谱。《庄子因》是清代一本解释庄子的书，"作践南华庄子因"的意思是说，宝玉你无端弄笔，胡乱发挥人家《庄子因》里的解释，把人家的声誉也糟蹋了。你不说自己没见识，反倒说这些丑话来怪我们。所谓丑话就是宝玉说的"戕宝钗之仙姿，灰黛玉之灵窍"。

宝玉和两个表妹的关系太亲密，惹得袭人对他一番规劝。最后由黛玉出面，把他骂了个痛快。很多点评家说，太棒了，叫黛玉来评，真是大手法。

曹雪芹把小说编织得像四通八达的网，很多线索互相交错。宝玉和黛玉、湘云、宝钗这些姐姐妹妹闹矛盾，最后闹出什么结果？闹出来《庄子》，闹出宝玉续《庄子》，黛玉给他点评，闹出书卷气来了。

平儿救贾琏和丢失章回的回目

花娇月媚的《红楼梦》闪现类似《金瓶梅》的文字，出现在贾琏与多姑娘的艳事上，仅此一处，再也没有。贾琏猎艳始终伴随着王熙凤抓钱抓权，谁能想到风头无两的琏二奶奶，竟动不动公开或隐蔽地"后院失守"，这是贾府的奇异现象，是矛盾的节点，也是小说情节往前推进的重要因素。这一回特别值得重视的是脂砚斋的评语提供了曹雪芹丢失的后三十回唯一可确认的回目——《薛宝钗借词含讽谏　王熙凤知命强英雄》。

《红楼梦》里的香艳文字

凤姐的女儿巧姐出痘，要请痘疹娘娘，家里忌煎炒，得把贾琏隔离出来。凤姐叫平儿打点铺盖，把琏二爷送到外书房住。琏二爷只要一离开凤姐就生事。一个人住了两天，已不能忍受，像小说里写的，暂时把小厮里长得清俊的拿来出火，即玩娈童。偏偏荣国府有个荡妇名叫多姑娘，她的丈夫"多浑虫"是个懦弱无能又嗜酒如命的厨子，只要有酒有肉就什么都不管，因此贾府的很多人——管家、小厮、男仆等——都和多姑娘有关系。多姑娘见贾琏挪出来住，就想去勾引，没事也要跑到贾琏住的外书房走两趟。贾琏这个国公府公子，竟像饿极的老鼠，和心腹小厮商量如何和厨娘偷腥，小厮和多姑娘有关系，一说就成。

贾琏是花花公子，凤姐虽为人风流，但只爱丈夫，他们两个的情事前几回已作暗写，也只限暗写。贾琏和厨娘约会，出尽洋相，最后还海誓山盟，"遂成相契"，此后经常约会。《红楼梦》该雅则雅，该俗则俗，该藏则藏，该露则露，因人而异，用笔准确。贾琏这段风流韵事的描写带有色情味道，和《金瓶梅》多少有点儿相似。一部书中只这一小段露骨文字，用到贾琏身上，非常恰当。

平儿其实是架"屏儿"

巧姐出完痘后，贾琏从外书房搬了回来，所谓新婚不如远别，和凤姐无限恩爱。第二天早上起来，凤姐去给贾母请安，平儿收拾贾琏带回的衣服铺盖时，从枕套里抖出一绺青丝！平儿知道琏二爷又去寻花问柳了，还和情人发誓永远相思永远在一块儿，所以女方给他一绺青丝（谐音"情思"）。平儿将它藏在袖子里，在贾琏跟前拿出头发，问他："这是什么？"贾琏一看，急了，上来抢。平儿要跑，被贾琏一把揪住，按在床上，贾琏伸手就来夺，笑着说："小蹄子，你不趁早拿出来，我把你膀子撅折了。"平儿也不怕，笑着说："你就是没良心的。我好意瞒着他来问，你倒赌狠！你只赌狠，等他回来我告诉他，看你怎么着。"贾琏赶忙告饶，说："好人，赏我罢。我再不赌狠了。"

这一段写得好玩。平儿是凤姐的心腹得力丫鬟，是贾琏心爱的通房大丫头，她还和鸳鸯、袭人、紫鹃，并列为《红楼梦》四大丫鬟。但是我却说，平儿就是"屏儿"，一架美丽实用的屏风，起什么作用？挡风遮雨。她要挡住他人对凤姐的批评，还要遮住凤姐需要对贾琏保守的秘密，比如放高利贷。此外，平儿还要遮住贾琏需要瞒住凤姐的隐私。像现在，贾琏刚刚出去几天，就有情人留青丝，这就不能叫凤姐知道。平儿没读过兵书，却懂得用兵之道，没读过四书五经，却懂得礼法。她是一个天真善良、身份低贱却与人为善的人。"软语救贾琏"成了平儿在《红楼梦》里的第一次正传，和袭人一起进了回目。

因为凤姐整天防贼一样防着贾琏，防到连平儿也不叫贾琏碰，所以贾琏这个登徒子，才像饥鼠一样到处猎艳。贾琏比较幸运的是，他在《红楼梦》当中第一次猎艳是被平儿发现的，平儿起了屏风的作用，为他挡下了凤姐的妒火。这一段对平儿的描写，生动精彩之极。

平儿知道凤姐厉害，也知道贾琏常偷腥，她一点儿也不拈酸吃醋，还要保护这个见一个爱一个的琏二爷。但是凤姐很清楚自己的丈夫出去这几天，肯定干净不了。贾琏和平儿正在纠缠时，听到凤姐进来的声音，贾琏赶紧悄悄跟平儿说："好人，别叫他知道。"平儿刚从床上爬起来，凤姐就进来了。凤姐还没发现这两个人已有一番瞒着她的游戏，进来就说，平儿，快开匣子给太太找样子。平儿答应着去找。凤姐一见贾琏，忽然想起来什么，问平儿："拿出去的东西都收进来了么？"平儿说："收进来了。"凤姐又问，少什么没有？平儿说，我仔细地查了查，什么也没少。凤姐再问，没多出来什么吧？问得太妙了！平儿的回答更妙。当凤姐问"少什么没有"

的时候，她回答说没少。这是第一句"软语"，这是在给贾琏打掩护。当凤姐问"没多出来什么吧"时，平儿来了第二句"软语"：不丢就是万幸，谁还能给你添出来呢？如果没有那绺青丝，平儿说的可能是真话。但她明明知道已有人添出来了东西，还在那里装傻充愣，一副天真姿态，这就说明平儿跟着凤姐这么多年，已学会哄死人不偿命的本领。凤姐冷笑起来："这半个月难保干净，或者有相厚的丢下的东西：戒指、汗巾、香袋儿，再至于头发、指甲，都是东西。"太绝了！凤姐是从贾琏以前偷腥得出的经验还是无师自通？反正她这番话，把贾琏的脸都吓黄了，只好在凤姐背后，朝着平儿杀鸡抹脖子使眼色：千万别说，我求你。平儿镇静极了，假装看不见贾琏在递眼色。她知道，只要凤姐发现贾琏打暗号，马上就能判断出里面有"多出来"的，那样贾琏就完了，自己也完了。于是平儿笑容满面地说了第三句"软语"："怎么我的心就和奶奶的心一样！我就怕有这些个，留神搜了一搜，竟一点破绽也没有。"平儿还说，奶奶你要不信，自己再搜一遍。凤姐说："傻丫头，他便有这些东西，那里就叫咱们翻着了！"还说别人傻呢，到底是谁傻？精明如凤姐都被平儿忽悠了。

平儿发现了多姑娘的头发，藏起来不叫凤姐看见，说明平儿千方百计维护贾琏和凤姐的夫妻关系，不想叫他们闹事，也说明平儿爱贾琏。

凤姐回来替王夫人找样子，找完样子又出去了。平儿指着鼻子，晃着头，笑着对贾琏说："这件事怎么回谢我呢？"平儿神态娇俏，和袭人、麝月很不一样，因为她毕竟是贾琏多年的通房大丫头。贾琏一见，又是浑身发痒难挠，赶快跑上来搂着平儿，但这时还并不是向平儿求欢，而是有阴谋的。他"心肝肠肉"叫着，哄平儿开心。平儿这时却很天真，拿了头发说："这是我一生的把柄了。好就好，不好就抖露出这事来。"这还是向贾琏撒娇。贾琏继续笑着糊弄善良的平儿："你只好生收着罢，千万别叫他知道。"嘴里这么说，瞅平儿不防，一把把那绺头发抢到自己手里，说："你拿着终是祸患，不如我烧了他完事了。"这里是一处伏笔，如果这绺头发一直放在平儿那里，以平儿的谨慎，倒不至于泄露。贾琏抢回去，后来才叫凤姐发现，一场大闹。可惜我们已经看不到凤姐是如何大闹以及闹出什么结果了。

平儿在夹缝中求生存

贾琏将头发抢过来后，塞进了靴筒里。平儿很生气，咬牙说："没良心的东西，过了河就拆桥，明儿还想我替你撒谎！"贾琏这时才向平儿求欢，平儿跑了。贾琏说："死促狭小淫妇！一定浪上人的火来，他又跑了。"平儿在窗外笑着说道："我浪我的，谁叫你动火了？难道图你受用一回，叫他知道了，又不待见我。"平儿知道，自家主子凤姐是个醋瓮。这时，贾琏说了一大段话："你不用怕他，等我性子上来，把这醋罐打个稀烂，他才认得我呢！他防我像防贼似的，只许他同男人说话，不许我和女人说话；我和女人略近些，他就疑惑，他不论小叔子侄儿，大的小的，说说笑笑，就不怕我吃醋了。以后我也不许他见人！"平儿说："他醋你使得，你醋他使不得。他原行的正走的正；你行动便有个坏心，连我也不放心，别说他了。"贾琏和平儿的这段对话透露出的信息是，贾琏很注意凤姐跟贾府爷们的来往，甚至想拿来跟自己和女人的来往相比。但平儿说得明确，凤姐和他们来往，行得正走得正，你走得不正。贾琏说的和凤姐说说笑笑的"小叔子侄儿"，恐怕主要指宝玉、贾蓉和贾蔷。宝玉是贾琏指的那个"小的"。"大的"是贾蓉和贾蔷，这两块料都是宁国公嫡系，也是凤姐的亲信；除这两个以外，后来出现的贾芹和贾芸，是贾府的旁支，也是整日讨凤姐的好。在这帮人心目中，只要讨了凤姐的好，就能脱贫致富，改变自己的人生。谁叫凤姐有权？受到贾琏怀疑的这些似乎可能是凤姐情人的年轻人，就是这样聚集起来的，他们不是为凤姐的色而来，而是冲着她的权而来。这很容易理解。哪个玩弄权力的人周围，没有一批阿谀奉承之徒？贾琏对这些人不以为然，但平儿知道，凤姐和他们交往，跟贾琏和女人交往，性质完全不同。贾琏一心寻花问柳，凤姐一心拉帮结伙。至于王熙凤关爱贾宝玉，那是投贾母所好。贾琏关心情欲，凤姐关心权欲。贾琏和野女人躲在暗室蝇营狗苟，凤姐跟她的小跟班在大庭广众前说说笑笑。平儿这段评论说明，凤姐给人的印象是放纵而不放荡，风流而不淫荡，蛮横霸道而不红杏出墙。凤姐在这一回虽然不占主要地位，但她的影响力无处不在。

平儿总在凤姐跟前表现出恪守本分、对贾琏目不斜视的丫鬟本色。现在她偶尔一撒娇，顿显娇俏之色。贾琏这个色中饿鬼，马上搂着求欢。按说这并不过分，因为平儿是通房大丫头。平儿却马上跑到门外，还说"难道图你受用一回，叫他知道了，又不待见我"。平儿说的是"又不待见"，可见平儿曾因为满足贾琏而得罪凤姐。

凤姐偏又在此时回来了，她发现平儿隔着窗子跟贾琏说话，就说，要说话就两个人在屋里说，怎么还跑出一个来，隔着窗子说？

贾琏回答："你可问他，倒像屋里有老虎吃他呢。"贾琏这是向凤姐表忠心，意思是：你不在的时候，我和平儿说话得隔着窗户。平儿回答说："屋里一个人没有，我在他跟前作什么？"平儿也表明：我绝对不和贾琏单独在一块儿。什么原因？奶奶自己琢磨去。凤姐笑了："正是没人才好呢。"这就等于挑明了：我知道你们很想单独在一块儿。凤姐吃醋的心理暴露出来了，别人是醋罐子，凤姐是醋瓮。她不仅像防贼一样防着贾琏，也像防贼一样防着平儿。

平儿听了作何反应？按说奶奶对丫鬟说这些话，丫鬟只能忍气吞声。平儿偏偏强硬地表示：我不同意你这个说法！她说："别叫我说出好话来了。"意思是：再惹我，我可什么难听的话都说得出口！凤姐要进门，平儿作为丫鬟理应给她打帘子。她偏偏不给凤姐打，自己先摔了帘子进来，不理这两个人，到别的地方去了。

这段描写似乎不合乎主仆关系，但特别合乎心理学。平儿没有满足贾琏的性要求，就敢在凤姐跟前摔帘子；如果平儿满足了贾琏，她在凤姐跟前不管如何卑躬屈膝都不行。正因为平儿拒绝了贾琏，她才能在凤姐跟前直起腰杆。平儿是跟着凤姐从小一块儿长大的丫鬟。凤姐嫁进贾府时，贾琏已有好几个通房大丫鬟，凤姐想了各种办法，把贾府这些通房大丫鬟都打发走了，留下平儿，既显示自己贤良，也好拴住贾琏的心。平儿既然是通房大丫鬟，就得和贾琏同房。但如果平儿真去和贾琏同房，她自家小姐就不待见她。怎么办？平儿采取了一种似乎很不合人情，但其实很聪明的办法。她在众人面前风风光光做贾琏的"屋里人"；在凤姐跟前，她又小心翼翼地尽量避免做贾琏的"屋里人"。宁可得罪贾琏，绝不得罪凤姐。尽量远离贾琏，全心全意做凤姐的臂膀。平儿很清楚，对贾琏无所谓得罪不得罪，反正在色中饿鬼贾琏的眼里，总是妻不如妾，在贾琏对妻妾的选择上，任何时候，她都比凤姐有利。但是对凤姐，她万万得罪不起，因为凤姐吃醋成性，心狠手辣。前辈红学家二知道人说凤姐已经"醋化鸩汤"，就是吃醋吃得都变成了饮毒药。平儿不会引火烧身，这是平儿的生存之道，是平儿在夹缝中求生存的最大本领。把本来水火不容的妻妾矛盾转化成在同一条战壕里的"战友"之情，从嫡妻心中永远的痛变成荣国府众口一词的凤姐左膀右臂。

这段描写把第一次在回目上出现的平儿写得生动、形象、耐人寻味。

平儿捧帘子走了，凤姐掀帘子进来，说："平儿疯魔了。这蹄子认真要降伏我，仔细你的皮要紧！"凤姐很聪明，知道平儿和贾琏刚才没发生调情的事，也知道平儿是怕自己，尽量躲着贾琏，所以她敢跟自己摔帘子。贾琏已经笑倒在床，说："我竟不知平儿这么利害，从此倒伏他了。"他表面上是说，平儿竟在你跟前这么厉害，实际上是说他知道了平儿的厉害，因为平儿用几句"软语"保护了他。凤姐也很聪明，说："都是你惯的他，我只和你说！"贾琏赶快说："你两个不卯，又拿我来作人。我躲开你们。"凤姐说："我看你躲到那里去。"凤姐要跟他商量正事了。

第二十一回，贤袭人教育宝玉，俏平儿掩护贾琏，两个性质很不一样的故事，把男性——"意淫"的宝玉，"皮肤滥淫"的贾琏，和女性——聪明绝顶的黛玉，大大咧咧的湘云，心机深细的宝钗，同样心机深细，身份却是丫鬟的袭人，还有娇俏聪慧的平儿，打翻醋瓮的凤姐等，写得活灵活现。宝钗通过观察袭人，发现这是个不简单的丫鬟，宝钗有意无意地和袭人搞好关系，是不是想笼络袭人共同促进金玉良缘？看此后情节的发展，袭人确实在王夫人面前力挺宝钗，贬损黛玉。但世界上没有永远的同盟，只有永远的利益，将来宝钗嫁给宝玉后，会不会容忍袭人继续留在宝玉身边？这个问题值得探讨。有个著名的典故：赵太祖要灭南唐，南唐并没有损害大宋，但太祖说："卧榻之侧，岂容他人鼾睡？"后来袭人出嫁，会不会和宝二奶奶"清君侧"有关，只有天知道了。

薛宝钗借词含讽谏，王熙凤知命强英雄

我想特别提醒读者朋友的是，在庚辰本第二十一回回前，脂砚斋有一段很长的评语，提出了曹雪芹丢失的后三十回中的一个具体回目："此曰'娇嗔箴宝玉''软语救贾琏'，后曰'薛宝钗借词含讽谏，王熙凤知命强英雄'。"现在是袭人劝宝玉，平儿救贾琏，后三十回有个回目是宝钗劝宝玉，凤姐又和贾琏发生冲突。评语说，现在是从两个丫头说，后来直指其主。今天的袭人，今天的宝玉，也是将来的袭人，将来的宝玉。今天的平儿，今天的贾琏，也是将来的平儿，将来的贾琏。但是今天的宝玉可以劝，将来的宝玉不听劝，今天的贾琏可以救，将来的贾琏已经不能救。"袭人安在哉，宁不悲乎？"这说明宝钗嫁给宝玉后，劝诫宝玉读书做官、光大门楣，宝玉不听，丢下妻子宝钗、丫鬟麝月，出家为僧。多姑娘的一绺青丝被凤姐发现，大闹一场，一直畏妻如畏虎的贾琏已不怕凤姐，不仅公开和凤姐对着干，而且他查清了凤姐是怎样害死尤二姐，怎样和静虚联手办坏事的，先把凤姐和平儿调了个个儿，然后把凤姐休了。因为凤姐是借贾琏的名义写信拆散张金哥未婚夫妻的，此事东窗事发，贾琏会不会因此搭上性命，成

了"贾琏不可救",我们也不知道了。

庚辰本第二十一回的评语,对于读者了解曹雪芹原来的构思非常有用。有这么完整的回目,但是回目里到底写的什么内容,可惜已经看不到了。

宝玉填词预示二宝悲剧

——第二十二回 听曲文宝玉悟禅机 制灯谜贾政悲谶语（上）

第二十二回有两个有趣的故事情节，都预伏《红楼梦》主要人物的命运甚至结局。"听曲文宝玉悟禅机"预伏宝玉未来出家，贾政看到的灯谜预伏元春、宝钗等人的悲剧命运和贾府败落的结局。

宝玉听到曲文后参禅，他听的是什么曲文？《山门》，一折关于鲁智深的折子戏，里面有一支《寄生草》填得非常有意思，特别是里面有一句"赤条条来去无牵挂"，被宝玉深深记住。宝玉的思虑从这儿开始。他为什么要听曲文？因为庆贺宝钗生日。

凤姐长袖善舞，妙语如珠

凤姐和贾琏商量给宝钗做生日。贾琏说，多大的生日你都料理过，这回倒没了主意？你就比着去年林妹妹的做就是了。凤姐说，她这生日，大也不是，小也不是，所以和你商量。为什么？因为老太太听说宝钗今年满十五岁，算是将笄之年，要亲自替她做生日。既然老太太特别关照，就不能按照去年黛玉的规模来做。

凤姐不是一向独断专行吗？为什么这事要来问贾琏？因为宝钗

是她的亲表妹，如果她给亲表妹做生日，规格超过老祖宗的亲外孙女，会担风险。她得把风险转嫁到贾琏头上。贾琏说，那比林妹妹的多增些。凤姐说："我也这么想着，所以讨你的口气。"凤姐精明着呢。

湘云来了好几天，要回去，贾母说，等你宝姐姐过完生日，看了戏再回去。湘云又住下了。后面才有更好的戏看。

贾母为什么要给宝钗做生日？"喜他稳重和平"。贾母出二十两银子，叫凤姐来，交给她办酒戏。凤姐办事，总看贾母的脸色，处处时时揣摩贾母的心意，留意贾母说的每句话，观察其动向。她凡办一件事，必须叫老太太满意才算办好，王夫人放在第二位，其他老爷之类的更往后放。因为这个家里说了算的是贾母。

凤姐不但要给宝钗办好生日，还要在办生日之前，就让贾母开心。贾母掏出二十两，是贾母一个月的零花钱，应该算不少了。但凤姐故意"嘲笑"贾母"小气"。在贾府，没有任何人敢开贾母的玩笑，但是凤姐就能，还说得贾母特别高兴。

凤姐周旋于国公府，很像身怀绝技的杂技演员，叠二十个凳子，在上面翻跟头。多么高难度的动作，她都做得来。她的语言更像一个人在刀尖上跳舞。她怎么说的？"一个老祖宗给孩子们作生日，不拘怎样，谁还敢争，又办什么酒戏。既高兴要热闹，就说不得自己花上几两。巴巴的找出这霉烂的二十两银子来作东道，这意思还叫我赔上。果然拿不出来也罢了，金的、银的、圆的、扁的，压塌了箱子底，只是勒掯我们。举眼看看，谁不是儿女？难道将来只有宝兄弟顶了你老人家上五台山不成？那些梯己只留与他，我们如今虽不配使，也别苦了我们。这个够酒的？够戏的？"听听！贾母的银子，她给加个形容词"霉烂的"，还说，还叫我给你赔上，你又不是没钱，你那金的银的都压塌箱子底了，拿出来这点儿银子，够喝酒的还是够唱戏的？这些话，贾府任何一个其他人，就是吃了熊心豹子胆也不敢这么说。凤姐就能信口开河、巧话反说，逗贾母开心。贾母特别有钱，凤姐也恭维她有钱。凤姐这番话，王夫人这样笨嘴拙舌的人，一辈子也学不会。凤姐把贾母的心思摸透了，才敢跟她开这样的玩笑。特别是她提到，你的东西都留给宝兄弟，将来只是宝兄弟顶你老人家上五台山不成？这是什么话？古时出殡，孝子在灵前引路，叫"顶丧"或"顶灵"，而"上五台山"是上山成佛的意思，是去世的避讳说法。凤姐竟然当面说贾母将来去世的事，她说，你去世是要成佛的，那时你的心肝宝贝宝玉会顶着你去。这话说得太妙太有趣了！满屋子的人都笑了起来。贾母说："你们听听这嘴！我也算会说的，怎么说不过这猴儿。"贾母对凤姐有个特殊的称谓，叫"猴儿"，意思是凤姐和孙悟空有一比，神通广大。

宝钗察颜观色，懂事明理

因为要给宝钗办生日，贾母便问宝钗爱听什么戏，爱吃什么东西。宝钗也很会揣摩贾母的心理。她知道贾母年纪大了，喜欢看热闹戏文，吃甜烂食物，就总依贾母往日喜欢的说了出来。贾母更加高兴了。这个虚岁才十五的小姑娘多么懂事啊！

当年看红极一时的越剧《红楼梦》，里面老太太问宝钗喜欢吃什么，喜欢听什么戏，宝钗回答说，老太太喜欢的我都喜欢。这太露骨了。小说里的宝钗是不动声色、不留痕迹地投贾母所好，让贾母开心。

有红学家根据贾母给宝钗做生日作出推断说，金玉良缘和木石前盟的斗争越来越明朗化，贾母已经开始倾向宝钗了。我年轻的时候就不同意这种看法，现在做了祖母和外祖母，更能体味贾母的心理，因此更加不同意了。贾母给宝钗做生日，是这位处理家庭关系的太极高手打的一套拳。贾母在荣国府高高在上，荣国府的家事归儿媳王夫人管。王夫人的亲妹妹到贾府住，是贵客。这客人每天陪贾母聊天解闷，前八十回《红楼梦》看下来，薛姨妈总是说一些令贾母脸上增光添彩、心情舒畅的话，从无一句唐突失礼不得体的话，几乎成了贾母座上不花一钱银子的"女清客"。贾母当然要适当对儿媳妇、对自己的座上宾示好。怎么做？给宝钗漂漂亮亮地做个生日。至于说她看上了宝钗，我们仔细往后看就知道，贾母从没打算叫宝钗跟宝玉成亲。贾母唯一爱的女儿贾敏去世了，留下的黛玉是贾母的心肝宝贝，黛玉进府时贾母就将她搂在怀里大哭，称黛玉"心肝儿肉"，因此贾母绝对不会损害自己外孙女的利益。贾母就像只老母鸡，翅膀这边护的是宝玉，那边护的是黛玉。那么得宠的凤姐，也只不过蹭到贾母翅膀边缘。至于宝钗，原不过客情而已。这是我读《红楼梦》六十多年的看法。

绛珠仙子当局者迷

《红楼梦》里当局者迷，当局者是谁？比宝钗小两岁的黛玉。她大概觉得外祖母这样郑重地给宝姐姐做生日，自己就受到冷落了。宝钗生日那天，她一开始没去参加。宝玉看不到黛玉，赶忙去找，看到黛玉还歪在床上，宝玉说："起来吃饭去，就开戏了。你爱看那一出？我好点。"这时黛玉那缸醋就泼了出来："你既这样说，你特叫一班戏来，拣我爱的唱给我看。这会子犯不上踮着人借光儿问我。"

宝玉这次很聪明，说："这有什么难的。明儿就这样行，也叫他们借咱们的光儿。"宝哥哥多么会哄林妹妹，他俩是"咱们"。说着他拉着黛玉起来，两人携手出去，宝玉暂时把黛玉抚慰住了。

吃了饭，要开始点戏了。贾母叫宝钗点。宝钗推让一番，点了一折《西游记》。《西游记》热闹好看，是贾母平时喜欢看的。红学界贬宝钗的说，看到了吧？宝钗多世故，讨好贾母，过生日都不点自己喜欢看的戏。喜欢宝钗的红学家说，你们考虑考虑，宝钗这样做到底是好是坏，她总得尊重老人吧？两方争论不休。贾母听完宝钗点的《西游记》，很高兴，接着叫凤姐点。凤姐比宝钗更厉害，她知道贾母喜欢热闹，更喜欢插科打诨的戏，就点了一出《刘二当衣》，那就是从头笑到尾了。贾母更喜欢，然后命黛玉点。请注意这里的次序，生日的主角是宝钗，办生日的是凤姐，第三个按说该叫贾母的宝贝孙子宝玉点，但贾母叫黛玉点，把黛玉放在了宝玉前面。黛玉很懂礼貌，说，薛姨妈您点吧，舅妈您点吧。贾母说："今日原是我特带着你们取笑，咱们只管咱们的，别理他们。我巴巴的唱戏摆酒，为他们不成？他们在这里白听白吃，已经便宜了，还让他们点！"贾母太会说话了，而且能听得出来，她在安抚亲爱的外孙女。"今日原是我特带着你们取笑"，意思是：不单纯为你宝姐姐，也为了你，给宝钗做生日是咱们祖孙取乐的由头。以黛玉的聪明，本该听得出来贾母话里的深层含义，可惜此时过于敏感的黛玉没有琢磨出来。

黛玉点了一出，然后才轮到宝玉、湘云、迎春、探春、惜春、李纨等人点戏，都是折子戏，很快便能唱完。曹雪芹不写黛玉点了什么戏，简直太高明了！如果写黛玉点《游园》，可能会有很多人说，看吧，多不懂事！如果她也点个《封神榜》，同样会有人说，她怎么跟着宝钗学？所以，曹雪芹故意不说出戏名的写法是非常高明的。我相信黛玉点的肯定是她自己喜欢的文戏。

赤条条来去无牵挂

到了上酒席的时候，贾母又叫宝钗点。宝钗点了出《鲁智深醉闹五台山》，讲的是鲁智深醉闹五台山时，把五台山半山亭的柱子都撞断了，是一出非常热闹的戏。宝玉说宝钗："只好点这些戏。"意思是：你怎么跟贾珍似的，总点这些热闹戏？宝钗说："你白听了这几午的戏，那里知道这出戏的好处，排场又好，词藻更妙。"宝钗就是有学问，她告诉宝玉，这出戏是一套《北点绛唇》（曲牌名），铿锵顿挫，韵律不用说是好的，词藻当中有一支《寄生草》，填得极妙，你哪里会知道？宝玉一听说这么好，就过来央告："好姐姐，念与我听听。"宝钗就念了："漫揾英雄泪，相离处士家。谢慈悲剃度在莲台下。没缘法转眼分离乍。赤条条来去无牵挂。那里讨烟蓑雨笠卷单行？一任俺芒鞋破钵随缘化！"这是鲁智深唱的《寄生草》。何谓"听曲文宝玉悟禅机"？后面因为黛玉和他闹矛盾，他就从这支曲子产生了联想，也填了一支曲子，预伏了自己最终的命运，也预伏了他和宝钗婚姻的结局。《寄生草》这支曲子写鲁智深为了逃避追捕，离开赵员外家当和尚的情形。"没缘法转眼分离乍"是说鲁智深和世人没缘法，暗寓宝钗和宝玉没缘法，转眼就分开。宝玉出家，"赤条条来去无牵挂"，当了穿着芒鞋、拿着破钵化缘的穷和尚。

宝玉当然想不到这是将来自己的命运，听了曲子，他高兴得拍膝画圈，称赏不已，夸奖宝姐姐什么书都知道。看到宝玉赞赏宝姐姐，黛玉心里不高兴，怎么表现出来的？只见她说："安静看戏罢，还没唱《山门》，你倒《妆疯》了。"黛玉太聪明了，《山门》和《妆疯》都是折子戏，黛玉用两个折子戏的戏名制止了宝玉和宝姐姐亲近。黛玉把批评宝玉的话借戏名说出来，说得这么及时，这么应景，这么有趣，太聪明机敏、口角伶俐了。正因她口角伶俐，说出来的戏名应景，别人才听不出她在吃醋。

以戏子比黛玉的轩然大波

晚上散戏时，贾母命人将她深爱的一个小旦和一个小丑演员带进来。很多红学家说，贾母是个充满爱心的老太太，对小戏子怜惜疼爱。这样分析也说得过去。因为我是写小说的，我认为贾母喜欢两个小戏子的深层动机是小旦长得特别像她心爱的外孙女林黛玉，甚至像她女儿贾敏。"细看时益发可怜见"，贾母越看越喜欢，大概想起心爱的女儿少年时的光景了。问两人年纪，小旦说十一岁，小丑说九岁。贾母叫人赏钱，还拿了果子给他们吃。这时凤姐说："这个孩子扮上活像一个人，你们再看不出来。"凤姐暗示小旦像黛玉。有好几位红学家分析说，凤姐胆敢这样说，是因为贾母宠爱黛玉已不如前。我的看法恰好相反，我认为，即使宝钗得宠，凤姐也绝不敢冒那么大风险，当众取笑贾母的嫡亲外孙女，其实凤姐是想提醒大家，你们要注意看，这个小戏子得到贾母的喜爱，是因为她长得像黛玉。宝钗心里知道，一笑不肯说。宝钗永远不会干得罪人的事，因为那时拿某人比戏子是叫人很不高兴的。宝玉也猜着了，不敢说。湘云快人快语，笑道："倒像林姐姐的模样儿。"

凤姐、宝钗、宝玉、湘云，四个人是四种心理，也代表了四种为人处世的态度。一件小事写活四个人，写出各人头上一方天，这细节太妙了。

湘云原先要走，贾母把她留了下来，这会儿就来了大戏码，挑起了湘云和黛玉间的矛盾。宝玉一听湘云的话，把湘云瞅了一眼，朝她使了个眼色。宝玉如果装聋作哑，不使眼色，恐怕还好一点儿。他向湘云使眼色，黛玉简直要气晕了。

到了晚上，湘云知道黛玉生气，就叫丫鬟收拾东西："明儿一早就走。在这里作什么？——看人家的鼻子眼睛，什么意思！"宝玉赶紧过来说，你错怪我了，林妹妹是个多心的人，别人分明知道，不肯说出来。你说出来了，她岂不恼你？我就怕你得罪了她，这才给你使眼色。要是换作别人，哪怕得罪十个人，与我有什么相干？宝玉是拉住湘云的手说这一番话的，湘云听完后把他的手一甩，说："你那花言巧语别哄我。我也原不如你林妹妹，别人说他，拿他取笑都使得，只我说了就有不是。我原不配说他。他是小姐主子，我是奴才丫头，得罪了他，使不得！"

这就是千金小姐的脾性，湘云虽然从小父母双亡，在婶婶身边长大，但也是大户人家的小姐，老虎屁股摸不得。

我有点儿怀疑，宽宏大量的湘云在黛玉进府后，是不是心里有点儿失落感？《红楼梦》经过五次增删，在某个版本中，湘云曾先于黛玉跟宝玉度过一段青梅竹马的时光，黛玉进府后，不仅顶替了宝玉在贾母身边的位置，还占据了宝玉原先居住的碧纱橱。这个碧纱橱其实是湘云曾经的"领地"。所以她才会有"他是小姐主子，我是奴才丫头"这样的气话。

宝玉听了湘云的话，赶紧赌咒发誓："我要有外心，立刻就化成灰，叫万人践踏！"湘云说："大正月里，少信嘴胡说。这些没要紧的恶誓、散话、歪话，说给那些小性儿、行动爱恼的人、会辖治你的人听去！别叫我啐你。""小性儿""行动爱恼""会辖治你"，当然是说黛玉了。

湘云说完，就到贾母里间屋里躺下了。宝玉碰了一鼻子灰，又来找黛玉。一到黛玉的门槛那里，黛玉就把他推了出来，把门关上了。宝玉只好在外面忍气吞声地叫"好妹妹"，老半天也不走，像只呆鹅站在那儿。黛玉当他走了，起来开门，看他还站在那里，不好意思再关门，就回到床上躺下。宝玉进来说："凡事都有个原故，说出来，人也不委曲。好好的就恼了，终是什么原故起的？"黛玉冷笑道："问的我倒好，我也不知为什么原故。我原是给你们取笑的，——拿我比戏子取笑。"宝玉说："我并没有比你，我并没笑，为什么恼我呢？"黛玉说："你还要比？你还要笑？你不比不笑，比人比了笑了的还利害呢！"宝玉一听，明白了：那就是说对我跟对他们有不一样的要求！他一声不敢吭。黛玉进一步把愤怒的缘故说了出来："这一节还恕得。再你为什么又和云儿使眼色？这安的是什么心？莫不是他和我顽，他就自轻自贱了？他原是公侯的小姐，我原是贫民的丫头，他和我顽，设若我回了口，岂不他自惹人轻贱呢。是这主意不是？这却也是你的好心，只是那一个偏又不领你这好情，一般也恼了。你又拿我作情，倒说我小性儿，行动肯恼。你又怕他得罪了我，我恼他。我恼他，与你何干？他得罪了我，又与你何干？"

黛玉这嘴真和刀子一样，而且，不知她是有意还是无意，把史湘云说她"小性儿""行动爱恼"的帽子扣在了宝玉头上。宝玉听了这番话才知道，刚才他和湘云说话，黛玉都听见了，于是灰心丧气地想，我是为她俩好，怕她两人有矛盾有误会，我在其中调和，怎么非但没能调和成功，还两边都贬谤我？宝玉想起来前天看的《南华经》里的话："巧者劳而智者忧，无能者无所求，饱食而遨游，泛若不系之舟。"这段话的意思是：心灵性巧的人辛辛苦苦，忙忙碌碌；聪明智慧的人，经常思考，经常多虑；而没有多少能力的人，既没有多少追求，也没有什么牵挂，整天吃饱了就像没有拴住缆绳的小船，自由自在地随水漂流。接着他又想起《南华经》里的另一句话："山木自寇，源泉自盗。"山中树木因为长成材，才招来人们砍伐；源泉的水因为甘美，才招来人们盗饮，叫它干涸了。人太聪明了没好处！宝玉想到庄子的话，觉得自己悟出来了。

脂砚斋在"山木自寇，源泉自盗"旁边加了段很长的批语，结尾说到这些人的命运："黛玉一生是聪明所误，宝玉是多事所误。多事者，情之事也，非世事也。……阿凤是机心所误，宝钗是博识所误，湘云是自爱所误，袭人是好胜所误。"脂砚斋是看过全部书稿的，所以知道每个人是因为什么原因有了最后的结局。比如，凤姐是机心所误，王熙凤机关算尽太聪明，抓权抓钱，跟贾琏的外遇斗，最终害了自己也害了贾府。湘云是自爱所误，湘云出嫁后，丈夫卫若兰因为金麒麟怀疑她可能和宝玉有什么纠葛，湘云就离开了他（这是很多红学家推测的结局）。宝钗是博识所误到底指什么？难道是指她婚后"指导"宝玉追求科举，以儒家大道理教育宝玉，引起他的反感？袭人是好胜所误又是指什么？难道是指她在宝玉婚后仍然想控制宝玉，引起宝钗反感，才来了个"清君侧"？而黛玉的聪明所误又是误在什么地方？可惜曹雪芹后三十回的稿子我们看不到了。

宝玉因为湘云和黛玉都不搭理他，很苦恼，灰心丧气地想起了《南华经》里面的这两段话，越想越觉得无趣，眼下不过就这么两个人，我都应付不了，将来我怎么办？宝玉也没心思去向黛玉分辩，就转身回自己房间去了。

黛玉当然想不到，在这么短的时间里，宝哥哥想起了《南华经》，还以为宝玉是自感没趣，赌气回去了。以往宝玉离开前都会向黛玉告别，说说安慰林妹妹的话，这次什么也没说，黛玉越发添了气，说："这一去，一辈子也别来，也别说话。"这就是林姑娘的特点，动不动就"我死了""一辈子"。宝玉居然还不理她，因为宝玉确实太伤心了，确实被《南华经》迷住了。回到房间，他的思虑还在《南华经》上，还在琢磨"山木自寇，源泉自盗"等话。袭人也不敢说他，就岔开话题："今儿看了戏，又勾出几天戏来。宝姑娘一定要还席的。"这时宝玉是什么思想？宝玉最亲近的人是黛玉，而黛玉说，你不要再来了，一辈子也别再说话了，宝玉就要讲对宝钗的不满了："他还不还，管谁什么相干。"什么意思？因为宝姑娘做生日，我都得罪林妹妹了，平素跟我相亲相近的林妹妹让我一辈子别去她那儿，也别和她说话，宝钗还不还戏，和我有什么相干？袭人一听，这不是宝玉往日说话的口吻，就说，这是怎么说的？大家都高高兴兴的，你怎么成这个样儿了？宝玉说，他们高兴不高兴也和我没关系。袭人继续劝他说，他们既然随和，你也随和，岂不是大家彼此有趣？宝玉继续非常悲观地说："什么是'大家彼此'！他们有'大家彼此'，我是'赤条条来去无牵挂'。"宝玉这是彻底中了鲁智深《寄生草》的毒，从《寄生草》联想到《南华经》，越想越没趣了。他先是泪下，仔细再想，终于大哭起来，起身来到书案前，提笔就写了首偈："你证我证，心证意证。是无有证，斯可云证。无可云证，是立足境。"意思是：我们彼此都想从对方那儿得到感情的印证而平添烦恼，看来只有到了灭绝情谊，无须再互相验证的时候，才谈得上感情上的彻悟。到了万境皆空的地步，什么都无可验证了，才真正有了立足之境。这是佛家的感悟偈语。写完后，宝玉觉得自己解脱了，他还怕别人看不懂，又填了一支《寄生草》。曹雪芹写得很妙，宝玉填的《寄生草》具体写了些什么，暂时不透露出来，须得待会儿让黛玉来看。写完宝玉又念了一遍，自觉无牵无挂了，很得意，上床睡了。

黛玉、宝钗敲打宝玉

黛玉见宝玉居然果断离开，连招呼都不打，就以找袭人为由来打听动静。黛玉再使小性儿，再发脾气，她还是时时刻刻牵挂着宝哥哥的。袭人说，宝二爷睡了。黛玉一听，只好回去。袭人说："姑娘请站住，有一个字帖儿，瞧瞧是什么话。"说着，便把刚才宝玉写的偈语和他填的那支《寄生草》拿给黛玉看。黛玉一看，知道是宝玉感忿而作，又可笑又可叹，就对袭人说，他写的是一个玩意儿，没什么关系。她拿回去和湘云看，第二天又叫宝钗看，三个姑娘要对宝玉进行一番大批判了。

袭人虽然在《情切切良宵花解语》一回与贾宝玉约法三章，不许宝玉以后再说化灰化烟之类的话，但是袭人不识字，她也就没法进入宝玉更深层次的内心世界。当宝玉用偈语、用填曲来表达跟化灰化烟同样的意思时，她就只能拿给林黛玉来看了。

黛玉拿了宝玉写的偈语和那支《寄生草》，回去跟湘云同看。怪不怪？黛玉和湘云的"矛盾"似乎像一阵风吹过，未经任何人解劝，两人已毫无芥蒂。看来不仅湘云宽宏大量，黛玉也并非小肚鸡肠，湘云拿她比戏子，在当时算是亵渎，黛玉居然很快就将这事抛在脑后。她们二人对宝玉的"作品"有什么看法？小说没写，接着写的是，第二天，黛玉、湘云又跟宝钗一起看宝玉写的《寄生草》："无我原非你，从他不解伊。肆行无碍凭来去。茫茫着甚悲愁喜，纷纷说甚亲疏密。从前碌碌却因何，到如今回头试想真无趣！"什么意思？没有我，也就没有你，你我是互相依存的，任凭他人不理解你好了，自己何妨随心所欲地自由行动呢？什么悲喜，什么亲疏，想想真没有意思！看了宝玉的偈语，宝钗笑了，说："这个人悟了。都是我的不是，都是我昨儿一支曲子惹出来的。这些道书禅机最能移性。明儿认真说起这些疯话来，存了这个意思，都是从我这一只曲子上来，我成了个罪魁了。"宝钗认为不能让宝玉沿着这个方向继续走，一个劲儿地琢磨庄子、悟禅，就把他的偈语和那支《寄生草》撕了个粉碎，叫丫鬟烧了。

黛玉不是过目不忘吗？只见黛玉说："不该撕，等我问他。你们跟我来，包管叫他收了这个痴心邪话。"

三人来到宝玉屋里。你宝玉不是参禅吗？黛玉便给他来了个当头棒喝："宝玉，我问你：至贵者是'宝'，至坚者是'玉'。尔有何贵？尔有何坚？"意思是：你不是参禅吗？你先参参你的名字给我听听。黛玉果然聪明，她问的话非常浅显，但想回答上来却很难，因为宝玉很难回答出自己到底贵在什么地方、坚在什么地方。黛玉灵心慧性，确实令后世读者拍案叫绝。宝玉竟一句话也答不上来。三个人就拍手笑了："这样钝愚，还参禅呢。"黛玉进一步教育他，说，你写的偈语，最后不是说"无可云证，是立足境"吗？很好，万境皆空，无可证验时，才算找到安身立命之境。但叫我看，还不算尽善，我再给你续两句，"无立足境，是方干净"。黛玉续的这两句是什么意思？连立足之境也没了，那才算真正干净。黛玉所续的两句，预伏了宝黛最后的结局——黛玉泪尽而逝，宝玉弃家为僧，立足之境都没了，真正干净了。

宝钗讲起了当年南宗六祖慧能怎样获得禅宗衣钵的故事。慧能当年听说五祖弘忍在黄梅，就去当了他的火头僧。五祖求法嗣，让徒弟们各出一首偈语。首席上座神秀说："身是菩提树，心如明镜台，时时勤拂拭，莫使有尘埃。"菩提树是常绿乔木，传说释迦牟尼在这种树下成佛。这首偈语代表禅宗北宗的主张，认为人自身虽然有佛性，但因为受到尘世杂念的搅扰，必须通过坐禅，通过不断念佛，不断修炼，才能领悟，这叫"渐悟"，即渐渐觉悟。慧能当时正在厨房里舂米，他听了神秀的偈语，就说："美则美矣，了则未了。"说着念了一首自己的偈语："菩提本非树，明镜亦非台，本来无一物，何处染尘埃？"五祖就把衣钵传给了他。慧能的这首偈语代表了禅宗南宗"顿悟"的主张。南宗认为，所谓觉悟，不是外在力量所致，只要向内心寻求，就可以顿悟。所以南宗主张不用一个劲儿地诵经、坐禅，只要能体会佛经精神，主观上就可以顿时觉悟，立地成佛。

宝钗讲完这个故事，黛玉对宝玉说，你不能回答我们的话，你之后就不要再谈禅了，连我们两个人知道的你还不知道，你还参什么禅呢？宝玉自以为已经觉悟了，没想到被黛玉一问，什么都回答不上来。现在宝钗又拿出慧能做禅宗六祖的故事来讲，可见他更比她们差远了。宝玉就想，原来她们比我有觉悟，连她们都还没有大彻大悟，我现在又何必自寻烦恼呢？便说，我哪里参禅了，不过就是玩笑话罢了。

经过这次参禅事件，四人的关系恢复如初。这四人经常闹点儿小矛盾，也经常在探讨传统文学的基础上和好如初。红楼人物读书读得太有趣了。

元春灯谜预伏贾府覆灭

——第二十二回 听曲文宝玉悟禅机 制灯谜贾政悲谶语（下）

元妃归省，花团锦簇，贾府盛况空前。元春回宫后，立即着手编辑归省中众人写的诗歌，以文字的形式记录下贾府烈火烹油、鲜花着锦的盛景，接着却由贾元春送出不吉利的灯谜，引出贾府众姐妹一个比一个不吉利的灯谜。元妃极其隆重的省亲刚过，贾府就暗暗透露出盛极必衰的哀音。

元宵灯谜寓命运

有下人报告说，娘娘送出灯谜，叫你们大家猜，猜着了每人也作一个送进去。

正在讨论参禅的宝玉、黛玉、宝钗、湘云四人，赶紧撂下"哲学"讨论，来到贾母上房。

太监拿来一盏四角平头白纱灯，上面已经有元妃的灯谜，大家争着看。小太监说，你们猜着了，不要说出来，暗暗地写在纸上，送到宫里，由娘娘来判断。

宝钗他们听了，往前一看，元春的灯谜是一首七言绝句，没什么新奇的，意思很明确。但宝钗会做人，因元春是贾母从小亲自教养的，有贾母在，宝钗得表现出学问不如元春的样子，所以宝钗故意说难猜，在那儿假装寻思半天，其实她一见谜面就猜着了。

蔡义江先生点评这一段时说："既是贵妃娘娘所作，岂能不加称赞，不故意自惭识浅，非只宝钗世故也，故于其名后加一'等'字，以见人情大都如此。"

我是蔡老师的后学拥趸，却不同意他这一分析。曹雪芹的叙述是："宝钗等听了，近前一看，是一首七言绝句，并无甚新奇，口中少不得称赞，只说难猜，故意寻思，其实一见就猜着了。""宝钗等"只不过是一起去看元春的灯谜，并没有不约而同都恭维元春，宝玉、黛玉、湘云跟宝钗的个性完全不同，不会跟宝钗同步"懂事"。看下文便更能理解："宝玉、黛玉、湘云、探春四个人也都解了，各自暗暗的写了半日。"可见，"少不得称赞"只是宝钗的个人行为。这四个人"各自暗暗的写了半日"，并不是假装琢磨元春的灯谜，而是创作自己的灯谜。

贾环、贾兰也被传了来猜灯谜，然后每个人拿现实生活中的一个物件写成谜语，挂在贵妃娘娘传来的宫灯上。贾环似乎是专门来出洋相的，而贾兰到底写了什么灯谜则被遗漏了。

太监晚上回来说，娘娘制的灯谜，你们都猜着了，只有二小姐和三爷猜得不对。你们做的谜语，娘娘也都猜了，不知道是不是。他把元春的赏赐发给大家。这赏赐都是些小玩意儿：一个随身携带的诗筒，一个喝茶用的茶筅。迎春和贾环没得到赏赐，迎春觉得这事本来也是图一乐呵，赏赐什么的都是小事，并不在意。贾环就觉得没趣，大家都有礼物，我没有，难道又是因为我是姨娘养的？太监又说，三爷编的谜语不通，娘娘没猜，叫我带回来问问三爷，是什么东西。

大家一听，都很好奇，想看看贾环编了个什么谜语，贵妃娘娘连猜都不猜？大家一看，大发一笑！只见上面写的是："大哥有角只八个，二哥有角只两根。大哥只在床上坐，二哥爱在房上蹲。"为什么大家哄堂大笑？因为这个谜语是一首七言绝句，作为绝句一点儿文采没有；作为谜语则根本说不通。谜语应该准确指向一个谜底，贾环编的谜语却同时有"大哥"和"二哥"，把别人弄糊涂了。贾环告诉大家，谜底一个是枕头，一个是兽头。

曹雪芹这个作家太有才了，他给既没文才，思想又混乱的贾环编出一个令人喷饭的谜语，大大增加了阅读《红楼梦》的乐趣。记得我小时候还经常背诵环三爷这个谜语，一边背诵一边哈哈大笑。我当时还觉得贾环造的灯谜不是没道理的。那时的枕头就是方方正正的，像个长方形的口袋，有八个角，而蹲在房顶上的脊兽不就是有两只角吗？看来环三爷的灯谜体现了儿童的心理，只不过不符合猜谜的规则。

贾母看元春这么有兴致，自己也非常高兴，说，快去做个小巧精致的围屏灯来，放到我的房间里，你们姐妹们也各自做谜语粘到屏上，我预备下礼品，谁猜到发给谁。

贾政每天都得上朝，朝拜他的女婿。他下朝回来一看，母亲这么高兴，又值元宵佳节，晚上便也到贾母跟前来承欢取乐。

我年轻时很不喜欢贾政，随着年龄增长，渐渐理解了这个父亲。他也是个儿子，也希望得到母爱。自己的儿子在贾母那里得到宠爱，我是亲生儿子，难道母亲不该疼疼我？所以他也趁着过节，到母亲跟前来撒撒娇。贾政素来爱板着面孔，这次显露出来的是他性格的另一面。曹雪芹写得太细致了。

贾政备了玩物、果品、好酒，在自己的上房设了彩灯，请贾母赏灯取乐，摆了几桌席：上面一席是贾母带着儿子贾政和宝贝孙子宝玉；下面一席，王夫人带着宝钗、黛玉、湘云三位亲戚家的小姐；迎春、探春、惜春三人一席；李纨、凤姐在里间又一席。贾环哪儿去了？似乎不在，但其实是在的。曹雪芹的调度特别有意思。他不直接写贾环也在贾母的席上，而是通过贾政给贾环派任务来写。

贾政一看，问："怎么不见兰哥？"婆娘们去问李纨。李纨起身回道："他说方才老爷并没去叫他，他不肯来。"婆娘们过来回了贾政。贾政还没吭气，大家都笑了，说："天生的牛心古怪。"贾兰年龄小，但特别有自尊心。你不专门叫我，我就不去。《红楼梦》最后的结局就是贾兰通过读书练武做了高官。贾政派贾环去把贾兰叫来。贾环是叔叔，他去接贾兰，是给贾兰很大的面子。贾兰来了后，贾母叫贾兰坐在自己身边，给他拿果子吃。贾府出现一幅四世同堂的温馨画面。贾兰这个最应该享受曾祖母爱抚的曾孙，一直生活在叔叔宝玉的阴影之下，他幼小的心灵里会不会对曾祖母和叔叔宝玉有隔阂？贾兰经常跟贾环一起活动，会不会受贾环影响？曹雪芹没写，留着让读者猜谜。而贾环坐到哪儿去了？曹雪芹还是连提都不提。

这个四世同堂的温馨场面并没得到详细描写，曹雪芹笔锋一转，写贾政观灯谜，内心感到悲哀。过去只是宝玉高谈阔论，现在贾政在，他不敢吭气。湘云虽是深闺小姐，也喜欢大说大笑，但贾政在这儿，她就不敢大说大笑了。黛玉本不多说话，宝钗也从不妄言轻动，这时更是坦然自若，端坐着一句话不说。贾母知道，有贾政在，姐妹们就不敢说笑，宝玉更得老老实实，这就有点儿令老太太不开心。贾母叫贾政早点儿回去休息。贾政知道，母亲这是要撵我走，好叫他们兄弟姐妹自在取乐，特别是要解放宝玉。贾政对母亲赔笑着说道："今日原听见老太太这里大设春灯雅谜，故也备了彩礼酒席，特来入会。何疼孙子孙女之心，便不略赐与儿子半点？"总是一本正经的贾政，居然也向老母亲撒娇。曹雪芹写人物，就像爱德华·摩根·福斯特说的，人物是圆的，个性有多方面。贾政便是一个圆形人物。

贾母说："你在这里，他们都不敢说笑，没的倒叫我闷。你要猜谜时，我便说一个你猜，猜不着是要罚的。"贾政说，猜不着我当然得罚，但猜着了，您也得赏我。贾母说，这是自然的。贾母就念了个谜语："猴子身轻站树梢。——打一果名。"谜底是荔枝，这很好猜。这个谜语的背后，有曹府的身世在内："猴子身轻站树梢"隐含着当年曹雪芹祖父曹寅喜欢说的"树倒猢狲散"。猢狲（"猴子"）现在站在树梢上，将来树倒了怎么办？贾府的大树是谁？有评论家认为是贾母。我认为，如果说贾母算贾府的大树，那这棵大树的根能在地里扎得牢牢的，是因为她的孙女做了娘娘。

贾政一看就知道谜底是荔枝，故意乱猜，讨母亲的喜欢，罚了很多东西，最后才猜着，也得了贾母的赏赐。

贾政便也念个谜语叫贾母猜："身自端方，体自坚硬。虽不能言，有言必应。——打一用物。"这个谜语出得太棒了。贾政这个人，坚守封建礼法，确实可以算得上品行端方（"身自端方"），他总是板着一副严肃的道学家面孔（"体自坚硬"），本身并没有很高的文才，所以游园时要宝玉题额（"虽不能言"），不过，贾府的很多事情还要靠他解决（"有言必应"）。更重要的是，这里暗藏了曹家祖先的一些品格。为什么这样说？根据红学家的细致考证，雍正下令查抄曹家之后，把曹家家产几乎全部赏给了继任江宁织造之职的隋赫德，只给曹府在北京留了十七间半房子居住，后来考古学者在崇文门外蒜市口的十七间半旧宅中发现的四扇屏门，确实是曹家遗物。那四扇屏门每一扇上有一个字，合起来便是"端方正直"，好像是皇帝赐的。从这个"端方正直"，可以联想到贾政出的这个谜语。贾政的特点，意味着曹家先人的特点。

贾政说完灯谜，悄悄将谜底说给宝玉，宝玉又悄悄告诉了贾母。贾母想了想，果然不差，贾母就说，是砚台。贾政赶紧给母亲凑趣，说："到底是老太太，一猜就是。"回头说："快把贺彩送上来。"底下的人一听，急忙把大盘小盘一齐捧上。老太太靠宝玉的提醒猜对了贾政的灯谜，得来了一堆礼品。贾母一件一件地看，都是元宵灯节下所用所玩的新巧之物，很高兴。贾母很有钱，她不在乎别人送的礼物多么贵重，但这是亲生儿子送的，而且都是些很好玩很新巧的物件，所以她特别高兴，说："给你老爷斟酒。"亲儿子宝玉拿着酒壶斟酒，斟好以后，由贾府二小姐迎春把酒送上。贾母说："你瞧瞧那屏上，都是他姊妹们做的，再猜一猜我听。"贾政答应着，去看他们写的谜语。

头一个是元春的："能使妖魔胆尽摧，身如束帛气如雷。一声震得人方恐，回首相看已化灰。"贾政说这是爆竹，宝玉说对。这道谜语和贾宝玉在梦游太虚幻境时看到的图册结合起来，预示了元春的命运。爆竹能使妖魔丧胆，没放时像卷起来的绢帛，一放之后，震得人们都害怕，再一回头，早已化成灰了。爆竹化灰，意味着人死亡。

贾政又看迎春的："天运人功理不穷，有功无运也难逢。因何镇日纷纷乱，只为阴阳数不同。"二木头偶尔也会显露峥嵘，比如这次，迎春作的谜语就很说得通，也预伏了她未来的命运。解这个谜语首先要弄清楚几个词。"天运"就是天数，命中注定；"人功"指算盘上的珠子要靠人拨，所以叫人功；"阴阳"指算盘上的珠子，它们相逢得靠人去拨，也可代指男女、夫妻；"镇日"就是一天到晚。这个灯谜是说，迎春的命运是怎么拨也拨不到阴阳相通、夫妻和谐的，因为她嫁了个坏男人。贾政猜是算盘，迎春说是。

再往下看，是探春的灯谜："阶下儿童仰面时，清明妆点最堪宜。游丝一断浑无力，莫向东风怨别离。"谜面明白晓畅。清明时节在天上，儿童抬头看，还有游丝，不就是指风筝吗？风筝，暗示了探春未来远嫁的命运。

倒是年龄最小的惜春编的灯谜有点儿学问："前身色相总无成，不听菱歌听佛经。莫道此生沉黑海，性中自有大光明。"惜春是贾珍的亲妹子，因贾母喜欢，便把她叫到荣国府，和迎春、探春一起住，由李纨照管。这道谜语预示着将来这位贾府四小姐要去做尼姑。前两句的意思是：前身因为迷恋尘世色相，没修成正果，这辈子要看破红尘，做佛家弟子了。"菱歌"就是情歌。乐府诗有菱歌莲曲，都是写男女爱情的。不听男女情歌，要去听佛经。"莫道此生沉黑海"，一入佛门则永远与人间繁华绝缘，在世人看来，这无异于沉入看不见一丝光明的海底。惜春醒悟了，出家了，在佛教当中求得光明。

宝玉有没有写灯谜？黛玉有没有写灯谜？当然写了，贾母吩咐大家作灯谜，他们岂能不写？连贾环、贾兰、李纨也都写了。但许多严谨的《红楼梦》校订本都没提到宝玉、黛玉、贾环、李纨等人的灯谜。为什么？因为截止到惜春灯谜正文，后面一部分的原稿遗失了。

《脂砚斋重评石头记》庚辰本在惜春灯谜后边有评语："暂记宝钗制谜云：朝罢谁携两袖烟，琴边衾里总无缘。晓筹不用人鸡报，五夜无烦侍女添。焦首朝朝还暮暮，煎心日日复年年。光阴荏苒须当惜，风雨阴晴任变迁。"贾政看完后琢磨，这谜底倒是很有限的物件，但宝钗小小的人，作这样的词句，太不吉利了，看来也不是有福有寿的人。贾政为何认为宝钗作的谜语不吉利呢？因为宝钗的谜底是更香，暗示宝钗将来要孤零零地寡居，并不是死了丈夫，而是丈夫出家了。到那时，宝钗将每天孤独得像更香一样，"焦首朝朝还暮暮，煎心日日复年年"。光阴一天一天地过去，大自然风雨阴晴，无时无刻不在变化，自己的命运却没有任何变迁，永远是孤独的，永远没人疼爱，永远没有爱情。

宝钗很有学问，灯谜的第一句"朝罢谁携两袖烟"，用了一个典故，而且是反过来用的。杜甫写过一首诗叫《奉和贾至舍人早朝大明宫》。杜甫朝见皇帝，另外一个朝臣写了首诗，杜甫的和诗里面就有一句"朝罢香烟携满袖"，什么意思？朝见皇帝回来以后，两袖都带着宫廷的香味。这是写一个官员官场得意的快乐。但是宝钗反过来用，朝罢了，谁能携带意味着皇帝恩宠的香烟味回来？没有谁，因为没有缘分。第二句是说，不仅和朝廷的烟没有缘分，和另外的烟也没有缘分，"琴边衾里总无缘"。古人弹琴的时候，喜欢焚香，睡觉时，要用香熏被窝。恩爱夫妻在一起，男的弹琴，女的添香，两人同床共枕，躺在暖暖和和、用香熏过的被窝里，无尽缠绵。"琴边衾里总无缘"，既没有夫唱妇随、琴瑟和鸣，也没有夫妻恩爱，一点儿缘分都没有，因为丈夫出家了。所以贾政一看，心说这个人没有福寿。当然贾政绝对不会想到，宝钗之所以没有福寿，是因为宝玉的爱情选择。

补叙"贾政悲谶语"和续书所添灯谜

曹雪芹的《红楼梦》不仅丢失了后三十回，前八十回也有尚未完成的。比如第十七回和第十八回没有分开，第二十二回惜春灯谜后的叙事文字没完成。靖本畸笏叟批语曰："此回未成而芹逝矣，叹叹！"

我们现在看到的惜春灯谜后的文字，除了宝钗的灯谜出自庚辰本也就是曹雪芹之手外，其他叙述文字都是后补的。蒙古王府本、戚序本、舒序本都有后边的叙述文字。

这些后补的文字大体上把回目上的"贾政悲谶语"的意思讲清楚了。贾政看完了惜春的灯谜说，这是佛前海灯，惜春笑笑说是。

贾政心里琢磨道：娘娘作的是爆竹，一响而散；迎春作的是算盘，打动起来乱如麻；探春作的是风筝，是飘荡之物，线一断就飞走了；惜春作的是海灯，越发孤独清静。元春刚刚归省完，贾府的人继续过元宵节，大家应该作喜庆、欢乐的灯谜，怎么都作些不祥之物？贾政越想越郁闷，但在贾母跟前，他不敢表现出来，只能勉强往下看，再看到宝钗的灯谜，越发想到这些姐妹都不是些福寿之辈，心里很悲伤，刚才向母亲撒娇的精神减去了十之八九，垂头沉思起来。贾母一看，心想：我儿今天见了皇帝，回到家又来哄我高兴，应该已经累了，而且他总在这儿待着，她们姐妹们就不能自在地玩耍，特别是宝玉，连吭声都不敢，就对贾政说，你不用再猜了，去休息吧，我们再坐一会儿也要散了。

贾政也不必再猜，因为贾政在这一回里面的任务已经完成了，他通过猜灯谜，把主要人物如贾府四艳——元春、迎春、探春、惜春的命运预示了，同时也把《红楼梦》最主要的三个人物的命运通过宝钗的灯谜预示了。这里面没预示的，是《红楼梦》十二钗中其他几个人物的命运。当然了，在一回中不可能连妙玉的命运都进行预示。贾政看灯谜预示金陵十二钗中主要人物的命运，已经写得十分集中、简练、耐人寻味了。

贾母见贾政走了，就说："你们可自在乐一乐罢！"刚说完，宝玉就跑到灯前面指手画脚，批评这句不好，那句不当，好像挣开了锁的猴一样。宝钗说，还像刚才那样，大家坐着说说笑笑，岂不斯文一些？宝钗不喜欢他这个样子。黛玉没表态。其实在黛玉眼里，宝玉爱怎么着便怎么着。凤姐此时从里间出来了，刚才她叔公公在外间，她得待在里间不能出来。凤姐说宝玉："你这个人，就该老爷每日令你寸步不离方好。适才我忘了，为什么不当着老爷，撺掇叫你也作诗谜儿。若果如此，怕不得这会子正出汗呢。"宝玉应该是作了灯谜的，但凤姐却说忘了在老爷面前撺掇他作灯谜。她真的忘了吗？说说而已。凤姐才不会当着贾母的面叫宝玉在他爹跟前出洋相呢。因为宝玉见了他爹就好像老鼠见了猫一样。凤姐这是故意说出来令贾母开心的，逗得宝玉急了，扯着凤姐厮缠，扭股儿糖似的。贾母很高兴，说笑了一会儿，就说，咱们都休息吧，明天晚上再玩。

戚序本及其姐妹本蒙古王府本、舒序本补的惜春灯谜后的叙述文字，从格调和行文上看，跟曹雪芹的习惯用语相似程度很高，我甚至怀疑这些本子的抄录者所用底本有曹雪芹补上的文字。遗憾的是，这些本子都没有宝玉、黛玉、湘云、贾环、贾兰、李纨等人的灯谜。如果有，则应该是对《红楼梦》大结局又一次比较全面的预示。我特别想看到湘云、贾环、贾兰的灯谜，湘云是金陵十二钗里的重要角色，她的命运如果能在灯谜中得到进一步预示该有多好。贾环和贾兰是宝玉出家后贾府顶门立户的人物，他们的命运如何同样值得关注。

后来程伟元和高鹗根据无名氏续书补成的一百二十回本，在这一回加上了宝玉作的镜子的谜语："南面而坐，北面而朝，象忧亦忧，象喜亦喜。"似乎想把贾宝玉纳入兄弟友爱的轨道，这个谜语是从李开先《诗禅·镜》和冯梦龙《挂枝儿·咏镜》抄来的。程高本又把宝钗的谜语改给黛玉，可能想说明林黛玉始终处于焦虑之中，跟曹雪芹构思的林黛玉是绛珠仙子到人世间来向神瑛侍者还泪不符合，倒是跟后四十回林黛玉始终关心自己能不能嫁给贾宝玉相吻合。程高本又给宝钗编了个竹夫人的谜语："有眼无珠腹中空，荷花出水喜相逢。梧桐叶落分离别，恩爱夫妻不到冬。"谜面非常直白地说宝钗和宝玉的婚姻结局，只不过这语气哪儿像博学多识的薛宝钗？倒有点儿像她哥哥阿呆了。

附：蒙古王府本、戚序本的补叙文字——

贾政道："这是佛前海灯嗄。"惜春笑答道："是海灯。"

贾政心内沉思道："娘娘所作爆竹，此乃一响而散之物。迎春所作算盘，是打动乱如麻。探春所作风筝，乃飘飘浮荡之物。惜春所作海灯，一发清净孤独。今乃上元佳节，如何皆作此不祥之物为戏耶？"心内愈思愈闷，因在贾母之前，不敢形于色，只得仍勉强往下看去。只见后面写着七言律诗一首，却是宝钗所作，随念道：

> 朝罢谁携两袖烟，琴边衾里总无缘。
> 晓筹不用鸡人报，五夜无烦侍女添。
> 焦首朝朝还暮暮，煎心日日复年年。
> 光阴荏苒须当惜，风雨阴晴任变迁。

贾政看完，心内自忖道："此物还倒有限。只是小小之人作此词句，更觉不祥，皆非永远福寿之辈。"想到此处，愈觉烦闷，大有悲戚之状，因而将适才的精神减去十分之八九，只垂头沉思。

贾母见贾政如此光景，想到或是他身体劳乏亦未可定，又兼之恐拘束了众姊妹不得高兴顽耍，即对贾政云："你竟不必猜了，去安歇罢。让我们再坐一会，也好散了。"贾政一闻此言，连忙答应几个"是"字，又勉强劝了贾母一回酒，方才退出去了。回至房中只是思索，翻来覆去竟难成寐，不由伤悲感慨，不在话下。

且说贾母见贾政去了，便道："你们可自在乐一乐罢。"一言未了，早见宝玉跑至围屏灯前，指手画脚，满口批评，这个这一句不好，那一个破的不恰当，如同开了锁的猴子一般。宝钗便道："还像适才坐着，大家说说笑笑，岂不斯文些儿。"凤姐自里间忙出来插口道："你这个人，就该老爷每日令你寸步不离方好。适才我忘了，为什么不当着老爷，撺掇叫你也作诗谜儿。若果如此，怕不得这会子正出汗呢。"说的宝玉急了，扯着凤姐儿，扭股儿糖似的只是厮缠。贾母又与李宫裁并众姊妹说笑了一会，也觉有些困倦起来。听了听已是漏下四鼓，命将食物撤去，赏散与众人，随起身道："我们安歇罢。明日还是节下，该当早起。明日晚间再顽罢。"且听下回分解。

《红楼梦》的"主场"——大观园

—— 第二十三回　西厢记妙词通戏语　牡丹亭艳曲警芳心（上）

大观园是《红楼梦》的"主场"，第二十三回是全书写大观园生活的开始，在大观园生活的最主要的人物是宝玉、黛玉和宝钗。第二十三回用了中国传统戏曲中非常有名的两个爱情故事做回目：《西厢记》引出宝玉对黛玉的戏语（打趣的话），实际是宝玉巧妙地表白爱意；《牡丹亭》引起黛玉心灵的震动，说明她的爱情渐渐觉醒。

元妃令众姐妹、宝玉入住大观园

既然这一回开始写大观园的故事，必不可少要交代为什么这些青年人可以住进大观园。

原来，元妃回到宫里以后，就叫探春把省亲那天写的诗歌都抄了，自己编了次序，又下令把诗都刻在大观园里的石头上。于是贾政找来精工名匠刻石，贾珍找人监工，除了贾蓉、贾萍之外，又招来贾菖和贾菱，他们就有了就业机会。其他贾府旁支的贫寒子弟，也纷纷来找就业机会。为元妃归省招的小和尚、小道士，现在要从大观园里挪出来了，贾政本想叫他们到各个庙里分住。旁支贾芹的母亲周氏想给儿子谋个差事，从中捞些油水。但凡贾府派下来的差事，从贾府账房领到银子后，很大一部分可以归自己所用。周氏来找凤姐，肯定要带礼物。但凤姐并不怎么看重礼物，她看重的是周氏素日不拿班作势，很会说些得体顺耳的话。周氏一来求，她就同意了。凤姐想了几句话，跟王夫人说，这些小和尚、小道士不要打发了，回头娘娘再出宫来，咱们还要承应，如果打发走了，再去叫很费事，还不如送去家庙，不过是一个月拿几两银子去买点柴米就完了。王夫人问贾政的意见，贾政同意了。这两个人没有凤姐这样精明的经济头脑，而且财大气粗，凤姐说拿几两银子买柴米，实际上怎么会是几两银子？凤姐把这事告诉了贾琏，因为在荣国府，名义上管家的还是贾琏，派这种任务也得由贾琏来派。

　　贾政找人来叫贾琏，贾琏正好在跟凤姐吃饭，一听说，放下饭就要走。凤姐拉住他说，如果是为了小和尚们的事，你就按我的话来说。接着凤姐教给他一番话。贾琏心里已有打算，原来贾琏答应把此事交给另一个旁支侄子贾芸管。凤姐一说，贾琏便说，芸儿求我好几次了，我已经叫他等着，好不容易出来这事，你又抢了去。凤姐说，你放心，还有一桩种树的事，我叫芸儿管。

　　虽然贾府名义上的管家是贾琏，但真正当家的是凤姐，贾琏在家务主持上也就成了傀儡一般。但贾琏这花花公子，更关心风花雪月，因此他听完这话，不再吭气，说："果然这样也罢了。只是昨儿晚上，我不过是要改个样儿，你就扭手扭脚的。"正吃着饭，谈论家务事，他竟然提起两人昨晚的床上工程，这个花花公子真是不可救药。凤姐笑了，啐了贾琏一口，低下头吃饭。

曹雪芹写英风俊骨的凤姐也有风流韵事，但是总是旁敲侧击地写，绝对不会出现贾琏和多姑娘那样污秽的笔墨。

　　贾政果然问的就是这事，贾琏根据凤姐的交代，把任务交给了贾芹。按说费用是一个月一领，凤姐又特别给情面，叫贾琏一次性批给他三个月的费用，白花花二三百两。这还是王熙凤忽悠王夫人时说的"几两银子"？贾芹一下子成了白领，去领银子时，顺手就拿了块银子赏给掌秤的人，又叫小厮把银子拿回家。贾芹马上雇了个大叫驴，自己骑；又雇车把小和尚、小道士从贾府接出来。他的举动被贾芸的母亲看到了，心想人家骑上大叫驴了。那时骑上大叫驴就等于现在某人平时骑自行车，突然开了辆轿车出来，今非昔比，鸟枪换炮。这是一帮贾府的寄生虫。凤姐不是维系贾府盛衰的线索吗？她蛀空荣国府，自己的亲信不断增加，今天一个贾芹，明天一个贾芸，荣国府的内囊岂有不被掏空的道理？凤姐滥用亲信，轻描淡写的一处情节，埋伏下贾府衰败的前兆。

　　元春归省，跟亲人见面后只是哭，回宫时带回去几首诗，在宫里反复琢磨，编成诗集，叫人刻石，放在大观园供人欣赏。真是"此情可待成追忆"或者说"此情永远成追忆"。这是个多么孤凄的皇妃！元春编完大观园题咏后，想起自己临幸完大观园，按照皇家规定，大观园要被封锁起来，白白浪费了那么好的景致，干吗不叫家里那几个诗写得很好的姐妹们去住？另外，宝玉自小在姐妹丛中长大，也该叫他进去。

　　元春与自己这个宝贝弟弟最亲，宝玉三四岁就在元春的教导下认识了三四千字。元春归省，宝玉写了四首诗，元春最欣赏《杏帘在望》，认为写得太好了。她不知道这是黛玉写的。元春想叫弟弟住进园子，名义上却是叫姐妹们住进去，宝玉随她们一起进去读书。姐姐疼弟弟，也会为人处世。既然姐妹们住了进去，李纨就得住进去照管她们，贾兰也就跟着住了进去，不过基本上没他什么故事。元春还有个弟弟，那就是庶出的贾环，元春并没有下令叫贾环住进去。贾环也不能住进去，因为如果贾环住进去，大观园里岂不多了一个绝对不相吻合的人物赵姨娘？这样安排很有趣。

"作业的畜生"神采飘逸，秀色夺人

贾政接到皇妃的命令后，便来报告贾母，派人去各处打扫。宝玉一听，欢喜得不得了，和贾母盘算要这要那。正在这时，丫鬟来说，老爷叫宝玉。宝玉一听，好似当头打了个焦雷，脸色都变了，拉着贾母，扭股儿糖一般。儿子要见爹，打死都不敢去，这是怕到了什么程度啊！贾母说："好宝贝，你只管去，有我呢，他不敢委曲了你。况且你又作了那篇好文章。想是娘娘叫你进去住，他吩咐你几句，不过不教你在里头淘气。他说什么，你只好生答应着就是了。"又叫两个老嬷嬷带宝玉去，嘱咐说，别叫他老子吓着他。

宝玉是怎么去的？"一步挪不了三寸，蹭到这边来。"太生动了！一个小伙子，一步挪不了三寸，还是蹭过来，真是畏爹如畏虎。贾政正在王夫人房中商议事情。王夫人有六个丫鬟：金钏儿、玉钏儿、彩云、彩霞、绣鸾、绣凤，这时有五个丫鬟在廊下站着，缺了玉钏儿。丫鬟们看到宝玉来了，都抿着嘴笑。因为宝玉平时专门在姐妹、丫鬟堆里厮混，现在他爹叫他，看他还敢不敢捣蛋。金钏儿一把拉住宝玉，悄悄说："我这嘴上是才擦的香浸胭脂，你这会子可吃不吃了？"看来宝玉经常吃跟他相熟的丫鬟嘴上的胭脂。一般人看到这般举动，肯定会腹诽：这宝玉岂不成了西门庆？其实不是。宝玉的表现只不过是爱粉爱脂的小男孩的捣蛋行为。他非常羡慕女孩嘴上能搽胭脂，自己不能搽胭脂，就把姑娘们嘴上的胭脂吃了。这个男孩太调皮了。金钏儿肯定被他吃过胭脂，就抓住他开玩笑。金钏儿跟宝玉开玩笑，最后丢了自己的性命，这里是一处伏笔。彩云推开金钏儿，笑着说："人家正心里不自在，你还奚落他。趁这会子喜欢，快进去罢。"宝玉只得挨进门去。"挨"进门，多么不情不愿。

贾政和王夫人在里间，宝玉要进去，得有人给他打起帘子。谁负责打帘子？赵姨娘。姨娘和正妻的待遇天差地别。正妻和老爷对坐，姨娘站在那里伺候，给少爷打帘子。宝玉进去时，只见贾政和王夫人面对面坐在炕上说话。地下椅子上坐了四个人，除迎春是姐姐不用起立外，探春、惜春、贾环三人一见宝玉进来，都站了起来。姨娘给少爷打帘子，姨娘生的儿子坐那儿。这个儿子看到哥哥来了，得和探春、惜春一起站起来，迎接哥哥的到来。从这些微细的描写，可以看出宗法社会贵族家庭的规矩。

贾政平时对宝玉不以为然，动不动断喝"作业的畜生"，现在一看宝玉，只觉"神彩飘逸，秀色夺人"，而旁边的贾环"人物委琐，举止荒疏"。贾政又想起贾珠来，看来贾珠模样也很好，且比宝玉懂事得多。再看看王夫人只有这么一个亲生儿子，爱如珍宝，自己胡须都苍白了，想到这些，贾政就把平时嫌恶宝玉的心减了八九分，半响说道："娘娘吩咐，说你日日外头嬉游，渐次疏懒，如今叫禁管，同你姊妹在园里读书写字。你可好生用心习学，再如不守分安常，你可仔细！"什么叫假传圣旨？这就是。娘娘的懿旨是叫宝玉随进去读书，贾政加了个"禁管"。宝玉忙答应了好几个"是"。

　　王夫人拉宝玉在身旁坐下。宝玉是王夫人唯一在世的儿子，所以迎春、探春、惜春、贾环坐在椅子上，宝玉却能坐在王夫人身边。王夫人摸挲着宝玉的脖子说："前儿的丸药都吃完了？"宝玉说："还有一丸。"王夫人说："明儿再取十丸来，天天临睡的时候，叫袭人服侍你吃了再睡。"看来宝玉的药有一定的安神补心的作用，要临睡时吃。重要的不是宝玉吃不吃药，而是要引出袭人的名字。宝玉回答说，现在袭人天天晚上打发我吃药。贾政耳朵很灵，问："袭人是何人？"王夫人说是个丫鬟。贾政一听就火了，过去的丫鬟无非叫小红、小翠，宝玉的丫头居然叫这么个名！贾政懂得唐诗宋词，知道这是从古人诗句里得来的名字。贾政问："丫头不管叫个什么罢了，是谁这样刁钻，起这样的名字？"王夫人一看老爷不自在，就替儿子掩饰，说是老太太起的。贾政很聪明："老太太如何知道这话，一定是宝玉。"宝玉一看瞒不过去，起身回道（要回答他爹的问话，得站起来回答，不能大模大样地坐着）："因素日读诗，曾记古人有一句诗云：'花气袭人知昼暖。'因这个丫头姓花，便随口起了这个名字。"王夫人赶快说："宝玉，你回去改了罢。老爷也不用为这小事动气。"贾政说："究竟也无碍，又何用改。只是可见宝玉不务正，专在这些秾词艳赋上作工夫。"贾政刚对这个儿子产生一点儿舐犊之情，一听见宝玉将丫鬟的名字按照古人诗句改成了袭人，登时不高兴了，断喝一声："作业的畜生，还不出去！"把这个儿子轰了出去。他和夫人聊天，其他孩子可以在这里听着，唯独宝玉被赶了出去。贾政也知道贾母最关心这个宝贝孙子，怕他在自己跟前挨训，于是早早打发他出去。他表现出来的是一个威严的老爹形象，实际上他是在体谅自己的母亲。王夫人说："去罢，只怕老太太等你吃饭呢。"宝玉赶忙答应，慢慢退了出去，朝着金钏儿吐吐舌头，带着两个老嬷嬷一溜烟去了。这段描写太好玩了，来时"一步挪不了三寸"，去时"一溜烟"。

宝玉来到住处的穿堂门前。红学家特别注意到这个穿堂门，在这个地方有一句非常重要的脂砚斋评语："妙！这便是凤姐扫雪拾玉之处，一丝不乱。"凤姐这么尊贵的少奶奶，怎么也会拿着扫帚扫雪？那肯定是因为她的身份变了，就像李纨后来开玩笑说的，跟平儿调了个个儿，凤姐变成得去扫雪的身份了。这无意中提供了凤姐将来变得身份低微、命途多舛的线索。她在这个地方拾到的玉，应该是通灵宝玉，那么，通灵宝玉为什么会遗落在穿堂门前？后来为什么又叫甄宝玉给送了回来？难道是凤姐被休后把玉带回金陵，玉阴差阳错地到了甄宝玉手里？曹雪芹写的后三十回已然丢失，对于探佚后文情节，"穿堂门前"旁边的这一句提示非常重要。

《红楼梦》的"主场"是大观园

袭人倚在穿堂门那里，她非常关心宝玉，早早就在门口等着。但袭人恐怕做梦也不会想到，本来宝玉他爹高高兴兴的，就因为"袭人"这个名字，宝玉被骂"作业的畜生"。袭人看到宝玉回来，堆下笑来说："叫你作什么？"宝玉说："没有什么，不过怕我进园去淘气，吩咐吩咐。"说着来到贾母跟前，黛玉正在那儿。宝玉就问她，你想住哪儿？黛玉正盘算着这事。黛玉闲云野鹤一般，什么时候盘算过事？这时才见她盘算事了。她要找个特别适合自己个性风格的地方住。宝玉一问，她就说："我心里想着潇湘馆好，爱那几竿竹子隐着一道曲栏，比别处更觉幽静。"黛玉爱竹，古代文人宁可食无肉，不可居无竹。宝玉听了拍手笑道："正和我的主意一样，我也要叫你住这里呢。我就住怡红院，咱们两个又近，又都清幽。"择邻出于宝玉，是真知己。宝玉就没考虑宝姐姐住哪儿，时时刻刻考虑的是我得挨着林妹妹近些，我得挑个好地方住，更得挑个好地方叫林妹妹去住。两个人连住的地方都能想到一块儿去，这就叫心有灵犀。薛宝钗永远不可能和宝玉心有灵犀。

两人正商量着，贾政派人来告诉贾母，说："二月二十二日子好，哥儿姐儿们好搬进去的。这几日内遣人进去分派收拾。"

这些人住进了大观园。宝玉住进怡红院。根据脂砚斋评语，宝玉是串连十二金钗之绳线。他虽然不属于十二金钗，但十二金钗的事情都跟他有联系。所以，怡红院成了大观园的活动中心。黛玉住进潇湘馆。潇湘馆的匾额叫"有凤来仪"，意思是凤凰住的地方，潇湘馆幽静的环境也符合黛玉的性格。宝钗住在蘅芜苑，那个飘着冷香的地方。迎春、探春、惜春都挑了住的地方，李纨住在稻香村。她们身边本都有老嬷嬷、丫鬟，现在每个地方又添上两个老嬷嬷、四个丫鬟。她们本来的奶娘、丫鬟不算，还有另外专管收拾打扫的。

别的地方有多少人服侍，我没统计过，但我统计了宝玉身边有多少人服侍，统共三十七人。有位比我更有资历的红学家统计出的人数是四十一人。

宝玉和姐妹们二月二十二搬进去，是阳历三月底，早春的花已开了，柳树长出鹅黄色的嫩芽。大观园花招绣带，柳拂香风，不像以前那么寂寞了，有了青春的气息。为什么柳拂"香风"？因为姑娘们来了，身上带着香气，大观园从此成为《红楼梦》的"主场"。

从第二十三回开始，红楼人物的很多活动都发生在大观园。神像需要一个庙宇，曹雪芹给红楼人物设置的专属"庙宇"，如红香绿玉的怡红院、凤尾森森的潇湘馆，是贾宝玉和林黛玉的气场氛围，是他俩性格的延伸；异草越冷越香的蘅芜苑是薛宝钗性格的延伸；疏朗阔大的秋爽斋是探春性格的延伸。所有"庙宇"的总和就是大观园。从第二十三回到第八十回，宝玉和姐妹们在大观园有分有合的活动，特别是宝玉和黛玉的交往，是《红楼梦》里最有诗意的部分。大观园成为年轻人展示烂漫青春的场所。

很多外国读者不理解，说，你们中国古代非常封建，贵族家庭更是讲究规矩，为什么在一个贵族家庭中，能容忍出现一个青年男女的乌托邦？甚至很多红学家把大观园叫作"地上的太虚幻境"，这不是很不合乎情理吗？其实，这个园子借元妃归省建立，就合情合理了；元妃下令叫姐妹们住进去，宝玉跟进去读书，就顺理成章了。曹雪芹安排贾宝玉和姐妹们过上一段远离尘嚣的惬意日子，让他们的诗才、个性充分发挥出来，便有了一次次诗会，甚至雪中月下的联诗。黛玉葬花、宝钗扑蝶、湘云醉卧、宝琴立雪，这些读者最喜欢的富有诗意的场面，都是和人物的个性连在一起的，都出现在大观园，还有晴雯撕扇、晴雯补裘，也出现在大观园。

大观园是在什么基础上建立的？宁国府的会芳园和贾赦的东院。会芳园是最污秽的地方，贾赦的东院则是贾赦这个老色鬼的地盘。大观园由谁负责监督建造？贾珍和贾琏，宁国府和荣国府的两位头号花花公子。宝玉和姐妹们入住后，贾珍和贾琏进过大观园吗？确切地说，他们即使天天进大观园，曹雪芹也不花一个字写他们。在会芳园和贾赦东院的基础上，由两位花花公子监工建造的大观园建成后，这几位就从大观园"人间蒸发"了。这个地方成了清静的青年男女的乌托邦。这是哲学所谓"前定的调和"，正是因为这里成了青年男女的乌托邦，当大观园被抄检，园里的青春儿女们丧失自由，灾难的来临才更加可怕。

红学界研究大观园的文章、专著汗牛充栋。我印象比较深的有两篇文章，一篇是红学家宋淇先生的《论大观园》，一篇是历史学家余英时先生的《红楼梦的两个世界》。

宋淇先生在《论大观园》里说：曹雪芹是集大成的小说家，他继承了中国传统文化和中国传统小说的精华，又有所创新。《红楼梦》比《西厢记》《金瓶梅》的构思更加周详。读《红楼梦》必须记住，它是一个大作家的创作，而大观园是这部创作的中心，是人物的背景和活动地点。《红楼梦》几乎遵守了亚里士多德的三一律，人物、时间、地点，都集中浓缩于一个时空中。曹雪芹利用大观园迁就他创造的理想，利用大观园衬托主要人物的性格，利用大观园配合故事主线和主题发展。宋淇先生的见解颇有深度。

1973年，余英时在香港大学作了名为《红楼梦的两个世界》的报告，分析了大观园内的世界和大观园外的世界。余英时认为，大观园内的世界是清、情、干净的理想世界，大观园外的世界是浊、淫、肮脏的现实世界。把这两个世界联系起来的人物是贾宝玉和王熙凤。余英时的观点在红学界产生了广泛影响。余英时也强调《红楼梦》是一部小说，应该特别重视它的理想性和虚构性。也有红学家不同意余英时对大观园本身窝里斗等现实问题避而不谈的研究态度，认为余英时想强调的是文化也有相对独立的领域，是所谓"文化超越"。

那么，大观园只是曹雪芹的天才创造，是从曹雪芹的天才脑瓜里突然冒出来的？其实不是，它也有所借鉴。它借鉴的就是《金瓶梅》。西门庆本来有个花园，当他把李瓶儿娶来做第六个小老婆时，又把李瓶儿的前夫花子虚的花园合并过来，在里面建造亭台楼阁，他在这个园子里打造给蔡京庆寿的银人金盏，在这个园子里跟妻妾饮宴取乐，在这个园子里跟应伯爵等狐朋狗友吃酒，在这个园子的山洞里跟仆妇宋蕙莲幽会，在这个园子里接待蔡京的干儿子，还在这个园子里接待其他山东地方大员，他甚至跟潘金莲、孟月楼等小妾在这里唱流行歌曲。西门庆的花园一定程度上可以看作是大观园的前身。

一个伟大的作家，他的创作必定是站在前人的肩膀上的。不少红学家特别喜欢强调《红楼梦》里真真假假的命题意义多么伟大，多么具有开创价值，其实早在《聊斋志异》里，就有一篇短篇小说《真生》，探讨过真与假的命题。《真生》写的是两个书生，一个姓真，一个姓贾，真生有时不得不做假，贾生在关键时刻又格外真实。蒲松龄写出了真假相依的哲理。《红楼梦》这部小说能成为封建社会的"清明上河图"，成为封建社会的"百科全书"，和曹雪芹博览群书、吸取前人的创作经验是分不开的。

丫鬟试茗和雪夜酸菜

贾政在宝玉搬进大观园前，吓唬了他一阵儿。宝玉进大观园后，好好读书了吗？没有。他好像连学都上不了了，至少曹雪芹不再写他如何上学了。似乎宝玉上学就是为了闹学堂，闹完学堂就不用再上学了。他在大观园过起真正的富贵闲人生活，每天和姐妹们读书写字、下棋作画，他读的书估计不是四书五经，因为姐妹们不可能读这些书，很可能是《诗经》、《楚辞》、唐诗宋词之类。

悠闲自在的生活令宝玉心满意足，于是写了一组《四时即事诗》，写春夏秋冬身边发生了什么事情，一言以蔽之，记述的是富贵公子哥儿怎样悠闲地在大观园玩。如《春夜即事》最后两句"自是小鬟娇懒惯，拥衾不耐笑言频"，讲的是小丫鬟在大观园都娇懒惯了，早早钻进被窝里想睡懒觉，她们的公子哥儿还高高兴兴地在那里聊个没完没了。宝玉把这种公子哥儿的生活，这种没有等级观念的生活，写得活灵活现。

如果对比脂砚斋提供的宝玉家败后的遭遇，来看宝玉的《冬夜即事》，会特别有意思：

> 梅魂竹梦已三更，锦罽鹴衾睡未成。
> 松影一庭惟见鹤，梨花满地不闻莺。
> 女儿翠袖诗怀冷，公子金貂酒力轻。
> 却喜侍儿知试茗，扫将新雪及时烹。

冬天都有些什么事？怡红院的梅花开了，竹子还在摇曳，三更天虽然躺在华丽的床上，垫着织着花纹的毛毯，盖着羽绒做的被子，还是睡不着。在怡红院内松树的影子下，还能看到仙鹤。下雪使得怡红院好像满地都是梨花，当然也就听不到春莺啼叫。公子哥儿穿着貂皮还觉得不够暖和，就叫丫鬟再沏壶热茶来。丫鬟把刚下的雪扫下来化了，给宝玉烹茶。多么优雅的生活！"试茗"是说喝茶讲究的人，在烹茶的时候，火候要恰到好处。怡红院的丫鬟都知道，不同的茶叶得用不同的火候来烹。贵族少爷真是活得精致，活得优雅，也活得有文化。

根据脂砚斋的评语，贾府败落之后，宝玉的生活非常艰难，寒冬没有衣服可以御寒，只能围破毡，没有东西可吃，只能吃冰冷的酸菜。这样困窘的生活和《冬夜即事》里描述的优雅富足的生活形成了鲜明的对比。

　　宝玉的诗被一些势利的人知道了，他们看到是荣国府十二三岁的公子作的，就抄出来到处称颂，竟真的有人来求宝玉题字。宝玉居然在荣国府外有了"粉丝"。

共读《西厢》和闻曲惊心

《四时即事诗》写的是贾宝玉在大观园的感受，有这四首诗，似乎说明贾宝玉在大观园至少已住满一年，实际上，曹雪芹是把贾宝玉后来写的诗提前集中展示，旨在说明贾宝玉在大观园过的是富贵闲人生活，正如脂砚斋评语说的："四诗作尽安福尊荣之贵介公子也。"贾宝玉和林黛玉共读《西厢记》，并不是发生在他们入住大观园一年甚至两三年后的春天，而是在他们入住大观园当年的春天。读《红楼梦》如果认真地跟曹雪芹算时间，认真地给小说中的人物岁数排年表，恐怕会把自己带到沟里去。

宝黛共读《西厢记》

宝玉忽一日不自在起来，这也不好，那也不好，出来进去闷闷的。他这是怎么了？青春期的躁动心理。宝玉的小厮茗烟是个机灵鬼，一肚子鬼主意，他想给二爷解闷，想着什么都是二爷玩过的，只有那些闲书他没看过，就买了些古今小说，飞燕、合德、武则天、杨贵妃的外传，以及一些传奇脚本，拿来给贾宝玉看。这些书在当时是闲书，有些甚至是禁书。中国历朝历代都有禁书，主要禁诲淫诲盗的书，如《水浒传》和《金瓶梅》就经常被查禁。有些书，即使统治者不禁，家长也不让孩子看，像贾府，唱戏可以唱《西厢记》《牡丹亭》，但不允许子弟看脚本，因为这叫"艳情剧"。

茗烟买了这些禁书来，宝玉如获至宝，拣了几套放在自己的床顶上，没人时就拿出来偷偷看。他太喜欢《西厢记》了，忍不住将书带进了大观园，坐在沁芳闸附近的桃花树底下看了起来。

虽然回目名为《西厢记妙词通戏语》，但在行文中，曹雪芹把《西厢记》写成了《会真记》，这是《西厢记》的别称。《西厢记》是根据唐代作家元稹的小说《莺莺传》创作的，《莺莺传》里有"会真"诗三十韵，所以《莺莺传》又叫《会真记》。"会真"就是和神仙相会，不是真正的神仙，而是像神仙一样的美女。

宝玉把《会真记》带到桃花树底下，从头仔仔细细看，看到"落红成阵"，恰好一阵风吹过，把树头上的桃花吹下一大片，落得满身满书满地都是，他正准备将身上的花瓣抖下来，又怕踩踏了这些桃花，只好兜了花瓣，来到池子边，把它们抖在水里，看着那些花瓣飘飘荡荡，流了出去。这时背后有人问："你在这里作什么？"林黛玉来了。黛玉肩上担着花锄，锄上挂着花囊，手内拿着花帚，她来葬花了。前人评曰"写出扫花仙女""一幅采芝图，非葬花图也"。葬花是林黛玉标志性的肖像画，是很多画家大展才能的题材，也是很多戏剧家大展才能的题材。记得在《鲁迅全集》里面，鲁迅先生就提到他看过梅兰芳演的《黛玉葬花》。在鲁迅先生看来，任何一个演员，包括最有名、最漂亮的演员，都演不出黛玉的神采。所以鲁迅先生调侃了一句，说："我在先只读过《红楼梦》，没有看见'黛玉葬花'的照片的时候，是万料不到黛玉的眼睛是如此之凸，嘴唇如此之厚的。我以为她该是一幅瘦削的痨病脸，现在才知道她有些福相，也像一个麻姑。"

宝玉看到黛玉来了，说，正好，我们一块儿把这些花扫起来，撂到水里面。黛玉对花的爱护比宝玉更甚，她说，撂到水里不好，这里的水干净，流出去到了有人的地方，脏的臭的混到一起，仍然把花糟蹋了。那边我有个花冢，我们把花扫了，装在绢袋里，拿土埋上，日后随土化了，岂不干净。杜甫有句诗叫"在山泉水清，出山泉水浊"（《佳人》），林姑娘的话跟诗圣不谋而合。

黛玉葬花是曹雪芹的发明创造吗？不是。六朝时就有人葬花，且写过《瘗花铭》。明代著名诗人唐寅写过葬花诗，还亲自把牡丹花放在锦囊里，埋在芍药栏旁边。曹雪芹的祖父曹寅也写过"百年孤冢葬桃花"的诗句。所以，葬花不是曹雪芹的发明创造，但黛玉葬花是千古一绝。

黛玉扛着花锄要去葬花的形象，引得《石头记》点评者畸笏叟发了通议论："丁亥春间，偶识一浙省新发，其白描美人，真神品物，甚合余意。奈彼因宦缘所缠无暇，且不能久留都下，未几南行矣。余至今耿耿，怅然之至。恨与阿颦结一笔墨缘之难若此！叹叹！"根据陈庆浩先生考证，这位"浙江新发"真实身份是余集（1738—1823），乾隆三十一年（1766）进士，以白描美人著称于世。他曾为《聊斋志异》最早刻本青柯亭本写序。《聊斋志异》《红楼梦》，你想不叫它们产生联系，它们都会联系到一块儿。许多红学家认为畸笏叟是曹雪芹父亲曹頫。倘若余集能应畸笏叟之邀画黛玉葬花，《聊斋志异》《红楼梦》一身系，那将是多么有意思的文坛佳话啊！

宝玉一听黛玉要这样葬花，很高兴，说，我放下书来帮你。黛玉问，你看的什么书？宝玉慌了，因为他看的是禁书，于是他撒了个谎:"不过是《中庸》《大学》。"黛玉说:"你又在我跟前弄鬼。趁早儿给我瞧,好多着呢。"黛玉很聪明,心想你爹拿板子打着,叫你念《中庸》《大学》,你都不好好念,现在竟主动拿到大观园的桃花树底下念?骗谁呢!宝玉说:"好妹妹,若论你,我是不怕的。你看了,好歹别告诉别人去。真真这是好书!你要看了,连饭也不想吃呢。"宝玉把《会真记》递给黛玉。黛玉把花具放下,接过书来,坐在桃花树底下,从头看去,越看越爱,不到一顿饭工夫,将十六出都看完了,只觉得辞藻警人,余香满口。看完书,黛玉只管出神,心里还在默默记诵。

"多愁多病身"和"倾国倾城貌"

这时黛玉对《西厢记》的感觉是辞藻警人,她喜欢王实甫的文采。宝玉却有不同心思,既然林妹妹你喜欢《西厢记》,那我就借《西厢记》来表达我对你的感情吧。宝玉问:"妹妹,你说好不好?"黛玉说:"果然有趣。"宝玉顺着竿往上爬:"我就是个'多愁多病身',你就是那'倾国倾城貌'。"什么意思?《西厢记》里张生和崔莺莺一见钟情后,张生回到书房,像丢了魂儿一般,他的唱词就是这句"我就是个多愁多病身,你就是那倾国倾城貌"。最后在红娘的帮助下,两人偷尝禁果,崔莺莺到张生的书房里睡了一晚。宝玉说这样的话,等于说"你是崔莺莺,我是张生,咱俩是一对"。

此处脂砚斋有句评语:"看官说宝玉忘情,有之;若认作有心取笑,则看不得《石头记》。"这话有道理。贾宝玉是感情自然流露,他想不到这样说会伤害到林黛玉。

林黛玉不是希望宝玉心里只有自己吗?对于宝玉旁敲侧击的爱

情表白，她不应该感到高兴吗？但是不，林黛玉"不觉带腮连耳通红，登时直竖起两道似蹙非蹙的眉，瞪了两只似睁非睁的眼，微腮带怒，薄面含嗔，指宝玉道：'你这该死的胡说！好好的把这淫词艳曲弄了来，还学了这些混话来欺负我。我告诉舅舅舅母去。'"说到"欺负"两个字，眼圈儿还红了，转身就走。

有些人读到这一段很不理解，说，她怎么装腔作势？她不是希望宝玉喜欢自己吗？宝玉表白了，她为什么还要发怒？我说，你看看她的表情，她这次真的生气了，气得脸通红。为什么？黛玉归根到底是千金小姐，从小受德容言功的教育，不可以看淫词艳曲，更不可以在婚姻问题上自己做主。所以她认为宝玉跟自己讲这些混话是欺负自己。宝玉急了，向前拦住黛玉，又表白一番："好妹妹，千万饶我这一遭，原是我说错了。若有心欺负你，明儿我掉在池子里，教个癞头鼋吞了去，变个大忘八，等你明儿做了'一品夫人'病老归西的时候，我往你坟上替你驮一辈子的碑去。"宝玉是天才童话作家，当场编出好玩又好笑的混话哄黛玉。

宝玉说的"癞头鼋"是什么？是龙之九子的一种。难道大观园还有龙？就算真有癞头鼋，把你吞了，该变成粪便，怎么还变成个大王八，还等着黛玉出嫁，享高寿，做一品夫人，病老归西时再去给她驮碑？这番话半句实话都没有。但黛玉天真，就喜欢听这个，她听得高兴，揉着眼笑，说："一般也唬的这个调儿，还只管胡说。'呸，原来是苗而不秀，是个银样镴枪头。'"这句话哪里来的？《西厢记》。宝玉一听，就说："你这个呢，我也告诉去。"你不是说我看淫词艳曲、说混话，怎么你也从《西厢记》里引话来说？黛玉多聪明，她回答："你说你会过目成诵，难道我就不能一目十行么？"她不正面回答宝玉的责问，而偷换概念为你能过目成诵，我就能一目十行。这姑娘确实太聪明了。

黛玉受到《西厢记》里爱情描写的感染，但她从小所受的教养，使得她不得不戴上面具教训宝玉，骨子里面，她还是喜欢这些曲文的。当她教训完宝玉，宝玉来讨好她的时候，她一笑之下，竟然把《西厢记》里的原话引用了出来，面具立时脱落。这些地方写得太生动、太好玩了。

两个人收起书，宝玉说，赶快把花埋了吧。这时袭人来叫宝玉，说，那边大老爷身上不好，大家都要过去请安。宝玉赶紧跟袭人回去了。

借牡丹亭酒杯，浇绛珠仙子块垒

宝玉走了，黛玉什么表现？黛玉因为读了《西厢记》，又因为宝玉的爱情表白，心灵受到震动。作为千金小姐，她要正襟危坐，要三从四德，要非礼勿言，非礼勿动，她要求宝玉必须心里只有她一个，但是绝对不允许把"我爱你"之类的话说出来，即便借戏文说出来也不行，说出来就是欺负她。而宝玉的话，以及她和宝玉一块儿看的《西厢记》，将进一步引起黛玉的情感波澜。这个情感波澜，曹雪芹是怎么写的？背面敷粉，不直接写黛玉思念宝玉，也不写黛玉感叹青春易逝、红颜易老，不写黛玉怎样向往爱情，而是写黛玉听《牡丹亭》。

宝钗过生日时，曹雪芹就曾透露黛玉不大喜欢戏文，但她刚才发现《西厢记》辞藻惊人。黛玉不喜欢戏文，不会主动听戏文，但宝玉走后，原来为元春准备的戏班子在梨香院演习戏文，就使在大观园里慢慢走动的黛玉，耳朵里飘进《牡丹亭》的几个唱段。黛玉听到笛韵悠扬，歌声婉转。昆曲最主要的配乐乐器便是笛子。她继续往前走，两句唱词吹到耳朵里："原来姹紫嫣红开遍，似这般都付与断井颓垣。"黛玉听了，心想竟然还有这么缠绵悱恻的曲子，很是感慨。这曲子是什么意思？为什么会让黛玉感慨呢？这句唱词是说，美丽的鲜花开在倾颓的墙头，引申的意思是杜丽娘正值青春美貌，但没有欣赏她、爱她的人。这不是正好符合黛玉现在的心境吗？黛玉很美，很有才华，但宝玉和她能公开相爱吗？不能。黛玉感慨之后，站住侧耳细听，又听到有人唱："良辰美景奈何天，赏心乐事谁家院。"她点头自叹，想到"原来戏上也有好文章。可惜世人只知看戏，未必能领略这其中的趣味"。世人不能领略，黛玉领略到了。按照黛玉的心理，她只有和宝玉在一起，才是良辰美景、赏心乐事。但这不是她能决定的，所以她只能点头自叹。她又侧耳再听，听到"则为你如花美眷，似水流年"一句，这是谁的唱词？柳梦梅，他感叹于杜丽娘美丽的青春渐渐流逝。而黛玉和杜丽娘一样，眼看着自己美丽的青春在似水流年中，无可奈何地消逝。她心动神摇，比刚才点头自叹更进一步。又听到"你在幽闺自怜"等句，黛玉越发如醉如痴。这是柳梦梅在感叹杜丽娘，又好像是宝玉在感叹黛玉。

　　黛玉听到的前面四句唱词，是《牡丹亭》里最有名、最脍炙人口的几句。林黛玉从止步听，到感慨，到自叹，到心动神摇，最后如醉如痴，层次分明，一步比一步深入，内心掀起了波澜。从最初听到的"姹紫嫣红开遍"，到最后的"你在幽闺自怜"，都特别符合黛玉现在的处境和心事。不仅如此，她由此又想起唐诗《春夕》里的诗句"水流花谢两无情"，也是感叹青春消逝，还想起词句"流水落花春去也，天上人间"，这是南唐后主李煜《浪淘沙》里的两句，也是说时光如春去花落再难寻觅，相见之难，好像天上与人间相隔。

她又想到刚才看的《西厢记》里"花落水流红，闲愁万种"一句，都是感叹青春易逝、红颜易老，凑一块儿仔细想，想得心痛神痴，眼中落泪。

庚辰本末有评语曰："前以《会真记》文，后以《牡丹亭》曲，加以有情有景消魂落魄诗词，总是争于令颦儿种病根也。"曹雪芹曲曲折折写来，通过读《西厢记》、听《牡丹亭》，黛玉的爱情觉醒了。林黛玉是绛珠仙子到人间还神瑛侍者灌溉之恩，她每次哭都和贾宝玉有关，但是这一次她是听到了《牡丹亭》的唱词，想到古人慨叹青春易逝的诗词哭的，岂不是和贾宝玉不搭界？其实仔细想想，仍然和还泪，和贾宝玉有关。脂砚斋评语说："情小姐故以情小姐词曲警之，恰极当极！"第一个"情小姐"是指林黛玉，第二个"情小姐"是指杜丽娘。钟情的小姐，她的情绪要用前辈那些钟情小姐的词句来警示她，帮她表达。也就是说，《牡丹亭》唱杜丽娘的心境，激发了黛玉内心深处的幽怨，对宝黛之间的爱情起到了催化、升华的作用。这样一来，共读《西厢记》后的宝玉和黛玉，就达到深深依恋、时时思念的程度。曹雪芹喜欢用一个词——"闷闷的"，宝玉看不到黛玉会闷闷的，黛玉看不到宝玉也会闷闷的。什么是"闷闷的"？一日不见，如三秋兮。

第二十三回描写的两部戏剧名作在宝黛爱情发展中起到了重要且不可替代的作用。林黛玉深受崔莺莺、杜丽娘的影响，她身上有她们的痴情聪慧、多愁善感。林黛玉的青春苦闷，林黛玉的爱情追求，林黛玉渴望爱情并深受封建礼俗重压的凄苦心理，林黛玉"感时花溅泪，恨别鸟惊心"的思维模式，甚至林黛玉花一般的美丽，花一般的脆弱，都和崔莺莺、杜丽娘密切相关。

共读《西厢记》和闻曲之后，崔莺莺和杜丽娘常驻林黛玉心中，使其叛逆色彩越来越明显。第四十回中，林黛玉竟然当众吟出"良辰美景奈何天"，薛宝钗立即警觉到黛玉的行为违反礼俗，"宝钗听了，回头看着他"。聪明的林黛玉却没有发觉，继续说出"纱窗也没有红娘报"，可见崔莺莺、杜丽娘对林黛玉的影响已深入骨髓、融入血液。

宝玉得《西厢记》，黛玉爱《西厢记》，宝黛之间的感情进入新境界。宝钗对这些事一无所知。宝玉跟黛玉的感情基于思想相通，而宝玉跟宝钗最终婚姻崩溃，就是因为两人的思想隔着楚河汉界。

寒门子聪明伶俐，见机行事

——第二十四回　醉金刚轻财尚义侠　痴女儿遗帕惹相思（上）

　　如果某位大学生要认一个初中生作父亲，是不是天方夜谭？《红楼梦》里却出现了这样的事。贾府旁支十八岁的贾芸，要认十三岁的贾宝玉作父亲，为什么？人穷低三分。贾芸人才、口才、能力皆很出众，但他身份低微，一要生存，二要发展，不得不攀附贾宝玉和王熙凤的高枝。无独有偶，宝玉身边的小丫鬟小红，也惦记着改变自己微贱的身份，想攀贾宝玉这根高枝，攀不上就转而琢磨起贾芸这根"高枝"。这是第二十四回的主要内容。

　　如果是一般作家写长篇小说，上一回写了宝黛共读《西厢记》，产生了情感波澜，下一回就该继续写他们的交往了。但曹雪芹不专写爱情故事，还要对现实社会作全面深刻的反映。他不仅写贵族青年男女的爱情，也写下层人物为糊口而挣扎，于是贾芸和小红的故事劈空而来。

　　一个是贫寒的贾府旁支子弟，一个是身份为"家生子"却眼空心大的小丫鬟，两个小人物从一见钟情，到千方百计靠近、交换定情物，在主线是宝黛爱情和贾府盛衰的《红楼梦》里，居然洋洋洒洒插进好几回中，还相当别致好看，令人不得不佩服曹雪芹的别具匠心。

不要小看贾芸、小红这两个小人物的故事，一方面，这两个小人物被曹雪芹写得活色生香，成为红楼人物画廊中特殊的"这两个"；另一方面，将来贾府败落，这两个小人物将大放异彩，在贾宝玉落难进入狱神庙时仗义探望，没准还把贾宝玉营救出来了。畸笏叟的评语透露出曹雪芹后三十回写过这样的内容，至于如何描写的，却永远也看不到了。

香菱击掌，宝玉请安

林黛玉听《牡丹亭》听得情思萦逗、心绪缠绵，不由自主一蹲身坐在一块山子石上细听，千头万绪涌上心头，正"心痛神痴，眼中落泪"，没想到背上着了一掌。

哪个打的？香菱。

她不是林黛玉的影子吗？

香菱自幼被人拐卖，黛玉自幼父母双亡。

香菱能淡然应对蹉跎的命运，黛玉经常顾影自怜。

曹雪芹想让林黛玉把沉浸在《牡丹亭》里的思绪暂时撂下，便派香菱击她一掌。

多么及时的一掌，多么有趣的一掌！情节转换自然、顺畅、有趣。

为什么不是潇湘馆的紫鹃、雪雁击黛玉一掌？她们不敢；为什么不是怡红院的袭人、晴雯击黛玉一掌？她们同样不敢。

为什么不是宝钗、探春、李纨击黛玉一掌？她们要顾及"稳重"的身份。

只有香菱这个天真烂漫，似乎没心没肺的人才会干这样的事，非常孟浪，却显示出她坦率的个性以及她跟黛玉关系亲密。

黛玉被吓了一跳，问香菱"你这个傻丫头"打哪里来。香菱告诉她说，你们紫鹃找你，琏二奶奶给你送茶叶来了。香菱还对黛玉说："走罢，回家去坐着。"这是针对林黛玉坐在山石上听曲而说。娇憨的香菱能细心关心他人，她只会直接对黛玉说回家坐着，不会解释坐在这里太凉，容易生病。两人拉着手回到潇湘馆，凤姐果然送了上好的茶叶来。黛玉和香菱是如何交往的？曹雪芹写道："况他们有甚正事谈讲，不过说些这一个绣的好，那一个刺的精，又下一回棋，看两句书，香菱便走了。"

两位早期《红楼梦》点评者对这段看似寻常的描写大加夸奖。畸笏叟评曰："是书最好看如此等处，系画家山水、树头、丘壑俱备，末用浓淡墨点苔法也。"所谓"点苔"，是中国画技法，用毛笔作出直、横、圆、尖或破笔（笔毛散开），表现山石、地坡、枝干上和树根旁的苔藓杂草，以及峰峦上的远树等，在山水画构图中被广泛应用。畸笏叟懂画，他把香菱与黛玉的交往看成是曹雪芹浓墨重彩地写宝黛交往后的淡淡一描。脂砚斋评曰："棋不论盘，书不论章，皆是娇憨女儿神理，写得不即不离，似有似无，妙极！"脂砚斋的意思是，这段描写虽然对整个章节没什么重要作用，但是写人状物却相当精彩。这两段评语写得好，写小说，就是要写得松紧有致，在极其细微的地方也能给读者带来美的感受。

黛玉回到潇湘馆，宝玉却要到东院去。宝玉被叫回去换衣服，要去东院给大老爷请安，他回到怡红院时见到了鸳鸯。曹雪芹通过宝玉的眼睛，写了一笔鸳鸯的模样。她"穿着水红绫子袄儿，青缎子背心，束着白绉绸汗巾儿"。宝玉在贾母身边长大，和鸳鸯关系亲密，他凑到鸳鸯的脖子上闻香气，还用手去摩挲，发现鸳鸯皮肤白腻，不在袭人之下。这是小男孩捣蛋的举动，没有色情意味。他嬉皮笑脸地说："好姐姐，把你嘴上的胭脂赏我吃了罢。"鸳鸯叫袭人管管宝玉。袭人不是早就和他约法三章，不能调弄脂粉吗？宝玉不仅继续调弄脂粉，还继续吃别人嘴上的胭脂。这是贵族少爷不长进的怪癖。

宝玉去看伯父的一段描写，把大家族里的家规写得如在眼前。宝玉先述贾母的问话，然后自己请安；贾赦先站起来回了贾母的话，再接受宝玉请安，然后唤人："带哥儿去太太屋里坐着。"邢夫人如法炮制。当宝玉坐到邢夫人身边，邢夫人欢喜地爱抚他时，贾环和贾兰来了。贾环看到宝玉坐在大娘身边，特别不高兴，又看到宝玉得到人娘的喜爱，更不高兴了。他心想：王大人是宝玉的亲生母亲，喜爱宝玉可以理解，邢夫人你这个做大娘的应对我们兄弟一视同仁。偏偏邢夫人叫贾环和贾兰回去问他们母亲好，专把宝玉留下，这更叫贾环不高兴了，埋下贾环怀嫉在心、想害宝玉的伏笔。邢夫人留宝玉吃饭，却不留贾环，是不是邢夫人"沭上水"[1]，看到贾母疼爱宝玉便也跟着疼？很可能并不是。宝玉神采飘逸，贾环行为猥琐，一般人都会有所偏爱，邢夫人无儿无女，不管对黛玉还是宝玉都十分慈爱，因为他们都很出众，惹人喜爱。这一点，曹雪芹写得很有分寸。其实前边已有一段邢夫人说贾赦幼子贾琮的话："一钟茶未吃完，只见那贾琮来问宝玉好。邢夫人道：'那里找活猴儿去！你那奶妈子死绝了，也不收拾收拾你，弄的黑眉乌嘴的，那里像大家子念书的孩子！'"邢夫人喜欢宝玉这类既形象出彩又装扮整洁的孩子。

邢夫人作为嫡妻、长辈，捎信问贾政的妾和儿媳好，也显示出她跟王熙凤迥然不同的待人态度。

1　俗语，比喻巴结有权势的人。——编者注

黛玉在与宝玉共读《西厢记》后回到潇湘馆，凤姐给她送来茶叶，埋下后面拿茶叶开玩笑的伏笔；宝玉去看望贾赦，顺便提拉一下贾环对他的怨恨。交代完两人的行踪，这一回的重点来了，即介绍两个小人物——贾芸和小红如何往上爬。

贾芸顺竿就爬认父亲

　　宝玉要去见贾赦时，刚要上马，就看到贾琏请安回来了。兄弟见面互相问了两句话，正说话的时候，旁边转出一个人来，说："请宝叔安。"宝玉一看，这个人容长脸，长挑身材，十八九岁，斯文清秀，看着挺熟，但叫不出名字。贾琏笑了："你怎么发呆，连他也不认得？他是后廊上住的五嫂子的儿子芸儿。"贾氏家族支派繁盛，除宁国公、荣国公嫡派外，旁支子孙还有很多，宝玉对这些寒族子弟不可能全都认识。宝玉笑道："我怎么就忘了。"又问贾芸，你母亲好吗？这会子干什么？贾芸指着贾琏说，我找二叔说句话。贾芸已求过贾琏两次，贾琏想给他安排工作，却被王熙凤抢去了。宝玉笑道："你倒比先越发出挑了，倒像我的儿子。"宝玉是在开玩笑，他刚才明显不认识贾芸，为了掩饰尴尬，这时得表示"我们是叔侄，我欣赏你"，故而有此一说。贾琏笑了："好不害臊！人家比你大四五岁呢，就替你作儿子了？"宝玉这才问，你今年多大？贾芸说十八了。这本来就是开开玩笑而已，但贾芸特别伶俐乖巧，他正到处找靠山，想投靠贾琏，贾琏却没把他的事当回事。眼前是荣国府尊贵的宝二爷，虽然说的是句玩笑话，但贾芸顺着竿就往上爬，说："俗语说的，'摇车里的爷爷，拄拐的孙孙'。虽然岁数大，山高高不过太阳。只从我父亲没了，这几年也无人照管教导。如若宝叔不嫌侄儿蠢笨，认作儿子，就是我的造化了。"贾琏社会经验丰富，他只是本族叔叔，贾芸就求了他好几次，如果宝玉把贾芸认作儿子，不得对他负责？于是贾琏笑着说道："你听见了？认儿子不是好开交的呢。"这句话的意思就是：你的麻烦来了，他会经常找你，叫你给他办事。因为贾芸已把"照管"说出来了。贾琏说着就进去了。宝玉对贾芸说："明儿你闲了，只管来找我，别和他们鬼鬼祟祟的。"为什么说"鬼鬼祟祟"？因为贾琏和宝玉见面的时候，旁边转出个人来，这不就是鬼鬼祟祟吗？宝玉说："这会子我不得闲儿。明儿你到书房里来，和你说天话儿，我带你园里顽耍去。"宝玉并没有认儿子，他只是开句玩笑，表示你可以来找我，我带你玩。这就给了贾芸一个很好的借口，可以名正言顺地到荣国府来纠缠宝玉。这一段写宝玉第一次见到贾芸，贾芸的乖巧伶俐、善于言辞，被曹雪芹写得活灵活现。

求二叔无着，求亲舅碰壁

贾芸进去找贾琏，问二叔可有什么事叫他去做。贾琏说了段十分有趣的话："前儿倒有一件事情出来，偏生你婶子再三求了我，给了贾芹了。他许了我，说明儿园里还有几处要栽花木的地方，等这个工程出来，一定给你就是了。"凤姐什么时候求过而且是"再三"求过贾琏？没有的事，夫妻二人吃饭时，贾琏要把管小和尚、小道士的事交给贾芸，凤姐要交给贾芹，贾琏刚表示不同意见，凤姐把筷子一放，把头一梗，贾琏就不敢吭气了，照着凤姐教的一番话向贾政、王夫人汇报，将这事交给了贾芹负责。贾琏在老婆跟前直不起腰，在外人跟前却宣扬自己的男子汉大丈夫气概，似乎在家里他说了算。

贾芸多精明，一听就明白了家务事上二叔做不了主，真正做主的是二婶。他很快转起念头，要改换山头，投靠王熙凤。贾芸思考了一会儿，半晌才说话。因为他心里盘算着，二叔是不用再求了，但转头去求二婶，又不能叫二叔知道，还不能叫二婶知道我求过二叔。于是他跟贾琏这么说："既是这样，我就等着罢。叔叔也不必先在婶子跟前提我今儿来打听的话，到跟前再说也不迟。"这是什么意思？他既要在王熙凤跟前表示"我是专门来求您的"，又要叫贾琏知道"我不会扔下您去求婶婶"。出身低微的人为了谋求一份差事，在贵族少爷、少奶奶跟前，得千方百计糊弄他们。贾琏说，我明天一大早得出发，哪有工夫说这些闲话。

　　这下贾芸知道了明天贾琏不在家，便琢磨着怎么去求王熙凤。马上要过端午节，荣国府要用到名贵香料，而贾芸的舅舅卜世仁（谐音"不是人"）恰好开了一家香料铺。贾芸心想，向嫡亲舅舅借几两冰片麝香还借不出来？于是他便去找舅舅，说有件事求舅舅帮衬，我要用冰片麝香，好歹舅舅赊四两给我，我八月按数送银子来。按贾芸估计，即便自己求不到工作，几个月之内也能攒上几两银子还给舅舅。卜世仁不赊，还教训起贾芸，说你这个小人儿不知道好歹，你想个主意，去赚几个钱，弄的穿是穿，吃是吃，我看着也喜欢。这个舅舅站着说话不腰疼，外甥赊四两冰片麝香办事，你不帮忙也就算了，还叫他想办法赚几个钱？贾芸听了很生气，这口气咽不下去了，说："舅舅说的倒干净。我父亲没的时候，我年纪又小，不知事。后来听见我母亲说，都还亏舅舅们在我们家出主意，料理的丧事。难道舅舅就不知道的，还是有一亩地两间房子，如今在我手里花了不成？巧媳妇做不出没米的粥来，叫我怎么样呢？"这段话的意思是：当初我父亲没了，舅舅来料理后事，就把我们家的财物裹走了，我现在才没钱用。贾芸还说："还亏是我呢，要是别个，死皮赖脸三日两头儿来缠着舅舅，要三升米二升豆子的，舅舅也就没有法呢。"

外甥跟舅舅讲理，讲得头头是道，口才太好了。卜世仁说："我的儿，舅舅要有，还不是该的。"这是说嘴，实际上舅舅有也不会给他。卜世仁又说，只愁你没个算计儿，你但凡立得起来，到贾府拉拉关系，弄个事管管，不就有钱了？前日我看见你们三房里的老四，骑着大叫驴，带着五辆车，载着四五十和尚道士，往家庙去了。你就不能跟他一样，弄个差事吗？难道你还比他差？贾芸正为这事不高兴，舅舅哪壶不开提哪壶，贾芸当然更不高兴了，就跟舅舅告辞说要回家。舅舅还要装好人，虚让一句，说，在这儿吃了饭再走哇。舅舅不是人，舅妈更不是人。舅舅一说完吃了饭再走的话，舅妈就说："你又糊涂了。说着没有米，这里买了半斤面来下给你吃，这会子还装胖呢。留下外甥挨饿不成？"卜世仁说："再买半斤来添上就是了。"舅妈为了表现家里揭不开锅，故意叫过女儿来，说："银姐，往对门王奶奶家去问，有钱借二三十个，明儿就送过来。"两口子为了一碗面，在亲外甥跟前唱双簧。曹雪芹把底层社会的人性琢磨透了。曹雪芹为什么能将世态炎凉刻画得如此逼真？因为曹家被抄后，他的生活非常穷困，他的朋友曾写诗道："残羹冷炙有德色，不如著书黄叶村。"看人脸色求帮，是曹雪芹的亲身经历。

泼皮倒有侠肝义胆

贾芸窝了一肚子火，一边往回走，一边低着头琢磨，没想到一头碰在一个醉汉身上，吓了一跳。醉汉抓住他就开始骂街，贾芸一看，是邻居倪二。倪二是个泼皮，专放高利贷，他今天刚收了高利贷利钱回来，喝醉了，没想到被贾芸撞到，倪二抢起拳来就要打。贾芸急忙说："老二住手！是我冲撞了你。"倪二一听，是熟人，就睁开醉眼，见是贾芸，连忙把手松开，趔趄着跟贾芸说话。趔趄着，就是高一脚低一脚，左一脚右一脚，东一脚西一脚，走路不稳。看到这个倪二，不禁让人联想到《水浒传》里的牛二。杨志卖刀，碰到"没毛大虫"牛二。不过，倪二比牛二写得好看，牛二泼皮就只是泼皮，倪二泼皮却有侠肝义胆。倪二笑着说："原来是贾二爷，我该死，我该死。这会子往那里去？"他尊称贾芸为"贾二爷"，看来贾芸平时在街坊里颇受尊重。脂砚斋给他加了句评语："金盆虽破分两在。"虽然贾芸家里面经济状况不好，但他是荣国公后代，在街坊里受到尊重。贾芸把自己在舅舅那儿的遭遇告诉了倪二。倪二听了大怒，说，要不是你舅舅，我就骂出好话来了，气死我了。算了，你也别愁，我这里有几两银子，你若需要用就拿去，但是有一件，我们两个做了这么多年的街坊，我在外面是个放账的，你从来没和我张过口，我也不知道你是厌恶我是个泼皮，还是怕借我的钱降低了你的身份，还是你担心我难缠，多问你要利钱。你如果怕借我的钱利钱重，我声明，今天给你的银子不要利钱，你也不用写文书，你如果怕借了我的钱低了你的身份，我就不敢借给你了，咱们各人走各人的。说着倪二从身上的搭包里掏出来一卷银子。

贾芸很惊讶，嫡亲舅舅连一碗面都不舍得给自己吃，向来在街坊邻里中泼皮无赖的倪二，竟肯把银子借给自己，还不要利钱不写文书。怪不得他平时有些侠义名声！贾芸想，我如果不借，他害臊了，反而会生事，我不如借了他的，改天加倍还他就是了。于是他跟倪二表示，我当然愿意接受你的银子。先前没有开口找你借是有原因的。贾芸编了套非常有趣的话，他说的不是实话，但叫别人听了很入耳。他说："老二，你果然是个好汉，我何曾不想着你，和你张口。但只是我见你所相与交结的，都是些有胆量的有作为的人，似我们这等无能无为的你倒不理。我若和你张口，你岂肯借给我。今日既蒙高情，我怎敢不领，回家按例写了文约过来便是了。"倪二平时互相来往的都是些什么人？泼皮无赖，蛮横强梁的人，社会底层小爬虫，恶霸，等等，贾芸却说成是有胆量有作为的人，给倪二戴高帽，这话就意味着你倪二也是有胆量有作为的人。倪二听了人笑。虽然倪二喝醉了，虽然他只是一个社会底层人物，但越是社会底层的人，越是能深刻理解人性。倪二说："好会说话的人。我却听不上这话。"他赞赏贾芸会说话，但是他说"我却听不上这话"，为什么？就像脂砚斋的评语说的，"光棍眼内揉不下沙子"。倪二的话摆明了他的态度：你别忽悠我，我知道你是怎么看待我们这帮人的。倪二说，我如果相与交结，就不能放账给他；如果放账给他，那就不是相与交结。也就是说，如果我和他是朋友，我就不要他的利钱；如果我要他的利钱，他就不是我的朋友。现在不用说闲话，这是十五两三钱多银子，你拿去，你若非得写什么文书，趁早把银子还我！倪二这个人很豪爽，借钱给朋友不要利钱，还不用写文书。贾芸说的是"按例"，看来，倪二放高利贷取多少利，贾芸是知道的。

　　借到银子了，贾芸心里非常稀罕，他又想，倪二这是喝醉了借的钱，要是明天再加倍找我要怎么办？又一想，等我拿了银子巴结上琏二婶，不就有银子了？到时候再还给他就是了。贾芸很细心，找到一个钱铺，把银子称了称，果然是十五两三钱四分二厘。曹雪芹对市井人物的描写可谓细致入微，一个放高利贷的，喝醉时尚能准确说出这包银子重十五两三钱多。贾芸一称，一点儿不错。

贾芸回到家，没有和母亲说舅舅的事，说自己回来晚是因为在贾府等琏二叔。贾芸对母亲顺从、孝顺，怕母亲生气，一个字也不提舅舅是怎么样不是人的。脂砚斋评语说贾芸"孝心可敬。此人后来荣府事败，必有一番作为"，读者千万不要相信通行本后四十回写的王熙凤的女儿被人卖了，是贾环和贾芸干的。这事不仅不是贾芸做的，当贾府落难之后，贾芸还要仗义探庵，去狱神庙看望贾宝玉。

身份悬殊却情商相当

贾芸买了香料去接近王熙凤。我们来看看两个身份不同但情商都相当高的人物是如何打交道的。贾芸到了荣国府，打听到贾琏已走后，就来到贾琏院门前等着。几个小厮正在扫地，周瑞家的出来说："先别扫，奶奶出来了。"贾芸问周瑞家的："二婶婶那去？"周瑞家的说："老太太叫，想必是裁什么尺头。"两人正说着，一群人簇拥着凤姐出来了。王熙凤出来总是一群人跟着，一副大当家的气派。贾芸知道凤姐喜欢别人奉承她，就连忙双手贴着身体两侧，恭恭敬敬抢上来请安。小人物给大人物面子，凤姐却连正眼也不看他，仍往前走，问他母亲好，说："怎么不来我们这里逛逛？"信口敷衍。贾芸说："只是身上不大好，倒时常记挂着婶子，要来瞧瞧，又不能来。"凤姐笑了："可是会撒谎，不是我提起他来，你就不说他想我了。"贾芸昨天晚上回家后，吃了饭，母子俩就各自去休息了，两人并没有谈论王熙凤。贾芸编出一番话来，说："昨儿晚上还提起婶子来，说婶子身子生的单弱，事情又多，亏婶子好大精神，竟料理的周周全全；要是差一点儿的，早累的不知怎么样呢。"凤姐一听，止住脚步，满脸是笑："怎么好好的你娘儿们在背地里嚼起我来？"王熙凤喜欢听奉承话，本来急着到老太太那里去，一听到有人背地称颂她，就停下来问贾芸为什么他们母子要背后议论她，她的意思是想继续听歌功颂德的话。贾芸非常聪明，已经引得王熙凤站住听他说话，连忙提正题，说，有个缘故，我有个极好的朋友，家里有几个钱，开着香铺，他又捐了个通判，现在选到云南不知道哪个地方去做官，全家都要搬迁，便把香铺处理了，又把一些细贵东西送给亲朋好友，他送给我一些冰片、麝香。我就和母亲商量，这东西转卖卖不出原价，我们家也使不上这些，便想到了婶子。往年还看到婶子花大包的银子去买这些东西，今年贵妃宫中得用，婶婶过端午节也得用。想来想去，还是孝敬婶子才不算糟蹋了这东西。贾芸一边说，一边把一个锦匣子举起来。这是他花十五两银子买的香料。

　　凤姐办节礼正要采买香料，一听贾芸这番话，心里甚是欢喜，这礼是送到凤姐心坎上了。王熙凤叫丰儿接过来，送回家交给平儿，然后她又表扬贾芸："看着你这样倒很知好歹，怪道你叔叔常提你，说你说话儿也明白，心里有见识。"凤姐是喜欢听奉承言语，并不是见到个装着几两冰片、麝香的小匣子就高兴了。当然了，喜欢听奉承话的同时，她不是不爱财，比如说三千两银子。但此时此刻，她主要还是欣赏这个旁支侄儿会说话。

　　贾芸一听这话，暗道有门路，便故意说："原来叔叔也曾提我的？"意思是，我找叔叔讨要工作，他是不是跟您商量过要给我工作呀？凤姐才想要派他种树，马上又止住，心想，我如今要告诉他，叫他去种树，倒让他觉得我没见过东西似的，干脆今天先别提，还是维持自己的威信最重要。凤姐便又说了两句不咸不淡的话，说完就往贾母那里去了，竟绝口不提派工作的话。贾芸也不好再提。但贾芸已经完成了自己的任务，讨得王熙凤的欢心。他能不能得到工作？还得耐心等待。

小丫鬟眼空心大，欲攀高枝

——第二十四回 醉金刚轻财尚义侠 痴女儿遗帕惹相思（下）

贾芸伶俐乖觉，攀上贾宝玉这根高枝，打算进怡红院；怡红院伶俐乖觉的小丫鬟小红，也想攀贾宝玉这根高枝。两个乖巧人相遇，生出一段好看的巧文。

细巧干净小丫头

头一天，宝玉对贾芸说，明儿你到我的书房来等我。宝玉只是信口一说，早忘到九霄云外了，但贾芸必须抓住这个机会和宝二爷建立联系。他来到贾母那边的宝玉的书房。小厮们都在玩闹，有的在下象棋，有的在屋檐下掏麻雀。宝玉身边这帮小猴崽，无所事事，整天捣蛋。看到贾芸来了，小厮们才不玩了，迎进贾芸去。贾芸说："宝二爷没下来？"茗烟说："今儿总没下来，二爷说什么，我替你哨探哨探去。"茗烟出去打听宝二爷什么时候回来。贾芸只好在那儿看宝玉书房里的字画古玩，等了一顿饭的工夫，还是没消息。宝玉别的小厮都出去玩去了，贾芸很郁闷，这时听到门外有人娇声嫩语地叫了声"哥哥"，声音像黄鹂一样好听。贾芸往外一看，是个细巧干净的十六七岁的丫鬟。丫鬟看到贾芸，抽身躲了回去。即便是丫鬟，见了陌生男人也要回避，这是国公府的规矩。茗烟来了，看到这丫鬟站在门前，就说，好，正要抓个人送信！贾芸听茗烟说找着了人送信，就赶出来问什么情况。茗烟说，等了半天也没个人过来，这个就是宝二爷房里的。茗烟又对丫鬟说："好姑娘，你进去带个信儿，就说廊上的二爷来了。"

"廊上的二爷"是什么意思？即住在荣国府外后廊上的出身旁支的二爷。这丫鬟听说是本家爷们，就不回避了，"下死眼把贾芸钉了两眼"。这个地方写得太有趣了，"下死眼"，还"钉"两眼，曹雪芹用的不是"盯"，而是"钉"，像钉子楔进木头一样用力，形容得多么有趣！她看得非常仔细，她看到了宝玉眼中的那个形象：长条身材、容长脸、斯文俊秀。贾芸赶快声明："什么是廊上廊下的，你只说是芸儿就是了。"他为什么要这样叮嘱？因为他要叫丫鬟告诉宝二爷，你儿子芸儿来了。那个丫鬟冷笑着说："依我说，二爷竟请回家去，有什么话明儿再来。今儿晚上得空儿我回了他。"茗烟奇怪为什么晚上再回，丫鬟说："他今儿也没睡中觉，自然吃的晚饭早。晚上他又不下来。难道只是要的二爷在这里等着挨饿不成！不如家去，明儿来是正经。便是回来有人带信，那也是不中用的。他不过口里应着，他倒给带呢！"贾芸一听，这丫鬟说话简便俏丽，很想问问她的名字，但他不敢造次，就说："这话倒是，我明儿再来。"这样一来，贾芸和宝玉身边这个小丫鬟初次相逢了。

听听这个俏丽丫鬟的一番话，说起贾宝玉的行踪如数家珍，在外人跟前说起贾宝玉，居然敢不说"宝二爷"，连续说两个"他"，"他今儿没睡中觉""晚上他又不下来"，口气俨然贾宝玉身边极亲近的人。脂砚斋评曰："一连两个'他'字，怡红院中使得，否则有假矣。"什么"假"？连给贾宝玉倒碗茶都不够格的丫鬟，在外人面前宣扬自己对贾宝玉什么事都知道。她是有心人，当然会知道这些，虽然对一个粗使丫鬟来说，根本没必要知道。

你竟有胆子在我跟前弄鬼

第二天，贾芸来到荣国府，恰好碰到王熙凤。王熙凤一看到贾芸就说，芸儿过来！她坐在马车上，隔着窗子说："芸儿，你竟有胆子在我跟前弄鬼。怪道你送东西给我，原来你有事求我。昨儿你叔叔才告诉我说你求他。"王熙凤冰雪聪明，岂是好糊弄、好忽悠的？她当时被贾芸恭维的话蒙过一时，回去前后一想，就知道贾芸是走贾琏的门路不通，便来走自己的门路，才来送礼的。贾芸也特别聪明，从容应对，继续奉承王熙凤："求叔叔这事，婶子休提，我昨儿正后悔呢。早知这样，我竟一起头求婶子，这会子也早完了。谁承望叔叔竟不能的。"王熙凤笑了，说："怪道你那里没成儿，昨儿又来寻我。"贾芸赶紧说："婶子辜负了我的孝心，我并没有这个意思。若有这个意思，昨儿还不求婶子。如今婶子既知道了，我倒要把叔叔丢下，少不得求婶子好歹疼我一点儿。"多么会说话！能据理反驳，还顺着竿往上爬。王熙凤说："你们要拣远路儿走，叫我也难说。早告诉我一声儿，有什么不成的，多大点子事，耽误到这会子。那园子里还要种树种花，我只想不出一个人来，你早来不早完了。"王熙凤在猫逗耗子，她早就决定把这事交给贾芸，却说她想不出一个人来。贾芸赶紧说："既这样，婶子明儿就派我罢。"凤姐又说："这个我看着不大好。等明年正月里烟火灯烛那个大宗儿下来，再派你罢。"王熙凤故意吊贾芸的胃口，这话的意思是，我现在不给你派小活儿，将来给你派个大活儿。贾芸表示，您先把这个派给我，若这个办得好，您再派我那个。眼前的机会先抓住，将来的机会也不错过，放长线钓大鱼。凤姐也笑了："你倒会拉长线儿。罢了，要不是你叔叔说，我不管你的事。"她也很会做人，把给贾芸派活儿的事，又归到贾琏的情面上了。作为贵族家庭的少奶奶，在众人面前，还要维护丈夫的面子。凤姐说完就让贾芸等着，自己去东府吃完午饭就过来，让他到时候来领银子。

　　贾芸喜不自禁，还想一举两得——既已得到差事，便再去认"父亲"。他又去书斋打听贾宝玉在不在，谁知贾宝玉上北静王那儿去了。等到中午，贾芸打听到凤姐回来了，便去找凤姐，写了领票，领了对牌，凤姐给他批了二百两银子。荣国府这棵大树上，又增加了一只寄生虫。

　　贾芸领到银子，第二天找到倪二，把银子如数还他；再拿五十两银子找花匠买花种树。为什么要写贾府派专人种树？因为元春归省之后，贾府正处于鼎盛时期，需要一些细节来支撑。

既是我屋里的，我怎么不认得

　　宝玉叫贾芸第二天来找他，他自己倒早给忘了。从北静王那儿回来后，他换了衣服，准备洗澡。恰好这天袭人到宝钗那里去了，另外的丫鬟们，有的生了病，有的回了家。大丫鬟秋纹和碧痕去给宝玉催洗澡水了。宝玉在房间里待了一会儿，要喝茶。茶碗茶壶就在跟前，自己倒一碗不就行了？但他是贵族少爷，得叫人。叫了两三声，进来两三个老嬷嬷。宝玉特别讨厌老婆子，认为她们不洁净，说，算了算了，不用你们。老婆子们只得出去。宝玉自己去倒茶，突然，背后有人说，二爷，别烫了手，我来倒吧。来人说着把碗接了过去，宝玉吓了一跳，问："你在那里的？忽然来了，唬我一跳。"那个丫鬟倒了茶，把茶递给他，说："我在后院子里，才从里间的后门进来，难道二爷就没听见脚步响？"宝玉一边喝茶，一边看这个丫鬟，只见她穿着几件半新不旧的衣裳，一头黑鬒鬒的头发，容长脸面，细巧身材，十分俏丽干净。宝玉很懂审美，身边那么多漂亮丫鬟，没想到这个小丫鬟也如此俏丽干净。宝玉很奇怪："你也是我这屋里的人么？"宝玉竟不认识自己的丫鬟。宝玉有十六个丫鬟，八个大丫鬟在身边伺候，八个小丫鬟干粗活。怡红院的丫鬟分等级，高一级的丫鬟不允许低一级的丫鬟越雷池一步。这个丫鬟说，我是。宝玉说，你既然是我屋里的，我怎么不认得？那丫鬟冷笑："认不得的也多，岂只我一个。从来我又不递茶递水，拿东拿西，眼见的事一点儿不作，那里认得呢。"宝玉问，你为什么不做眼前的事？看来这富贵少爷根本不知道丫鬟之间也是等级森严、分工明确的。那丫鬟回答："这话我也难说。"她太聪明了，她不能跟宝玉说，我是管扫地、打水、做粗使活儿的丫鬟，不是袭人、晴雯那样贴身服侍的大丫鬟。她不能说贬低自己的话，就说"这话我也难说"，因为她是有"雄心壮志"的，这个卑微的小丫鬟惦记着往上爬。她接着说："只是有一句话回二爷：昨儿有个什么芸儿来找二爷。我想二爷不得空儿，便叫焙茗（即茗烟）回他，叫他今日早起来，不想二爷又往北府里去了。"简单几句话，便把事情回得清清楚楚。

刚说到这里，就听到外面嘻嘻哈哈的，两个人说笑着进来了。说笑的是宝玉的大丫鬟秋纹和碧痕，两个人提着一桶水，趔趔趄趄、泼泼撒撒地进来了。这个丫鬟赶紧出去接。为什么？因为抬洗澡水是她的工作。两个丫鬟正在互相抱怨，一个说"你湿了我的裙子"，那一个说"你踹了我的鞋"，突然看到二爷房里走出一个人来接水，原来是小红。

小红被大丫鬟骂了个狗血喷头

在此之前，尽管多次写到这个丫鬟的外貌、穿着、言行举止，写她在贾芸心中"简便俏丽"，在宝玉心中"俏丽干净"，但始终没有出现她的名字。当两个大丫鬟见有人出来接水，才发现原来是小红。两人都很诧异，她怎么会在宝玉房里？两人连忙进来东瞧西望，没有别人，只有宝玉，顿时心里很不自在。大小丫鬟有分工，大丫鬟可以和主子亲近，端茶、倒水、聊闲天，小丫鬟只能在外面干粗活，不能到主子跟前来。两人先忍住一肚子气，给宝玉准备好洗澡的东西。宝玉脱了衣服，两个人带上门，把小红找来，问她，你刚才在房里说什么？小红赶快辩解："我何曾在屋里的？只因我的手帕子不见了，往后头找手帕子去。不想二爷要茶吃，叫姐姐们一个没有，是我进去了，才倒了茶，姐姐们便来了。"小红声明她既没主动进去，也没和宝玉有什么交流。秋纹一听，兜脸啐了一口，骂起来："没脸的下流东西！正经叫你催水去，你说有事，倒叫我们去，你可等着做这个巧宗儿。一里一里的，这不上来了。难道我们倒跟不上你了？你也拿镜子照照，配递茶递水不配！"小红确实有心机，本该她去抬洗澡水，但她说自己有事，她可能就是要找手帕子，但一找手帕子就遇到了宝玉要喝茶。大丫鬟当然不干，秋纹骂了她一顿。碧痕又说："明儿我说给他们，凡要茶要水送东送西的事，咱们都别动，只叫他去便是了。"这不是挑战吗？我们都不干了，你这粗使丫鬟去干贴身伺候的事吧。秋纹又更进一步说，干脆咱们都散了，留她一个人在房里！夹枪带棒，连讽带刺。一个十六七岁的小丫鬟，忍气吞声被大丫鬟斥骂。旧社会多么不平等！同样都是奴仆，大奴仆就可以欺负小奴仆，小奴仆还得忍气吞声。两个大丫鬟正在这里闹，有个老嬷嬷来传凤姐的话："明日有人带花儿匠来种树，叫你们严紧些，衣服裙子别混晒混晾的。那土山上一溜都拦着帏幙呢，可别混跑。"秋纹问了一句："明儿不知是谁带进匠人来监工？"那婆子说："说什么后廊上的芸哥儿。"秋纹和碧痕还在混问别的话，小红却听见了，心里明白，是来找宝玉的芸二爷带人来种树种花。

为什么秋纹要问明儿谁带进匠人来监工？她有那么好奇吗？这是曹雪芹叫她问的，他要让那个回答被小红听到。小红只给宝玉倒了杯茶，就被两个大丫鬟骂了个狗血喷头，她当然要琢磨一下自己的处境，琢磨一下自己接下来该怎么办，怎么另拣个高枝往上爬。

这时，曹雪芹专门写了一段小红。原来小红本姓林，小名叫红玉，因为"玉"字犯了黛玉、宝玉，就把这个字隐起来，叫"小红"了。她的父母是荣国府的世代旧仆，现在收管各处房田事务。她今年十六岁，一开始分在大观园的怡红院里打扫卫生，后来宝玉要了怡红院，小红就成了宝玉这一房的小丫鬟。她虽然是个不谙事的丫头，但因为有着几分姿色，就痴心妄想能往上爬。大观园是地上的太虚幻境，但大观园毕竟不是仙境，大观园里的女子都有自己的心机，一个身份低微的小丫鬟也想着往上爬，仅仅因为她有"三分容貌"，那么，那些有六分、七分、八分容貌的，不更想着往上爬吗？可谓竞争激烈。

现在攀哪根高枝

小红想往上爬，奈何宝玉身边的人都伶牙俐爪，她哪里插得下手。今天刚刚有点儿消息，宝玉终于认识她关注她了，小红兴许还幻想着将来有可能一步一步成为宝玉身边的大丫鬟，谁知就被秋纹、碧痕一顿臭骂。小红的心灰了一半，闷闷的，偏在这时又听到嬷嬷说起贾芸来，不觉心中一动，回到房里面，睡在床上暗暗盘算。曹雪芹没有写她盘算什么，我推测，她盘算的应该是宝二爷这根高枝是攀不上去了，他身边的大丫鬟们都太厉害了。怎么办？那就去攀贾芸这根高枝。贾芸虽然只是贾家一个家境不宽裕的旁支子弟，在宝玉跟前得低声下气，但在小红眼里，他毕竟是贾氏家族的少爷。要知道，小红这样的丫鬟，将来很可能会被配给一个像茗烟这样的小厮，因为他们都是所谓"家生子"，父母本来就是荣国府的旧仆。如果能攀上贾芸，那不也是攀了高枝，能瞬间改变自己的命运吗？她是不是这么盘算的，我们从她的梦境就可以知道。小红在床上翻来覆去，没个着落，忽听窗外有人低低地叫道："红玉，你的手帕子我拾在这里呢。"小红出来一看，不是别人，正是贾芸。小红不觉粉面含羞，问道："二爷在那里拾着的？"贾芸说："你过来，我告诉你。"一面说，一面就上来拉她。小红急忙回身一跑，却被门槛绊倒。这是干吗？做梦。这个梦境暗示，小红要去攀贾芸这根高枝了。

《红楼梦》写梦，每个梦都不相雷同，每个梦都有前因后果。我多次说过，可惜弗洛伊德的《梦的解析》没有以《红楼梦》作为重要依据。但弗洛伊德总结的"梦是愿望的达成"，仍可以从小红的梦境上得到印证。小红想和贾芸建立联系，掌握自己的命运，她的心思通过她的梦表现了出来。

第二十四回主要写贾芸和小红这两个小人物的经历。他们两人都惦记着往上爬，也都伶牙俐齿，他们和王熙凤、贾宝玉一起，演出了属于他们自己的人生故事。

《红楼梦》在写作手法上，有多处借鉴《聊斋志异》。第二十四回中比较明显的"《聊斋》痕迹"，是"小红"名字的出现方式，跟《聊斋志异》名篇《翩翩》如出一辙。《翩翩》中，书生罗子浮因为嫖娼得了一身恶疮，几成饿殍时，一个仙女救了他。仙女让他用山泉洗好恶疮，又用芭蕉叶给他做"绿锦滑绝"的衣服，用芭蕉叶给他剪出"鸡""鱼"，用山泉水给他"酿"出美酒，一直到罗子浮跟仙女睡到了一张床上，蒲松龄都没写这位仙女叫什么名字。仙女的名字是怎么出来的？从另一个仙女的嘴里喊出来的。仙女的朋友花城来祝贺新婚。"一日，有少妇笑入，曰：'翩翩小鬼头快活死！薛姑子好梦，几时做得？'"在这之前，救助罗子浮的仙女一直以"女"代称，蒲松龄的构思多么巧妙！通过花城开玩笑叫出翩翩的名字，让人印象特别深刻。蒲松龄处理人名的手段，被曹雪芹学去了：小红与贾芸在贾宝玉书房相遇，小红向贾宝玉汇报廊下二爷来的事，不管在贾芸还是贾宝玉眼里，她都是"那丫头""这丫头"，一直到碧痕和秋纹抬了水回来，这丫头出来接水，她的名字才通过碧痕和秋纹写出来：原来是小红。

宝玉、凤姐遭暗算

——第二十五回　魇魔法叔嫂逢五鬼　通灵玉蒙蔽遇双真

　　小红因梦见贾芸，醒后没精打采，第二天早起，头都不梳了，躲在海棠花后出神。宝玉昨天发现自己房里居然有个不认识的俏丽小丫鬟，想用这个丫鬟，又担心袭人她们不愿意，不敢公然使唤这个丫鬟。袭人打发小红到潇湘馆去借喷壶，小红在路上远远看到贾芸监工种树，但她不敢接近贾芸。小红的事稍作交代，便进入第二十五回主要的内容描写，即马道婆受赵姨娘之托，用诅咒法令凤姐和宝玉被恶鬼缠上，重病垂危。关键时刻，一僧一道来到荣国府，把通灵宝玉持诵一番，保护两人渡过难关。

明枪易躲暗箭难防

　　《红楼梦》中嫡庶矛盾始终存在，主要表现为王夫人和赵姨娘的矛盾。王夫人和凤姐是当权者，王夫人的儿子宝玉最得宠；赵姨娘身份低微，有时还要受凤姐斥骂，赵姨娘的儿子贾环一向不得宠。赵姨娘早就心怀不满，希望贾环取宝玉而代之。妨碍他们在贾府夺权的重要人物是凤姐。凤姐在元宵节后"正言弹妒意"，把赵姨娘劈头盖脸地教训了一番。她们之间的矛盾越积越深。这两股力量有强有弱：凤姐和宝玉地位尊贵且受贾母宠爱，力量强大；赵姨娘和贾环地位及荣宠都不及凤姐和宝玉，是弱势一方。但明枪易躲，暗箭难防。当赵姨娘在阴暗角落里向风光人物突施冷箭时，这两个人就身处险境了。

赵姨娘算计凤姐和宝玉，大波澜前先有小纠纷。王子腾的夫人过生日，本该王夫人带孩子们去贺寿，因为贾母不去，王夫人便也不去。薛姨妈带着贾府三位小姐及宝钗、宝玉、凤姐去喝寿酒。既然王夫人是嫡妻，理应把庶出儿子看成亲生的一样，就该把贾环也派去，但显然贾环并没有被邀请。这说明，在内心深处，王夫人并没有真正把贾环当亲生儿子看待。

这些人外出喝酒时，贾环放学了。王夫人说，你来抄个《金刚咒》。贾环忽然得"重用"，很得意。贾环这种人，给个鸡毛就当令箭。王夫人叫他抄经，他就拿腔作势地抄写，使唤这个丫头倒杯茶，使唤那个丫头剪蜡花，又说哪个人挡了他的灯影。大家都讨厌他，都不搭理。只有和他关系比较好的彩霞提醒他说，你安分点儿吧，不要在这儿讨人嫌。贾环居然说："我也知道了，你别哄我。如今你和宝玉好，把我不答理，我也看出来了。"真是彩霞所说的："没良心的！狗咬吕洞宾，不识好人心。"

这时，喝寿酒的回来了。凤姐拜见了王夫人，两人一长一短说话时，宝玉来了，见了王夫人，也规规矩矩地说了几句话，脱去外出的服装，一头滚在王夫人怀里。王夫人满身满脸地抚弄他。宝玉也扳着王夫人的脖子说长道短。亲生母子如此亲热，贾环已很不高兴，王夫人又叫宝玉在旁边躺下休息一会儿，叫人给他拿了个枕头来，又说，彩霞你来替他拍着。好笑不好笑？又不是婴儿，还得有人拍着哄睡，还恰好派了和贾环相好的丫鬟。彩霞不大搭理宝玉，只往贾环这边看。宝玉拉着她的手说："好姐姐，你也理我一理儿呢。"彩霞把手一甩，说："再闹，我就嚷了。"

贾环本就恨死哥哥，现在看到宝玉和与自己要好的丫鬟厮闹，心生一计，要用那滚烫的灯油烫瞎哥哥的眼睛！兄弟之间有些小矛盾，或者哪个受父母宠爱些，另一个心理不平衡，这也是常有的事，但还不至于要烫瞎对方的眼睛，这太阴毒了。这是贾环生母赵姨娘教导的结果。贾环假装失手，把一盏油汪汪的蜡灯推到宝玉脸上。宝玉登时满脸满头都是蜡油。只听宝玉"哎哟"一声，王夫人又气又急，说，快给他擦洗，又骂贾环不小心。凤姐三步两脚跑到炕上给宝玉收拾。凤姐亲自收拾，说明她非常疼爱宝玉。她一边收拾，一边笑着说："老三还是这么慌脚鸡似的，我说你上不得高台盘。赵姨娘时常也该教导教导他才是。"一句话提醒了王夫人，便把赵姨娘叫过来骂："养出这样黑心不知道理、下流种子来，也不管管！几番几次我都不理论，你们倒得了意了，这不越发上来了！"王夫人的话说明赵姨娘已好几次想方设法害宝玉，只是之前王夫人没睬她。凤姐叫赵姨娘教导贾环，言外之意是贾环的所作所为就是赵姨娘教的，所以王夫人才把赵姨娘叫来骂。赵姨娘忍气吞声，也上去给宝玉收拾。

宝玉烫了脸，糊上了膏药。黛玉来看时，宝玉不让她看，知道黛玉有洁癖，怕她嫌脏。但是黛玉一定得仔细瞧瞧，凑上来强扳着宝玉的脖子看了看，还问疼不疼。这个细节写两人的亲密，这还不能算爱情，该叫亲情，两人从小一块儿长大，一个受伤，另一个心疼。

三姑六婆捣鬼有术

过了一天，宝玉的寄名干娘马道婆来了。所谓寄名干娘，就是有钱人家怕孩子养不大，让孩子认个尼姑或道婆作干娘，认为这样就可以算作贫寒人家的孩子，好养大。马道婆看到宝玉受伤，拿手指头画了画，嘟嘟囔囔地持诵了一番，说，很快就好了，不过是一时飞灾。然后她又忽悠贾母说，有钱人家的子弟，总有许多促狭鬼跟着他，得空害他一下。贾母很容易就上了钩，问有什么办法可以解脱。马道婆说，供大光明菩萨，点上海灯，昼夜不熄地照着他，他就不会被恶鬼欺负。她告诉贾母说，南安郡王太妃在我那儿供的一天四十八斤油。她先挑多的说。贾母也比较精明，听了这些话沉吟起来。贼婆马道婆是这一回中最生动的人物，她看到贾母点头思考起来，怕贾母反悔，就说，如果是长辈为子孙，舍多了反而不好。贾母说，那就按照你说的，一天五斤吧。几句话的工夫，一个月一百五十斤香油就到手了，马道婆忽悠人的功夫可见一斑。

人们不是说贼不走空吗？贼婆什么便宜都占，从贾母这儿已骗到这么多钱，到了赵姨娘那儿，见赵姨娘在粘鞋面，马道婆说，我正没鞋面用，给我一双！赵姨娘叫她挑了两块。两人聊起来，说到赵姨娘的深仇大恨。赵姨娘说："我们娘儿们跟的上那一个儿！也不是有了宝玉，竟是得了个活龙。他还是小孩子家，长的得人意儿，大家偏疼他些也还罢了；我只不服这个主儿。"一边说，一边伸出两个手指头，指琏二奶奶。马道婆一步一步诱惑赵姨娘，告诉她，明里不敢怎么样，可以暗里算计！赵姨娘说，你教给我法子，我大大谢你。一句话说到了贼道婆心坎上，她就是来弄钱的。她问，你靠什么打动我？马道婆知道贾府人的零用钱分别是多少，她故意激赵姨娘，话里的意思是，你一个月二两银子，拿什么感谢我？赵姨娘说："你若果然法子灵验，把他两个绝了，明日这家私不怕不是我环儿的。那时你要什么不得？"贼婆不见兔子不撒鹰，说："那时候事情妥了，又无凭据，你还理我呢！"赵姨娘说，我攒了些银子，先给你，再给你写张欠条。

物以类聚，人以群分，坏人也有坏心腹。赵姨娘办坏事很利索，马上叫心腹老婆子出去找人写欠条。马道婆先把白花花一堆银子搂起来，再收了欠条，"向裤腰里掏了半晌，掏出十个纸铰的青面白发的鬼来，并两个纸人，递与赵姨娘"。她跟赵姨娘说，把凤姐和宝玉的生辰八字写在两个纸人上，再把两个纸人和青面白发鬼偷偷掖到他两人的床上，我在家里作法，就会产生效应。看来贼婆不止一次干这事，竟然随身带着剪好的恶鬼。马道婆是宝玉的干娘，居然下这样的毒手。那个时代，有修养的家庭绝对不允许三姑六婆进门。没想到堂堂国公府，从老太君开始就引狼入室，叫三姑六婆进门，还相信她们的鬼话，被她们忽悠着掏钱。

你既吃了我们家的茶，还不给我们家做媳妇

宝玉烫了脸不出门，大家都到他这里说话。黛玉在与宝玉共读《西厢记》之后，和他已一日不见如隔三秋。这天，她信步到了怡红院。一进院子，就听到里面有人在说笑，原来李纨、凤姐、宝钗都在。黛玉笑着说："今儿齐全，倒像谁下帖子请来的。"凤姐问："前儿我打发人送了两瓶茶叶去，你往那去了？"黛玉说自己忘了，其实那会子她正和宝玉共读《西厢记》呢。宝玉说那个茶不怎么好。宝钗也说，味道比较轻淡，就是颜色不好。凤姐说："那是暹罗进贡来的。"暹罗是泰国古名。黛玉说，我觉得这个茶挺好的。宝玉说，那你就把我这个也拿了去吧。凤姐说，我那里还有呢，我叫人送来就行了，我还有件事求林姑娘，送茶叶时一块儿打发人过来。黛玉信

口和凤姐开了句玩笑："你们听听，这是吃了他一点子茶叶，就来使唤我来了。"林姑娘也不想想，你的嘴能和凤姐比吗？你是深闺小姐，她是少妇，有些话她可以说，你不能说。凤姐马上说："倒求你，你倒说这些闲话。你既吃了我们家的茶，怎么还不给我们家作媳妇？"大家一听都笑了。黛玉红了脸，不吭声。李纨说："真真我们二婶子的诙谐是好的。"黛玉听到谈论她的婚姻大事，很害羞，但还是笑着回了句，这说明她心里是高兴的："什么诙谐，不过是贫嘴贱舌讨人厌恶罢了。"说完啐了一口。这时，凤姐来了一番长篇大论，似乎在论述黛玉应该嫁给宝玉："你别作梦！给我们家作了媳妇，你想想——"她指着宝玉说，"你瞧，人物儿、门第配不上，还是根基配不上？模样儿配不上，是家私配不上？那一点玷辱了谁呢？"她公开指着宝玉说，宝玉完全配得上你。

这番话说明：国公府少爷贾宝玉跟探花小姐林黛玉不仅是俊男靓女，而且门第相配、根基相当、家私对等。荣国府是什么家私？看后边乌进孝进租可以知道，除了皇帝给荣国公的待遇之外，荣国府还有几十个庄子，每个庄子在灾害年交的代租银是五千两银子。而林黛玉的家庭跟荣国府家私相当，因为林家封过列侯，林如海又是盐政，是最肥的官。

凤姐为什么当众和黛玉开这样的玩笑？贾母曾出资给宝钗做生日，有红学家分析，说贾母看中了宝钗。我早就说过，贾母没那个意思。贾母想要让二玉成一家，她的想法通过凤姐透露了出来。黛玉听了心里当然高兴，但也确实害羞，起身要走。宝钗不让她走，说："颦儿急了，还不回来坐着。走了倒没意思。"

这个时候，心里最不是滋味的是谁？应该是宝钗。但宝钗并没有露出妒忌或不悦的样子，这就是大家闺秀的修养。

他们正说着，赵姨娘和周姨娘来看宝玉。赵姨娘是来打探消息的，看马道婆作法起作用了没有。她一个人来打听消息不行，得叫上贾政的另一个姨太太周姨娘。周姨娘在《红楼梦》里出现过几次，但没说过一句话。后来探春批评生母赵姨娘时，还拿周姨娘来教育赵姨娘。两个姨娘进来后，李纨、宝钗、宝玉都给她们让座。凤姐和黛玉只在那儿说笑，正眼也不看她们。看到这个地方，我替林姑娘担心，凤姐是管家的贵族少奶奶，一向高高在上，对两个姨娘爱答不理；你是贾母的外孙女，对舅父的姨太太不能这样。黛玉居然也不理这两个姨娘，她太不会处世了。

这时，王夫人的丫头来说，舅太太来了，请奶奶和姑娘们出去。舅太太即王子腾的夫人。凤姐她们要走，宝玉说，我不能出去，你们不要叫舅妈进来，又说："林妹妹，你先站一站，我和你说一句话。"宝玉听了凤姐那番话，心里应该很激动，他会和黛玉说什么呢？凤姐一听，朝黛玉笑道："有人叫你说话呢。"她把黛玉往里面一推，和李纨一块儿走了。凤姐有心促成二玉成一家，总是创造条件让他两人说知心话，怎么可能像后四十回续书里写的设调包计呢？

乐极生悲，好事多磨

宝玉听了凤姐关于他和林妹妹两人应是一对的话，很激动，但青面白发的恶鬼已盯上他，他已失去理智，拉住黛玉的袖子嘻嘻地笑，心里有话却说不出来。黛玉脸红了，一个大家闺秀，被表哥扯住袖子不说话，多尴尬呀。她挣着要走。宝玉突然"哎哟"一声，说："好头疼！"黛玉还以为他在玩笑，就说："该，阿弥陀佛！"她念佛是在开玩笑，后面她还会念一次佛，就大有深意了。

这段描写特别有意思。《红楼梦》一开始就说过乐极生悲的话。此时此刻，两人本是最欢喜的时候，贾母"肚里的蛔虫"凤姐说他们两个应是一对，两人的姻缘眼看有戏，岂不是乐极？但是紧接着就生悲了。宝玉病了，好事多磨。

《红楼梦》的情节安排紧凑、严密，前因后果互相勾连。宝玉说完"好头疼"后，接着大叫一声："我要死！"纵身一跳，离地三四尺高，嘴里乱嚷着开始说胡话。黛玉吓坏了，马上让丫鬟报知贾母和王夫人等人。她们赶了过来，王子腾的夫人也过来看。宝玉越发拿刀弄杖，寻死觅活。贾母、王夫人吓得"儿"一声"肉"一声地大哭起来。接着贾赦、邢夫人、贾政、贾珍、贾琏、贾蓉、贾芸、贾萍、薛姨妈、薛蟠等都来了，乱麻一样。正当众人都没个主见时，只见凤姐手持一把明晃晃的钢刀砍进园子来，见鸡杀鸡，见狗杀狗，见人就要杀人。凤姐也中魔法了。周瑞家的带着几个婆娘把她抱住，夺下刀，把凤姐抬回了房。

这时有段闲笔，有的作家对这段描写不以为然。怎么写的？

> 别人慌张自不必讲，独有薛蟠更比诸人忙到十分去：又恐薛姨妈被人挤倒，又恐薛宝钗被人瞧见，又恐香菱被人臊皮，——知道贾珍等是在女人身上做功夫的，因此忙的不堪。忽一眼瞥见了林黛玉风流婉转，已酥倒在那里。

有位作家说，这一段不对，应该根据程高本把这段去掉。其实这段描写非常生动。脂砚斋说，写呆兄忙，是"好想头，好笔力，《石头记》最得力处在此"，认为这是忙中写闲的大手眼、大章法。

为什么写阿呆迷恋黛玉是大手眼、大章法？因为后来宝钗还要拿她的哥哥跟黛玉开玩笑，而且不一定是开玩笑，估计阿呆回去就纠缠起薛姨妈想娶黛玉。他们家是皇商，向黛玉求婚求得着。但《红楼梦》没写，只在薛姨妈和宝钗到黛玉那里去玩时，众人闲谈中说到过这件事。

大家想了很多办法，请端公送祟，请巫婆跳神，请玉皇阁的张真人等，百般请医调治。关于这一段，几位大文豪都研究过，郭沫若先生曾论述说宝玉和凤姐中邪实际上是得了斑疹伤寒。

甭管怎么治疗，一点儿用都没有。两人不省人事，浑身火炭一般，满嘴胡话。于是众人把他们抬到王夫人的上房里，派贾芸带着小厮轮班看守。贾母、王夫人、邢夫人、薛姨妈寸步不离，围着两人干哭。贾政觉得他们两个命该如此，要放弃治疗。但贾赦不干，百般忙乱。我们看《红楼梦》，很多人认为贾政是正人君子，贾赦是老色鬼，但贾赦非常疼爱儿女，包括侄子和儿媳妇。他在没有希望的时候，还要尽量想办法。

到了第三天，两个人连气都快没了，他们的后世衣履也都准备下了，当然了，不能叫贾母知道。贾母、王夫人、贾琏、平儿、袭人这几个，比别人更加哭得寻死觅活。这时谁最高兴？赵姨娘和贾环。

到了第四天早晨，贾母等人正围着宝玉和凤姐哭，宝玉忽然睁开眼，说："从今以后，我可不在你家了！快些收拾，打发我走罢。"贾母一听，像摘了心肝一般，伤心欲绝。

称心如意的赵姨娘此时却做了件蠢事。按说，你这时偷着乐就行了，可她偏不，她非得出来说话不可。她的话并没有透露出是她做的手脚，但令贾母非常不高兴。她说："老太太也不必过于悲痛了。哥儿已是不中用了，不如把哥儿的衣裳穿好，让他早些回去罢，也免些苦。只管舍不得他，这口气不断，他在那世里也受罪不安生。"

听听，满心的幸灾乐祸，希望宝玉赶快咽气，还假惺惺地表示，不要叫他在那世里受罪。贾母怎能听得进去这样的话，赵姨娘话还没说完，贾母照她脸啐了一口唾沫，骂起来："烂了舌根的混帐老婆，谁叫你来多嘴多舌的！你怎么知道他在那世里受罪不安生？怎么见得不中用了？你愿他死了，有什么好处？你别做梦！他死了，我只和你们要命。素日都不是你们调唆着逼他写字念书，把胆子唬破了，见了他老子不像个避猫鼠儿？都不是你们这起淫妇调唆的！这会子逼死了他，你们遂了心，我饶那一个！"老太太很厉害，她很明白，宝玉死了，贾环就有好处，所以她说"逼死了他，你们遂了心"。虽然老太太还不知道是赵姨娘捣的鬼，但她明白这里面的利害关系。作为婆婆，她一开始骂赵姨娘是"烂了舌根的混帐老婆""多嘴多舌"，这倒还可以理解，后来就骂得太不像话了，竟然骂她是"淫妇"，这大有深意。我曾分析过，当初的情况可能是，原本是贾府"家生子"丫鬟的赵姨娘主动勾引贾政，贾母不得不同意贾政奉女纳妾，赵姨娘是先有了探春，才做的小妾，所以贾母骂她"淫妇"。

一僧一道：沉酣一梦终须醒

这时，有下人来回话说，两口棺材已经都备下了，请老爷去看。贾母一听，如火上浇油一般，要把做棺材的人叫来打死。众人正闹得不可开交时，突然听到有人敲木鱼，念了一句"南无解冤孽菩萨"，又说"有那人口不利，家宅颠倾，或逢凶险，或中邪祟不利者，我们善能医治"。贾府是深宅大院，外面敲木鱼的声音竟然能传进来，为什么？因为来的是神仙。贾政赶快叫人去请，请来一个癞头和尚、一个跛足道人。贾政问："你道友二人在那庙焚修？"和尚说，不要多说了，你们家口不利，我们是来治疗的。贾政又说，我们家确实有两个人中了邪，不知你们有什么符水？道人说："你家现有希世奇珍，如何还问我们要符水？"贾政这才想起来，说，我儿子出生时带了块宝玉，上面虽然说能够除邪祟，但不灵验。和尚说："长官你那里知道那物的妙用。只因他如今被声色货利所迷，故不灵验了。"

什么叫"声色货利"？"声色"指男女情爱，"货利"指金钱。"声色"指向宝玉，"货利"指向凤姐。和尚说，你们把它取出来，我们持诵持诵就好了。贾政听他这么说，就把宝玉脖子上的玉取了下来，和尚接过来，擎在掌上，长叹一声说："青埂峰一别，展眼已过十三载矣！人世光阴，如此迅速，尘缘满日，若似弹指！"当年青埂峰的那块大石头，正是一僧一道把它变成雀卵大小的通灵宝玉，放在胎儿宝玉的嘴里，将它带到人世间来，转眼已经十三年了。

和尚念了首诗。当初大石头在青埂峰上过得自在，现在怎么着了？"粉渍脂痕污宝光，绮栊昼夜困鸳鸯。沉酣一梦终须醒，冤孽偿清好散场！"意思是通灵宝玉被脂粉玷污，失去了过去的光泽。"绮栊"指华丽的房屋。宝玉在富贵环境当中长大，整天和姐姐妹妹、丫鬟们厮混，如梦一般的人生，总会有醒悟的时候，等还清了孽债，大家就散伙了。和尚念完了诗，把手中的通灵宝玉摩弄了一番，又说了些疯话，将通灵宝玉递给贾政，说，挂到卧室门上，不要叫外人进来，三十三天后，保管恢复如初。

关于这一点，脂砚斋和畸笏叟的评语有好几条：

> 通灵玉除邪，全部百回只此一见，却又不灵，遇癞和尚、跛道人一点方灵应矣，写利欲之害如此。（甲戌本）。

通灵玉听癫和尚二偈即刻灵应，抵却前回若干《庄子》及语录机锋偈子。正所谓物各有所主也。叹不能得见宝玉'悬崖撒手'文字为恨。丁亥夏，畸笏叟。（庚辰本）

这些评语说明，曹雪芹完成的书稿中，有贾宝玉"悬崖撒手"的描写；通灵宝玉在《红楼梦》中，只有一次起到去邪祟的作用，以后再也没有起过去邪祟的作用。程伟元和高鹗根据无名氏续书补订的后四十回，又拿通灵宝玉做了一番文章，那都不是曹雪芹原来的构思。"全部百回"是不是说曹雪芹完成的全稿是一百回？我估计是个约数。曹雪芹完成的全书到底有多少回，红学家们有好几种推测：一百回、一百零八回、一百一十回、一百二十回……我倾向于一百一十回，而且认为，一百零八回之说可以跟一百一十回算同类，因为前八十回中，第十七回和第十八回没分开，第七十九回和第八十回没分开，所谓前八十回实际是七十八回，再加上后三十回，恰好是一百零八回。

宝钗调侃黛玉

到了晚上，这两个人竟渐渐醒了过来，说肚子饿了。贾母和王夫人赶快叫人熬了米汤给他们吃。他们两个精神渐渐好了些，一家人才放了心。这个时候，李纨、贾府三位小姐、宝钗、黛玉、平儿、袭人这几个最亲近的人都在外面等消息，一听说他们吃了米汤，恢复意识了，别人还没说话，黛玉先念了声"阿弥陀佛"。这是真正感谢佛祖保佑。她一念这个，宝钗回头看了她半天，"嗤"的一声笑了起来。众人都不知道她笑啥，惜春问："宝姐姐，好好的笑什么？"

大家闺秀笑不露齿，宝钗为什么故意笑出声来？就是要叫哪个妹妹来问她笑什么，这样她就可以调侃黛玉了。她说："我笑如来佛比人还忙：又要讲经说法，又要普渡众生；这如今宝玉、凤姐姐病了，又是烧香还愿，赐福消灾；今才好些，又要管林姑娘的姻缘了。你说忙的可笑不可笑？"如果斗心眼，黛玉还真是斗不过宝钗。只见黛玉啐了一口，说："你们这起人不是好人，不知怎么死！再不跟着好人学，只跟着凤姐贫嘴烂舌的学。"一边说，一边撂了帘子出去了。

这个时候黛玉应该怎么回答？凤姐姐和宝哥哥中了邪，他们两个人恢复了健康，这不是我们所有人都高兴的事吗？我念"阿弥陀佛"，就是因为凤姐姐、宝哥哥两人恢复健康，宝姐姐有什么不可理解的？那时宝钗就没话可说了。黛玉的回答很不得体，她等于承认了只为宝玉念佛，承认凤姐开的玩笑被她放到心里去了。这件小事是不是宝钗在造舆论——惦记着和宝玉结亲的并不是我，而是黛玉？从这些非常细微的地方，可以看出《红楼梦》的魅力。

第二十五回，一僧一道持诵通灵宝玉，解除了宝玉和凤姐的危难。最后和尚念的"沉酣一梦终须醒，冤孽偿清好散场"，预言了贾府、凤姐、宝玉将来的命运。

贾芸、小红主动出击

——第二十六回 蜂腰桥设言传蜜意 潇湘馆春困发幽情(上)

第二十六回《蜂腰桥设言传蜜意 潇湘馆春困发幽情》，分别写两对青年的爱情拉扯：一对是底层人物贾芸和小红，他们为争取个人爱情幸福主动出击，机智地交换定情之物；一对是贵族少爷小姐宝玉和黛玉，他们既想追求爱情自主，又畏首畏尾、缩手缩脚，继续互相试探。

"蜂腰桥设言传蜜意"，这是甲戌本的回目，其他版本，有的叫"传心事"，有的叫"传密语"，到底哪个回目更合适，红学家们争论不休，其实我觉得"蜜意""心事""密语"意思都差不多。贾芸到宝玉的书房找宝玉，跟小红一见钟情。小红对贾芸念念不忘，贾芸故意把捡到的小红的手帕带在身边，在他陪护贾宝玉、王熙凤时，有意识地叫小红看到，两个人都在借这条手帕寻找进一步接近的机会。蜂腰桥是大观园内的一座小桥，小红和贾芸在这座桥上相遇，小红对贾芸身边的坠儿说她丢了手帕，借这段话向贾芸暗递情意，贾芸又私下对坠儿说他捡到了手帕，手帕变成二人感情的联结。

贾芸和小红的爱情，是发生在大观园里的市井故事。虽然是市井故事，却不像三言二拍里的平民爱情那样发展，因为小红身处大观园，受贾府礼教规矩限制，摆在她面前的是层层的障碍。《红楼梦》所描写的爱情婚姻，从贵为皇妃的贾元春，到身份低微的奴仆司棋，都是悲剧。按照脂砚斋的评语，小红和贾芸后来有到狱神庙慰问宝玉的情节，可见他们是《红楼梦》里少有的一对婚姻美满的恋人。曹雪芹是不是专门构思这一对出来跟贾宝玉、林黛玉的爱情悲剧对照？从第二十六回把这两对放进一个回目中来看，曹雪芹似乎有这样的想法。

千里搭长棚，没有不散的筵席

第二十六回衔接此前故事发展，宝玉生病时，贾芸带着人看护，小红看到贾芸随身带着的一块手帕，像是自己之前掉的。她想问，又不好问。她是真想找回自己的手帕吗？并不是，她想借寻手帕的由头跟贾芸建立联系。传统戏剧小说中，手帕之类的小物件，常常成为人物之间感情发展的重要道具，看来曹雪芹也未能免俗，也采用了这种方式。其实想想也正常，深宅大院里的丫鬟，如何跟"廊下"子弟发生联系？丢手帕和捡手帕，倒不失为一种合理的方式。

那一僧一道来过后，因为男人们派不上用场，贾芸仍旧种树去了。小红心里放不下，不是放不下自己丢的手帕，而是放不下贾芸。但两人又没法见面，小红犹豫不决，神魂不定。这时小丫鬟佳蕙来找她，说她到潇湘馆给林姑娘送东西，恰好遇到老太太给林姑娘送钱，林姑娘顺手抓了两把给她，她叫小红帮她收起来。这个无意之中写出的细节，说明贾母对黛玉特别关照。林黛玉除了跟贾府三艳一样可以领月钱，贾母还额外派人给她送钱花。小红替佳蕙把钱收起来。两个小丫鬟关系较好，佳蕙关心小红，不知道她是心病，认为她和林姑娘一样病弱，所以劝她吃点儿林姑娘的药，不能不看病。小红说："怕什么，还不如早些儿死了倒干净！"她为什么会有这种不如早些死了干净的思想？一方面是她在怡红院不受重视，仅仅因为给宝玉倒了一次茶，就挨了大丫鬟们劈头盖脸的一顿臭骂；另一方面，她想念贾芸，但是没办法传达情愫。小丫鬟不懂，她以为小红是因为没受到贾母赏赐才不高兴的。原来，宝玉身子好了以后，贾母说跟着服侍的这些人都辛苦了，叫把跟着的人都按等级赏赐，谁知只有那些大丫鬟得了赏，佳蕙这会儿便说了几句替小红鸣不平的话。接着小红说了一段颇深刻的话："也不犯着气他们。俗语说的，'千里搭长棚，没有个不散的筵席'，谁守谁一辈子呢？不过三年五载，各人干各人的去了。那时谁还管谁呢？"所谓"搭长棚"，指旧时贵族豪门婚丧嫁娶时，架起长棚招待宾客，棚搭得越长，说明宾客越多，筵席越丰盛，主家地位越高。但是，不管搭多长的棚子，都有宴罢曲终人散时。

红学家们分析说，这段话预伏贾府未来的破败，透出树倒猢狲散的悲凉气息。其实，"千里搭长棚，没有个不散的筵席"这句话并不是曹雪芹的创造，而是他直接从《金瓶梅》搬过来的。

小丫鬟说，你说得对，昨天宝玉还说，明天怎么样收拾房子，怎么样做衣服，好像有几百年的熬煎。小红听了冷笑。这时，有个小丫鬟跑来叫小红替大丫鬟描样子。在等级森严的荣国府，同样是丫鬟，大丫鬟可以使唤小丫鬟，小丫鬟不得不接受大丫鬟的使唤。小红发现没有描样子的笔了，想起有一支新笔被莺儿借走了，就去宝钗的院子要笔。

啰唆却精彩的对话

刚走到沁芳亭畔，小红就看到宝玉的奶妈李嬷嬷走了过来，两人一问一答聊了起来。

1983年，我带着一个日本留学生进修一年《红楼梦》，我让他每个星期细读一回《红楼梦》，然后我定期给他答疑。读到第二十六回时，他问我，马老师，你们总说《红楼梦》特别精彩，特别精练，语言成就特别高，为什么小红和李嬷嬷的对话如此啰唆又词不达意？我给他分析说，正因为非常啰唆和词不达意，才活画出一个稀里糊涂的老太太和一个心机缜密的小丫鬟。我们来看看这段对话是怎么说的。

小红站住问："李奶奶，你老人家那去了？怎打这里来？"李嬷嬷站住了，把手一拍（这是老婆子的经典动作）："你说说，好好的又看上了那个种树的什么云哥儿雨哥儿的，这会子逼着我叫了他来。"这可说到小红心坎上了。她正想念贾芸，宝玉就派奶妈去把贾芸叫过来。小红很有心计，她想要问李嬷嬷是不是现在就去叫他，就问："你老人家当真的就依了他去叫了？"李嬷嬷这个稀里糊涂的老太太是怎么回答的？"可怎么样呢？"给了一个很模糊的答案。小红没问出李嬷嬷到底去不去叫，就换了个角度问贾芸到底来不来："那一个要是知道好歹，就回不进来才是。"她的心里想的是，贾芸如果不来了，我就不在这儿等他了。李嬷嬷说："他又不痴，为什么不进来？"小红终于知道，贾芸肯定会来。小红再问："既是来了，你老人家该同他一齐来，回来叫他一个人乱碰，可是不好呢。"这话是什么意思？老太太你现在就把他领进来吧。李嬷嬷说："我有那样工夫和他走？不过告诉了他，回来打发个小丫头子或是老婆子，带进他来就完了。"小红问清楚了，李嬷嬷只是去给贾芸送信，告诉他宝二爷叫他过去，然后会有个小丫头或者老婆子把贾芸领进来。

这段对话似乎啰唆且词不达意，却活画出鬼精灵小红和糊涂老太太李嬷嬷。

李嬷嬷说完就走了，小红还站在那儿出神，先不去取笔。她等着看是谁去请贾芸。果然，没多久就跑来个小丫鬟坠儿，她告诉小红自己奉命去带芸二爷进来。小红想创造和贾芸邂逅的机会，又不能站在这儿等，就慢慢走在贾芸从外面进怡红院的必经之路上，刚走到蜂腰桥前，就看到坠儿领着贾芸过来了。贾芸一边走，一边拿眼把小红一溜。小红假装和坠儿说话，也把眼睛一溜贾芸。两人恰好四目相对，小红的脸不觉红了。《西厢记》里，张生和崔莺莺见面后，两人并没有搭话，分手时张生唱了句词："怎当他临去秋波那一转。"大家闺秀遇到一个好看的书生，秋波一转，稍微带点儿含情的意思，这是贵族小姐的表现。贾芸和小红身份低微，他们是怎么看对方的？"一溜"，这描写太好玩、太有趣了。而且小红是假装和坠儿说话，这就是回目上说的"设言传蜜意"，要传达甜蜜的情意。她当着贾芸的面，问坠儿手帕的事。她清楚知道贾芸之前拿在手里的手帕就是自己掉的那块，如今是故意让贾芸听到的。两个人你一溜，我一溜，四目相对，眉目传情。小红脸红着往蘅芜苑去了。贾芸跟着坠儿来到怡红院。

贾芸观察怡红院

怡红院是大观园的中心，小说中有过多次细致的描写。贾政带宝玉游园，对怡红院进行过一次工笔描写，墙壁上是怎么雕刻的，挂的什么琴、瓶，等等。现在又透过贾芸的眼睛来写怡红院。贾芸看到的怡红院是几点山石，种着芭蕉，两只仙鹤在松树下面剔翎，俨然一幅静美的图画。"一溜回廊上吊着各色笼子，各色仙禽异鸟。"宝玉养宠物，但他不养猫狗，而只养鸟。贾芸抬头看到"怡红快绿"的匾额，又听到宝玉在里面说："快进来罢。我怎么就忘了你两三个月！"

贾芸进了宝玉的房间，满眼的金碧辉煌，炫彩夺目。他听见声音，却看不见宝玉在哪儿，为什么？大穿衣镜挡住了。镜子后面转出来两个十五六岁的丫头说："请二爷里头屋里坐。"贾芸对两个丫鬟正眼也不敢看。这会儿他不敢"一溜"了，因为他知道小红可能对自己有情，这两个丫鬟却亵渎不得。他赶紧答应着，进了宝玉的卧室，看到一张小小填漆床上悬着大红销金撒花帐子。金色和红色是怡红院的显著特点。宝玉正拿着一本书看，拿的可能是《南华经》之类的。两人见面随意寒暄了几句，就有丫鬟端上茶来。贾芸一边和宝玉说话，眼睛却溜瞅那丫鬟。"溜瞅"就是偷偷看，悄悄打量。这个丫鬟"细挑身材，容长脸面，穿着银红袄儿，青缎背心，白绫细折裙"。贾芸认得是袭人，宝玉最得力的丫鬟。贾芸既然想往上爬，就得好好记住贾府谁和谁是什么关系，所以他记住了袭人。自己要和宝二爷保持良好关系，必须要和这位大丫鬟搞好关系。看见袭人端过茶来，他赶忙站了起来。按说丫鬟给少爷送茶，他大大方方接过来喝就是了。但是他不，他说："姐姐怎么替我倒起茶来。我来到叔叔这里，又不是客，让我自己倒罢。"这人太乖巧了，讨袭人的好。宝玉说："你只管坐者罢。丫头们跟前也是这样。"贾芸赶快表示："虽如此说，叔叔房里姐姐们，我怎么敢放肆呢。"话说得多么得体，多么漂亮！至于放肆不放肆，可不能只听其言，而得观其行了，他不是正挖空心思琢磨如何对小红"放肆"吗？

两个人瞎扯一通。一个是十三岁的男孩，一个是十八岁的小伙子；一个是贵族大少爷，一个是贫寒子弟，有什么共同话题？无非是宝玉讲了些谁家的酒席丰盛，谁家有奇货，谁家有异物，谁家花园好，谁家戏子好，谁家丫头标致，都是贾宝玉和其他王孙公子交往时得知的趣闻，贾芸只能顺着他说。估计贾芸像说相声的捧哏，做兴致盎然状，引贾宝玉聊富贵闲人的闲白儿。宝玉说了一会儿话说累了，懒懒的，贾芸赶紧告辞。宝玉也不挽留，信口说了一句"你明儿闲了，只管来"。

心思缜密，私相传递

贾芸出来，仍然由坠儿送他出怡红院。贾芸心思缜密，打听事的时候不能叫周围的人听到，他看四周无人，便把脚步放慢，一长一短地和坠儿说话，似乎是在聊闲天，实则想要打听最想知道的事。他先问坠儿几岁了，叫什么，父母在哪一行，在宝叔屋里干了几年，这些都是铺垫。聊了一大堆，他才问，刚才那个和你说话的可是叫小红？坠儿说，她倒是叫小红，你问她干什么？贾芸说，方才她问你什么手帕子，我倒是捡了一块。坠儿说，她问我好几遍了，刚才不是还又问我了，说要是我替她找着，她还谢我呢，爷也听见了。好二爷，你既然捡到了，就给我吧，我找她要谢礼。

小红和贾芸在蜂腰桥相遇，假装和坠儿说话问手帕的事，就是说给贾芸听的。因为她看到过贾芸拿着自己的手帕。贾芸找坠儿搭话，也是为了核实自己捡到的手帕是不是小红的。现在一听，确实是小红的，他就打定主意，通过交换手帕和小红建立感情。他把袖子里自己的手帕取出来，对坠儿说："我给是给你，你若得了他的谢礼，可不许瞒着我。"他这是在哄小孩呢，他只需要坠儿把东西送过去，得不得谢礼他才不管呢。

手帕、金钗、扇坠、扇子等小玩意，在古典小说里面经常叫"主题道具"，起到在男女主人公中间互相勾连、传达情愫的作用。小红和贾芸的手帕就起了这个作用。

读到小红和贾芸互传情愫，我想到了黑格尔的一句话："凡是现实存在的都是合理的。"《红楼梦》的主线是宝黛爱情。宝黛爱情是贵族青年男女在封建礼教束缚下曲曲折折、迂迂回回的爱情。《红楼梦》也写到秦钟和智能儿没多少交流就上床的所谓爱情。后面还要写到登徒子贾琏和浪荡女尤二姐"一见钟情"的爱情。《红楼梦》更写到了贾芸和小红这两个都想往上爬的身份低微者的爱情。这两人的感情交流从第二十四回开始，到第二十六回还在断断续续往前发展，两个人都敢于迈出追求爱情的步伐。这两个人的表现，曹雪芹写得很有情趣，又完全平民化。这是《红楼梦》里少有的一对自由恋爱终成眷属的青年男女。根据曹雪芹的构思，小红和贾芸成亲了。至于他们两个怎么成的亲，是凤姐开恩还是贾芸去向小红父母求的婚，就不得而知了。

宝玉、黛玉躲躲闪闪

——第二十六回　蜂腰桥设言传蜜意　潇湘馆春困发幽情（下）

两个小人物互递情愫在"蜂腰桥设言传蜜意"中完成，接着就是"潇湘馆春困发幽情"了。不同阶层、不同身份、不同个性的两种爱情构成了鲜明的对比。

宝玉调情惹恼黛玉

宝玉打发贾芸走后，有点儿累了，歪在床上准备睡觉。袭人说，你不要睡觉，出去逛逛。宝玉没精打采地出去了，遇到贾兰在追小鹿，贾兰正练习射箭呢。曹雪芹顺便提了将来唯一能做官的荣国府嫡孙一笔。宝玉顺脚来到了一个院门前，这是哪儿？潇湘馆。为什么叫顺脚？走惯了，信步一走就走到了这儿。"只见凤尾森森，龙吟细细。举目望门上一看，只见匾上写着'潇湘馆'三字。""凤尾"是凤尾竹，茂密的竹叶被微风一吹，发出了细细的像龙吟一样的声音。

宝玉走了进去，院里没有人声。他走到窗前，嗅到一股幽香从碧纱窗里暗暗透出。黛玉身上有香味，幽香都透出窗外了。宝玉把脸贴在纱窗上往里看，心想，林妹妹在干吗呢？只听里面一声细细长叹："'每日家情思睡昏昏。'"这是《西厢记》第二本第一折里莺莺想念张生时的唱词。黛玉之前斥责宝玉不该拿混话捉弄她，她自己却睡觉都要念一句《西厢记》里的唱词。宝玉心里像猫抓了一样。他大概在想，"情思睡昏昏"，是不是在想我？宝玉再往里看，只见黛玉在床上伸懒腰，像美人图画一样。宝玉笑问："为甚么'每日家情思睡昏昏'？"一边说，一边掀帘子进来了。

黛玉很不好意思，自己忘情，说了不该说的话，红了脸，拿袖子遮住脸，翻身往里面侧躺着，假装睡着了。宝玉走上来，想扳黛玉的身子。黛玉的奶妈和两个老婆子跟进来说："妹妹睡觉呢，等醒了再请来。"黛玉不想叫宝玉走，奶妈刚说她睡觉呢，黛玉就翻身向外坐了起来，说："谁睡觉呢？"老婆子们笑着说："我们只当姑娘睡着了。"说着便叫紫鹃，"姑娘醒了，进来伺候。"千金小姐睡觉时，有奶妈和两个老婆子在旁边候着，醒了，有贴身丫鬟来伺候。

宝玉本来听到黛玉念"每日家情思睡昏昏"，就已经引发了情感共鸣，现在又看到黛玉那幅美人刚睡醒，香腮微红的样子，更不由得神魂早荡，一歪身坐到椅子上，说："你才说什么？"黛玉就赖皮，说自己没说什么。宝玉说："给你个榧子吃！我都听见了。"

多数红学家将"给你个榧子吃"解释为一种和人开玩笑的动作——将拇指和中指、食指一捻，发出的声音和剥开坚果类食品榧子的声音相似。但我认为"给你个榧子吃"是宝玉在黛玉面颊上捏了一下，是个调情动作。但黛玉不懂，这姑娘太纯洁了。为什么宝玉就懂？因为宝玉早就和袭人试过云雨情，懂这些动作。

两人正说着，紫鹃进来了。宝玉说，把好茶倒一碗给我喝。黛玉说，别理他，先给我舀水去。紫鹃很机灵，知道黛玉最在乎宝玉，她得先给宝二爷倒茶去。这样，反而会叫黛玉开心。紫鹃说："他是客，自然先倒了茶来再舀水去。"紫鹃一边说，一边就倒茶去了。跟前没人，宝玉看着紫鹃的背影笑着说道："好丫头，'若共你多情小姐同鸳帐，怎舍得叠被铺床？'"宝玉是接着黛玉那句"每日家情思睡昏昏"说的——你"每日家情思睡昏昏"，肯定是想念我吧，我如果能和你成亲，就不叫紫鹃给我们叠被铺床了。这句话是《西厢记》里张生对红娘说的，宝玉借了来，向黛玉表达情愫。

黛玉什么表现？她登时撂下脸来，说："二哥哥，你说什么？"宝玉耍赖皮："我何尝说什么。"黛玉哭了："如今新兴的，外头听了村话来，也说给我听；看了混帐书，也来拿我取笑儿。我成了替爷们解闷的。"一边哭，一边下床就往外走。黛玉不是希望宝玉喜欢自己吗？宝玉这么说，她为什么翻脸？黛玉确实被宝玉气坏了，她是千金小姐，听不得这样的亵渎话。她往外走，是要躲开宝玉，将宝玉晾在那儿。有些思想束缚是黛玉无法摆脱的。她从小父母双亡，虽然她和宝玉实际是在热恋中，她也确实想追求婚姻自由，但她一直盼望着贾母给他俩订婚。她不会迈出崔莺莺那样的步伐。明明在谈恋爱，但只要宝玉谈及跟"爱"相关或相近的词，她立刻就恼。这就是宝黛爱情的魅力，一直在谈情，但永远不能说"爱"。黛玉是孤女，但她仍强烈维持着贵族小姐的自尊，自己约束自己，自己规范自己。林黛玉和她阅读的那些爱情故事的女主角杜丽娘、崔莺莺相比，更加诗化、仙女化、精神恋爱化。黛玉绝对不允许自己所爱的人有一丁点儿涉及肌肤相亲的语言。她求的是在尊重甚至敬重基础上的爱，像诗一样的爱，像爱护鲜花一样的爱，这是诗性少女的特点。

宝玉看到黛玉恼了，马上赌咒发誓："好妹妹，我一时该死，你别告诉去。我再要敢，嘴上就长个疔，烂了舌头。"宝玉又惹黛玉了，再编什么变大王八驮墓碑的话就太拙劣了，只能直接说烂了舌头。

这时袭人来喊宝玉，说老爷叫宝玉。用袭人来截断宝玉和黛玉的纠纷，而且是以贾政的名义，是所谓"用险句结住"。如果继续写林黛玉如何恸哭不已，贾宝玉如何赔尽小心，最后二人再一笑而止，这样的情节前八十回多了去了，未免太繁琐了些。现在袭人说贾政叫宝玉，两人立即把口舌之争抛到九霄云外。老爷叫宝玉，对宝玉和黛玉而言，都是头顶上打了个焦雷。宝玉怕他爹训自己，黛玉怕舅舅折磨宝哥哥。宝玉顾不上赔礼了，黛玉顾不上生气了。其实黛玉对宝玉的混话，不能不生气，又不真生气，她真心替宝玉担心。

其实袭人说的不是真的，因为袭人被茗烟骗了，实则是阿呆借贾政的名义喊宝玉出来喝酒。

脂砚斋评曰："如此戏弄，非呆兄无人。欲释二玉，非此戏弄不能立解，勿得泛泛看过。不知作者胸中有多少丘壑。"

薛蟠请客暗埋伏笔

宝玉满怀忧虑地去见他爹，刚转过大厅，就听到墙角有人哈哈大笑，回头一看，只见薛蟠拍着手跳了出来。阿呆，这个打死人不偿命的家伙，有时也被曹雪芹刻画得很可爱。他戏弄宝玉，看到宝玉果然上当，就拍着手笑道："要不说姨夫叫你，你那里出来的这么快。"

宝玉最怕他爹，以他爹的名义叫他，岂不让宝玉白白承受了很大的精神负担？茗烟赶紧跪下。宝玉说："你哄我也罢了，怎么说我父亲呢？"薛蟠的回答更好玩："好兄弟，我原为求你快些出来，就忘了忌讳这句话。改日你也哄我，说我的父亲就完了。"阿呆的爹死了多少年了，说他爹叫他，可能吗？这种没伦理的胡言乱语，只能出自阿呆之口。

阿呆干什么来了？原来，他的生日要到了，古董行的一个人送了薛蟠几样稀罕的东西给他祝寿，他便摆酒请客，请宝玉去吃酒。我们来听听阿呆是怎么形容的："他不知那里寻了来的这么粗、这么长粉脆的鲜藕，这么大的大西瓜，这么长一尾新鲜的鲟鱼，这么大的一个暹罗国进贡的灵柏香熏的暹猪。你说，他这四样礼可难得不难得？"如此贵重的美食，阿呆只会用"这么粗""这么长""这么大"来形容，语言贫乏至此。但阿呆居然怕自己吃了折福，他有孝心，先孝敬他母亲，又送了一些给贾母、姨夫、姨妈。剩下的，便把宝玉请出来一块儿吃："左思右想，除我之外，惟有你还配吃，所以特请你来。可巧唱曲儿的一个小子又才来了，我同你乐一日何如？"两人一边说，一边来到薛蟠的书房。薛蟠把宝玉看成同类。

阿呆的这次请客埋下了他下一次请客的伏笔，脂砚斋和畸笏叟的评语又对后几十回的内容埋下了伏笔，给红学家们提供了索隐的可能。

阿呆不念书，但有书房。他的朋友在这儿等着。小厮们七手八脚地摆了半天，众人归了座，宝玉不好意思地说，你过生日，我没什么可送的，只能或者写一幅字，或者画一张画。宝玉一说画，引出阿呆一番妙论："昨儿我看人家一张春宫，画的着实好。上面还有许多的字，也没细看，只看落的款，是'庚黄'画的。真真的好的了不得！"宝玉感到很奇怪，古今名画他见过很多，哪有什么叫"庚黄"的？想了半天，不觉笑了起来。他写了两个字给薛蟠看，说，别是这两个字吧？薛蟠说，差不多。大家一看，原来薛蟠把"唐寅"

认成"庚黄"了，阿呆不学无术可见一斑。在座的这些人都是来吃蹭食的，其中就有贾政的清客詹光（沾光）、胡斯来（胡死赖）、单聘仁（善骗人），他们特别会奉承，就说："想必是这两字，大爷一时眼花了也未可知。"薛蟠自觉没意思，就说："谁知他'糖银''果银'的。"

"庚黄"一节是《红楼梦》里的著名情节。唐寅擅长画仕女图，和春宫图完全不是一回事。阿呆凡看到美女就想到肚脐眼之下，所以将仕女图理解成了春宫。阿呆先把"唐寅"说成"庚黄"，后又把唐寅说成"糖银"，令人绝倒。畸笏叟认为，这样的闲事顺笔，骂杀天下纨绔。有的红学家则以此为据，说曹雪芹并不完全避讳祖父曹寅的名讳。

神武将军冯唐的公子冯紫英一路大说大笑着来了。豪侠人物出场，一派英气立于纸上。薛蟠请他坐下喝酒。冯紫英说，前几天去打猎，被猎鹰捎了一膀子，所以脸上带伤，那天还有个不幸之中的大幸。冯紫英露面不多，他的豪爽几笔就写了出来。宝玉他们特别想听那不幸之中的万幸，冯紫英说，不行，我有急事，后面再专门设宴请你们。这就埋下了伏笔，后面冯紫英请客，宝玉和薛蟠都参加了，宝玉在席间唱出了著名的"相思红豆曲"，阿呆也唱出了同样著名的"苍蝇嗡嗡嗡"。

值得注意的是，在这一段关于冯紫英的描写中，有脂砚斋和畸笏叟的三段评语：

> 紫英豪侠小小一段，是为金闺间色之文。壬午雨窗。（脂砚斋）
> 写倪二、紫英、湘莲、玉菡侠文，皆各得传真写照之笔。丁亥夏，畸笏叟。

惜"卫若兰射圃"文字迷失无稿。叹叹！丁亥夏。畸笏叟。

这三段评语，对我们探索曹雪芹丢失的后三十回的内容有重要意义。冯紫英这类豪侠人物的出现给红楼儿女的故事平添了几分"异色"。倪二、冯紫英、柳湘莲、蒋玉菡、卫若兰都是豪侠类人物，他们属于不同阶层，都是曹雪芹欣赏的人物，他们可能对未来贾府的盛衰起到了一些作用，比如：柳湘莲做强梁可能导致贾宝玉受连累；倪二、冯紫英、蒋玉菡在宝玉获罪时，对宝玉提供了难能可贵的帮助；卫若兰和史湘云的婚姻悲剧跟射圃的故事有联系。

宝玉回去的时候，袭人看到宝玉喝得醉醺醺地回来了，就说，你干吗呢？宝玉说，我喝酒去了。袭人埋怨说，人家牵肠挂肚，你倒高乐，怎么不打发人送信。宝玉说，因为冯兄来了，就把这事忘了。这时，宝钗又跑到怡红院来了，两人聊起薛家的美食，喝茶说闲话。

花阴花魂诗

黛玉因为宝玉借《西厢记》说了不得体的话恼他，要告诉舅舅去，接着听到舅舅召唤宝玉，立刻把对宝玉的恼丢开了，转而为宝玉悬心。听说宝玉回来了，就到怡红院来打听情况。黛玉往怡红院走，看到宝钗进去了，她没有马上跟进去。并不是黛玉有什么心机，而是她看水禽戏水给耽误了。黛玉单纯透明，不去琢磨宝玉和宝钗单独待在一块儿会怎么样，但她去敲门，恰好碰到晴雯和碧痕拌了嘴，晴雯把一股子气发在宝钗身上，在院子里抱怨说："有事没事跑了来坐着，叫我们三更半夜的不得睡觉！"在怡红院的丫鬟眼里，宝钗是"有事没事跑了来坐着"，天都很晚了还不走。这段话说明，宝钗并不完全按照标准的淑女行为规范行事。对于宝钗来说，大观园有很多可以交往的女性，大嫂子李纨，两姨姐妹迎春、探春、惜春，喝茶、聊天、下棋，想谈诗也可以找黛玉去。但她喜欢有事没事到宝玉这里坐着，晚饭后来，聊了很长时间还不走，这说明什么？说明宝钗喜欢跟宝玉待在一起。宝钗也有追求爱情幸福的权利，这无可厚非。表姐弟愉快地交谈中，时间过得很快。早就想睡觉的丫鬟感受却不一样，因为只有客人走了，她们才能打发宝玉洗漱、歇息，然后自己才能休息。晴雯很烦，黛玉一敲门，晴雯就有地方撒气了，她说："都睡下了，明儿再来罢！"黛玉知道怡红院的丫鬟喜欢发脾气，暗想：是不是把我当成其他丫鬟了？于是她高声说："是我，还不开？"按说，黛玉的声音很容易听得出来，因为黛玉不说京片子，她说的是吴侬软语。妙就妙在这么聪明的晴雯，偏偏没听出来，还一错再错，假传"圣旨"："凭你是谁，二爷吩咐的，一概不许放人进来呢！"

黛玉这回真生气了。她生气有两个原因：一个原因是想到如今父母双亡，无依无靠，在他家栖居，明明受了他们的气，也不好认真发作；另一个原因是怡红院里恰好传出来宝玉和宝钗的笑语声。黛玉是恼怒宝玉和宝钗亲密交谈吗？并不是，她恼怒宝玉不理解自己。她想，必定是宝玉恼我要去舅舅、舅妈面前告状，但我何尝告状了，也不打听打听，就恼我到这种地步。黛玉虽然在共读《西厢记》时说，你欺负了我，我告诉舅舅、舅妈去，但她不会真的去告状。黛玉气的是，宝玉本应该心里有数，不应该恼她，不叫丫鬟开门。黛玉恼宝玉是一时之恼，仅仅是恼宝玉本人，并没有怀疑宝玉和宝钗怎么样。

这个误会就是黛玉这位大才诗人写《葬花吟》的主要原因，也是她对生存环境放大的体验，因为黛玉的天空其实就是爱情的天空：和宝玉进行一次愉快交谈，她的天空就会艳阳高照；和宝玉闹了一次误会，她的天空马上就会阴云密布。黛玉因为晴雯不开门，越想越悲伤，也不管花径风寒，苍苔露冷，一个人站在墙角花阴之下，悲悲戚戚地呜咽起来。

黛玉一哭，附近柳枝、花朵上的宿鸟栖鸦都飞起来远远避开。鸟儿也懂得她的感情。曹雪芹接着写了一个对句："花魂默默无情绪，鸟梦痴痴何处惊。"又写了一首诗："颦儿才貌世应希，独抱幽芳出绣闺；呜咽一声犹未了，落花满地鸟惊飞。"作为七言绝句，这首诗的成就不算太高。我把这首七绝叫《花阴花魂诗》，它和《葬花吟》有着密切的联系。它描写了花儿、鸟儿不忍心听黛玉呜咽，鸟儿飞起来躲避，这其实就是化用前人的典故"沉鱼落雁，闭月羞花"，写黛玉的魅力。曹雪芹对《红楼梦》中任何一个女性人物，都没有像对林黛玉这样，用过如此诗情画意的笔墨，这说明了他对黛玉的钟爱。而且，曹雪芹点出黛玉是"花魂"，花的灵魂，或者说灵魂如花，这是对黛玉个性的概括。

宝钗扑蝶——最有心计的行为艺术

—— 第二十七回　滴翠亭杨妃戏彩蝶　埋香冢飞燕泣残红（上）

　　中国古代美人体形分两种："环肥"和"燕瘦"。唐代杨贵妃体型丰满，谓之"环肥"；汉代赵飞燕体态轻盈，谓之"燕瘦"。曹雪芹用杨贵妃代指宝钗，用赵飞燕代指黛玉，不过，曹雪芹也仅只是借用了杨玉环和赵飞燕的形体特点，与她们的处世为人没有关系。宝钗扑蝶和黛玉葬花都发生在第二十七回。我把宝钗扑蝶称为《红楼梦》里最有心计的行为艺术，把黛玉葬花称为《红楼梦》里最有诗情画意的行为艺术。宝钗扑蝶是理性少女的随机应变，黛玉葬花是诗性少女的心灵独白。两个情节放在同一个回目中，对比鲜明，意味深长。

　　第二十六回结尾，黛玉站在花阴下悲泣，听到怡红院院门开了，只见宝钗先出来，接着宝玉、袭人一群人送了出来。黛玉想上去问宝玉，又怕当着众人羞了他不好。黛玉非常体贴宝玉，想替他维护形象，自己受了委屈并不去责问。等他们送走宝钗，关了门，她还要对着门又掉几滴眼泪。回到潇湘馆之后，黛玉倚着床栏杆，两手抱膝，眼里含泪，木雕泥塑一般，直坐到二更多天。

　　我上大学时，最喜欢这个章节。黛玉回到潇湘馆后的一段描写，把一个有很强的自尊心又受到伤害的少女的内心淋漓尽致地展现了出来。丫鬟们知道她平时好端端的都会哭，之前倒还劝过很多次，现在大家都习惯了，都不去管她，自己睡觉去了。

黛玉睡得很晚，第二天就起晚了。第二天是四月二十六日，芒种节，要祭饯花神。

有不止一位红学家为"祭饯花神"去查各种类书[1]和古代岁时风俗类书籍，都没有查到饯别花神这一风俗的记载，看来是曹雪芹的发明创造。他的意图是不是写现在大观园繁花似锦，秋风一起，百花凋零，美丽的群钗现在聚集在大观园，将来会风流云散，像群芳落尽，而敏感多情的林黛玉首当其冲，所以她要葬花？

芒种节的大观园花红柳绿，香风飘拂。很多人穿得花枝招展，花园里面绣带飘飘。这么多人在这里展示自己烂漫的青春，园子本来的主人贾元春呢？一个人孤零零地待在宫廷里，为了家族荣耀，付出终生寂寞的代价。迎春说，林妹妹怎么没来，还在睡懒觉吗？宝钗说，我去把她闹了来。宝钗到潇湘馆去，看到宝玉先进去了，她想，宝黛从小一处长大，两人之间多有不避嫌疑之处，嘲笑喜怒无常，况且黛玉素喜猜忌，好弄小性儿。如果这时我也跟进去，一则宝玉不便，二则黛玉嫌疑，还是回来的好。

此前黛玉看到宝钗进怡红院，并没有考虑别的事，也想跟进去，这说明黛玉襟怀坦荡，心思比较简单；宝钗心里却藏了个小九九，琢磨着不要妨碍别人，更不要伤害自己。宝钗似乎很懂事，但她是

---

1 类书：一种旧式辞典，系从各种书籍中采辑资料，然后按其性质内容分类编排，以便查寻资料用的工具书，如《艺文类聚》《太平御览》《永乐大典》《古今图书集成》等。由于有些类书征引许多现已佚失的古籍，故对于辑佚考证古籍有很大的帮助。——编者注

不是对宝黛这样不避嫌疑，有点儿不以为然？

宝钗扑蝶，听到"奸淫狗盗"事

宝钗忽然看到前面有一双玉色蝴蝶，迎风翩跹，十分有趣。宝钗毕竟只是个十五岁的少女，有少女情怀，看到这么好看的蝴蝶，就想扑了来玩。她从袖子里拿出一把扇子。宝钗扑蝶的场景很多画家画过，但有的画家没看懂《红楼梦》里的描写，画中宝钗执着圆圆的团扇。实际上，《红楼梦》里写的扇子是折扇，平时折在一块儿，方便放在袖子里。蝴蝶忽起忽落，来来往往，穿花度柳，将欲过河去，引得宝钗一直跟着蝴蝶到了滴翠亭。她追蝴蝶追得香汗淋漓，娇喘细细，不想扑了，想擦擦汗，休息休息。在美丽的大自然面前，宝钗终于摘下道学面具，显示出妙龄少女的天性，很难得。

在《红楼梦》里，这是宝钗最活泼可爱的瞬间。

但，只要和人接触，宝钗就要动心机。

宝钗追到滴翠亭，听到里面有人说话。谁在说话？小红和坠儿。滴翠亭四面是游廊曲桥，亭子盖在池子当中，周围是糊纸的窗格子，所以里面看不到外面，外面也看不到里面。宝钗在亭外听到里面有人说话，便停住脚往里细听。我的红学好友朱淡文教授曾如此形容：大家闺秀，人前端庄，人后不妨偷听。

宝钗听到里面有人说："你瞧瞧这手帕子，果然是你丢的那块，你就拿着；要不是，就还芸二爷去。"这里出现了人名，芸二爷，即贾芸。又一个人说："可不是我那块！拿来给我罢。"又听第一个人说："你拿什么谢我呢？难道白寻了来不成。"第二个人回答："我既许了谢你，自然不哄你。"拿了手帕来的又说："我寻了来给你，自然谢我；但只是拣的人，你就不拿什么谢他？"丢手帕的人说："你别胡说。他是个爷们家，拣了我们的东西，自然该还的。我拿什么谢他呢？"拿来手帕的又说："你不谢他，我怎么回他呢？况且他再三再四的和我说了，若没谢的，不许我给你呢。"过了半晌，丢手帕的人说："也罢，拿我这个给他，算谢他的罢。"曹雪芹写得很巧妙，丢手帕的人拿了一个什么东西给贾芸，没写。很多红学家推测，她给的是一支挽头发的簪子，或是又给了一方手帕。既然曹雪芹没写，我们就不要猜测了。看来，拿出谢礼的人知道这不是光明正大的事，赶忙嘱咐："你要告诉别人呢？须说个誓来。"送手帕的说："我要告诉一个人，就长一个疔，日后不得好死！"丢手帕的又说："嗳呀！咱们只顾说话，看有人来悄悄在外头听见。不如把这槅子都推开了，便是有人见咱们在这里，他们只当我们说顽话呢。若走到跟前，咱们也看的见，就别说了。"

说话的人知道自己说的话见不得人，这个聪明的女孩正是小红。给她拿来手帕的，就是跟贾芸谈过话的小丫鬟坠儿。宝钗在外面一听，马上心里吃惊，想："怪道从古至今那些奸淫狗盗的人，心机都不错。"宝钗如何能够判断在滴翠亭发生了按照封建道德来说是奸淫狗盗的事呢？因为她听得明白，女孩丢了手帕，被"芸二爷"捡了回来，丢手帕的女孩又回送礼物，这不是男女之间私相授受吗？宝钗当然不会知道贾芸还回来的手帕不是小红的，而是他自己的。这是一男一女借丢手帕、寻手帕交换定情信物呢。

宝钗金蝉脱壳，卸罪于黛玉

宝钗想，滴翠亭里边的人如果推开窗子，看到我在这儿，她们岂不害臊？听刚才说话的声音，很像宝玉房里的红儿。"他素昔眼空心大，是个头等刁钻古怪东西。今儿我听了他的短儿，一时人急造反，狗急跳墙，不但生事，而且我还没趣。如今便赶着躲了，料也躲不及，少不得要使个'金蝉脱壳'的法子。"

宝玉不认识自己这个做粗活的小丫鬟小红，宝钗却仅仅从说话的声音就能判断出是宝玉的哪个丫鬟，而且还知道她的为人。这说明什么？说明宝钗非常关注怡红院，不仅心思绵密地和袭人交朋友，还认真观察怡红院的其他丫头，包括粗使丫头。如果宝钗对宝玉没什么想法，表弟屋里做粗活的小丫鬟是什么脾性，关你这个表姐什么事？有研究者说，宝钗能听出是小红且知道她的为人，不过说明宝钗为人细心，但这未免也太"细心"了吧？《红楼梦》里最心细的人物是林黛玉，怎么现在又成了薛宝钗？

宝钗善于保护自己。怎样金蝉脱壳呢？她本能地选择让黛玉做她的替罪羊。

宝钗犹未想完，只听"咯吱"一声，滴翠亭的窗户开了。宝钗便故意放重脚步，笑着叫道："颦儿，我看你往那里藏！"一边说，一边故意往前赶。

在这么尴尬的情况下，宝钗如果想找个替罪羊洗清自己的嫌疑，完全可以喊"宝玉""二丫头""探丫头""四丫头"，但她连想都没想，下意识就喊出了黛玉的爱称"颦儿"。这说明宝钗对和谁亲和谁疏，分得很清楚，宝玉是心爱的表弟，迎春、探春、惜春是两姨姐妹，黛玉和她没有任何亲戚关系，且是争夺宝玉的强有力对手。尽管宝钗平时对黛玉亲热、友好，但她骨子里对黛玉已有对立情绪。当她需要伤害什么人时，黛玉成了首选。早期红学家点评宝钗卸罪于黛玉，说："虽有急解，实有成心。"意思是，虽然是急中生智，但她心里早就对黛玉有不满。

美丽的宝姑娘真是个天才演员，她不仅要卸罪于黛玉，还要把黛玉在这儿偷听的谎言一步一步坐实。她故意放重脚步，叫里面的人听到有人来了，而且是从远处赶过来的。宝钗这么做，是想表明：你们在滴翠亭里说话，我一句也没听到。她故意笑着喊，就是叫里面的人知道，我在远处玩得有多开心。她喊黛玉时故意不喊"林姑娘"，而是喊"颦儿"，因为"颦儿"是贵族小姐间对黛玉的爱称，"林姑娘"是丫鬟的喊法。坠儿说："何曾见林姑娘了。"接着宝钗故意说："我才在河那边看着林姑娘在这里蹲着弄水儿的。"什么意思？你们在里面说话，林黛玉在亭子旁边玩水，将你们说的话听得一清二楚。"我要悄悄的唬他一跳，还没有走到跟前，他倒看见我了，朝东一绕就不见了。别是藏在这里头了。"宝钗还故意进滴翠亭里搜了一遍，说，"一定是又钻在山子洞里去了。遇见蛇，咬一口也罢了。"

宝姑娘太不简单了，如果是单纯为了摆脱自己偷听的嫌疑，有必要把黛玉在亭前弄水编得这么有鼻子有眼吗？这明显带有诬陷的性质。为什么这么说？看看小红的反应就知道了。小红相信了这番话，她认为，我们在这儿说话，宝姑娘听了倒没什么，林姑娘听了反而有问题。因为林姑娘喜欢刻薄人。这样一来，和黛玉毫不相干的小红就和黛玉结怨了，这是宝钗造成的。宝钗为了自己金蝉脱壳，将毫不知情、毫无过错的黛玉推进了陷阱。前辈红学家张新之点评宝钗说黛玉给蛇咬一口之句，曰："卿卿即蛇，终必被咬。"

对宝钗扑蝶如何解读，红学家们众说纷纭，有的红学家认为不必作深度解读，宝钗并没有嫁祸给黛玉。我是写小说的，小说如何刻画人物？就是从极为琐细的地方，特别是用词。我认为，当需要损人利己时，宝钗做得十分到位，相当老辣。曹雪芹的如椽之笔有倾向性，他在描写薛宝钗这次的行为时，接连用了几个"故意"："故意放重了脚步""故意往前赶""故意进去寻了一寻"。如此多的"故意"，显然不是无意、无心，足以说明人前正大堂皇的宝钗，人后也可以为了一己私利编造谎言。

我们还可以参看后面金钏儿之死一事上宝钗的表现，进一步说明了薛宝钗可以为了一己利益而颠倒黑白、指鹿为马。

从宝钗扑蝶过渡到黛玉葬花，顺带交代了两件日常琐事，但都是比较重要的日常琐事，一件是小红调整岗位，一件是宝玉和探春兄妹俩说悄悄话。

小红露脸，"跳槽"成功

我们先来看看小红是怎么样调岗的。凤姐是大权在握的管家婆，曹雪芹没有描写她在大观园如何欣赏花红柳绿的美景，似乎叫凤姐进大观园就是为了小红。凤姐平时总是前呼后拥的一大帮人跟着，为什么偏偏这时候身边没人？那是曹雪芹在给小红创造机会。

小红从滴翠亭出来，就若无其事地和香菱、司棋等玩笑。凤姐站在山坡上招手叫她，小红赶紧跑到凤姐跟前，问，奶奶打算使唤我去做什么？凤姐打量了她一下，看她生得干净俏丽，说话知趣，就说："我的丫头今儿没跟进来。我这会子想起一件事来，要使唤个人出去，可不知你能干不能干，说的齐全不齐全？"小红说："奶奶有什么话，只管吩咐我说去。若说的不齐全，误了奶奶的事，凭奶奶责罚就是了。"回答得自信又简便。凤姐问，你是谁房里的？我使唤你出去，如果你主子问起来，我好替你答应。小红说，我是宝二爷房里的。凤姐说："嗳哟！你原来是宝玉房里的，怪道呢。"什么意思？宝玉房里的丫头都是经过凤姐亲自下令挑选的，个个聪明、可爱、模样周正，因为服侍的是贾母最喜爱的孙子。凤姐吩咐小红去给她传话，外加拿一个荷包。

　　小红回来的时候，凤姐不在原处了。小红问附近的探春，看见二奶奶没有？探春告诉她说，你到大奶奶院里找去。小红在去稻香村的路上，又遇到了晴雯、碧痕一帮人。这是曹雪芹故意叫她遇到的。晴雯一见她，就训她说："你只是疯罢！院子里花儿也不浇，雀儿也不喂，茶炉子也不燃，就在外头逛。"小红说："昨儿二爷说了，今儿不用浇花，过一日浇一回罢。我喂雀儿的时侯，姐姐还睡觉呢。"碧痕说："茶炉了呢？"小红说，今儿不该我当班！她的嘴叭叭儿的，大丫鬟问一句她顶一句。大丫鬟责备她种种的不是，她一一据理反驳。小红虽然只是个粗使小丫鬟，但也不是可以随便欺负的。绮霰说："你听听他的嘴！你们别说了，让他逛去罢。"小红说："你们再问问我逛了没有。二奶奶使唤我说话取东西的。"说着把凤姐的荷包举给她们看，这帮大丫鬟才不吭声了。怡红院里再能的丫鬟，敢得罪凤姐吗？不敢，但晴雯还是得说一句："怪道呢！原来爬上高枝儿去了，把我们不放在眼里。不知说了一句话半句话，名儿姓儿知道了不曾呢，就把他兴的这样！这一遭半遭儿的算不得什么，过了后儿还得听呵！有本事从今儿出了这园子，长长远远的在高枝儿上才算得。"晴雯挖苦她：你不过是替琏二奶奶拿了次荷包，就以为自己爬上高枝了？晴雯当然没想到，小红的智力和情商，特别是情商，一点儿不比她晴雯差。小红真的要爬上高枝了。

　　小红听了晴雯的话，也不去分辩，因为没法分辩，她会不会爬上高枝，她自己并不知道。她如果反驳，又得挨晴雯她们一顿臭骂。她找到李纨那儿，把荷包递上，汇报平儿叫她捎带的话："平姐姐教我回奶奶：才旺儿进来讨奶奶的示下，好往那家子去的。平姐姐就把那话按着奶奶的主意打发他去了。"凤姐很好奇，说："他怎么按我的主意打发去了？"小红下面回答的一段话，很多人都绕不明白。曹雪芹故意编出来一段像绕口令一样的话，就是为了说明小红的口才如何伶俐，心思如何缜密。这番话是这样说的："平姐姐：我们奶奶问这里奶奶好。原是我们二爷不在家，虽然迟了两天，只管请奶奶放心。等五奶奶好些，我们奶奶还会了五奶奶来瞧奶奶呢。五奶奶前儿打发了人来说，舅奶奶带了信来了，问奶奶好，还要和这里的姑奶奶寻两丸延年神验万全丹。若有了，奶奶打发人来，只管送在我们奶奶这里。明儿有人去，就顺路给那边舅奶奶带去的。"

"我们奶奶""这里奶奶""五奶奶""舅奶奶""姑奶奶"，四五门子的"奶奶"，小红一口气说完，连药名都不错。这小丫头果然如此了得？这是曹雪芹专门为她设计的。曹雪芹非常有文字才能，编出这段绕口令，就是为了塑造一个聪明、机敏、口才过人的小红，让她到同样聪明、机敏、口才过人的凤姐跟前大显身手。

首先反应过来的不是凤姐，而是一旁的李纨："嗳哟哟！这些话我就不懂了。什么'奶奶''爷爷'的一大堆。"凤姐说："怨不得你不懂，这是四五门子的话呢。"接着凤姐表扬了小红一番，夸她说话齐全，不像别人扭扭捏捏的，像蚊子一样。凤姐说，先前平儿说话也是拿腔作调，哼哼唧唧，急得我直冒火，说了她几次才好些。这丫头说话虽不多，口气却很干练。小红很符合凤姐崇尚的说话一针见血、以一当十的特点，所以凤姐欣赏这个丫头。她对小红说："你明儿服侍我去罢。我认你作女儿，我一调理，你就出息了。"能被王熙凤认作女儿，岂不是一步登天？但小红"扑哧"一笑，拒绝了。凤姐说，你笑什么？你以为我年轻，比你大不了几岁，就想着做你的妈？你别做梦了！你去打听打听，多少人比你大得多的，上赶着叫我妈，我还不理呢。小红说，我不是笑这个，我是笑奶奶认错辈了。我妈是奶奶的女儿。

凤姐问，谁是你妈？李纨告诉她，小红是林之孝的女儿。小红是大管家林之孝的女儿这件事，此时才交代出来。凤姐很诧异："林之孝两口子都是锥子扎不出一声儿来的。我成日家说，他们倒是配就了的一对夫妻，一个天聋，一个地哑。那里承望养出这么个伶俐丫头来。"形容得太妙了！凤姐又问小红，你多大了？叫什么名字？小红回答说，我十七了，原来叫红玉，因为重了宝二爷的名，如今叫红儿了。

小红是大管家林之孝的女儿，晴雯等大丫鬟居然排挤她，这就成了晴雯招祸之媒。此后晴雯在抄检大观园时率先受到王夫人打击，跟林之孝夫妇这两位奴仆阶层的"掌权者"未必没有关系。

凤姐说，明天我和宝玉说，叫他再找人，你跟着我去吧，也不知你愿意不愿意？小红特别会说话，她说："愿意不愿意，我们也不敢说。只是跟着奶奶，我们也学些眉眼高低，出入上下，大小的事也得见识见识。"小红心里一百个愿意，却不能明白地说出来。如此这般回话，既委婉表示了自己愿意，也不得罪宝玉，还顺道奉承了凤姐，简直可以被语言学教授当善于辞令的范例去讲。小红为什么不敢说？既因为宝玉待她不错，更因为小红没有权利决定自己的命运，但她愿意跟着凤姐，因为跟着凤姐必定有出头的机会。这下子，小红终于"跳槽"成功了。

关于小红跟王熙凤的这段对话，庚辰本有两段重要的评语：

奸邪婢岂是怡红应答者，故即逐之。前良儿，后坠儿，便是确证。作者又不得可也。己卯冬夜。

此系未见"抄没""狱神庙"诸事，故有是批。丁亥夏。畸
笏叟。

这两条评语，后一条直接署名畸笏叟，前一条可能是脂砚斋写
的。后一条是纠正前一条的。脂砚斋称小红是"奸邪婢"，曹雪芹有
意将她逐出怡红院。畸笏叟说，这是因为没有看到后文贾府被抄后
小红和贾芸到狱神庙慰问宝玉的情节，才有如此误会。坠儿因为偷
虾须镯被晴雯轰出怡红院，良儿则因为偷玉被逐出怡红院，都只在
现存稿子第五十二回的闲谈中提到。良儿偷玉的具体情节应该是曹
雪芹在某次增删时所写。畸笏叟的评语对我们了解曹雪芹后三十回
的内容有重要作用。

小红"跳槽"成功，此后，她跟贾芸的故事是如何往下发展的，
他俩又是如何在宝玉蒙难时帮助他的，因为曹雪芹写的后三十回遗
失无考，现代读者已经看不到了，太可惜了。

黛玉葬花是绛珠仙子的人格宣言

——第二十七回　滴翠亭杨妃戏彩蝶　埋香冢飞燕泣残红（下）

　　王熙凤要把小红调到自己身边，如果接着写王熙凤是如何马上落实的，岂不是太笨了些？曹雪芹采取了他擅长的截断法，小红刚刚表达完她愿意追随王熙凤的意愿，王夫人的丫鬟就来请王熙凤。该写的都写了，就不必再画蛇添足，截得多么巧妙！小红依旧回怡红院，估计会继续在大丫鬟们面前忍气吞声，却不会再主动搭讪贾宝玉了。

　　曹雪芹从宝钗扑蝶引出小红"跳槽"，现在要集中写宝玉和黛玉的感情纠葛了。作为虚构的小说人物，却以一首《葬花吟》与李清照、蔡文姬文名并肩的林黛玉，要发出她的人格宣言了。

日常琐事埋藏重要线索

　　因为吃了晴雯的闭门羹，林黛玉晚上失眠，早上起晚了，怕大家说她懒，赶忙梳洗了准备出门。她刚来到院子里，就看到宝玉也来了。宝玉进门就赔不是："好妹妹，你昨儿可告我了不曾？教我悬了一夜心。"贾宝玉明知他说出"同鸳帐"的混话，林黛玉当时会恼他，但不会真恼他，更不会一直恼他，但他不能不把昨天得罪林妹妹的话拿来做两人见面的开场白。他说担心林妹妹告他，悬了一夜的心，这不是真话，而是做悔恨状逗林妹妹玩，其实他早就放下了心。如果林妹妹真告了他，那他从薛蟠宴会上回来后，贾政早就把他的屁股打肿了。

黛玉不理他，回头跟紫鹃说："把屋子收拾了，撂下一扇纱屉；看那大燕子回来，把帘子放下来，拿狮子倚住；烧了香就把炉罩上。"这位千金小姐，生活在竹子旁边，自己也像绿竹一样正直飘逸。她的日常生活都干些什么？除了读书、写诗，还要关心屋檐下的燕子。潇湘馆不是有竹帘纱窗吗？燕子在潇湘馆屋檐下做窝，需要飞出去觅食，黛玉叫紫鹃把帘子卷起来，把纱窗拆下一扇，便于燕子飞出飞进，等燕子飞回来，再把纱窗安上，把帘子放下，用石狮子倚住。房间要烧香，保持清洁。这些日常的活儿，估计紫鹃不用等黛玉吩咐都会做好，黛玉却要来一番多余的嘱咐，为什么？她在故意无视宝玉。

宝玉还以为黛玉仍在为自己昨天那句混话生气，哪里知道晚间黛玉吃闭门羹的事，仍是一个劲儿地打恭作揖。黛玉正眼也不看宝玉，去找别的姐姐妹妹了。宝玉看眼前的情形，不像是为昨天的事，但又想不起还在什么地方得罪了林妹妹。他想问清楚，便像个跟屁虫一样跟着她。黛玉在前边走，宝玉"由不得随后追了来"，"由不得"三字多妙啊！没想到探春把他叫住了。

曹雪芹再次巧妙地采用了截断法。如果贾宝玉能追上林黛玉且问明昨晚的事，两个人冰释前嫌，那还会有《葬花吟》吗？宝玉和黛玉的感情纠葛岂是那么容易写的？所以，必须让探春出来把宝玉截住，叫林黛玉安心葬花去。脂砚斋有这样的评语：

《石头记》用截法、岔法、突然法、伏线法、由近渐远法、将繁改简法、重作轻抹法、虚敲实应法，种种诸法，总在人意料之外，且不曾见一丝牵强，所谓"信手拈来无不是"是也。己卯冬夜。

脂砚斋提的各种"法"，是中国古典小说评论中用到的词语，也是《红楼梦》能够做到好看、耐看的法宝。在撰文时使用这种种的小说艺术手法，就使得小说不那么平铺直叙，不那么一览无余，而变得曲折回环、引人入胜、韵味无穷。

宝玉、探春兄妹情深，他们见面有许多话说，用探春来对宝玉、黛玉之间的事横云截岭，好极妙极。探春先问宝哥哥好，显见她有体己话要对宝玉说，于是两人离开众人，另移一处说话。两人长篇大套地说了一堆话，主要提到两件事：一件是探春托宝玉替自己买点儿市面上的好玩意儿；一件是之前探春给宝玉做了双鞋，惹了赵姨娘不高兴。两件事都牵扯到总爱挑事找碴儿的赵姨娘。

探春是庶出小姐，她为人处世的准则就是只认得老爷和太太。赵姨娘埋怨探春拿钱给宝玉用，她不知道那些钱是探春托宝玉买东西用的，认为探春应该把钱给同胞弟弟贾环才对。而且，探春还给宝玉做鞋，那为什么不给贾环做鞋？探春说，我愿意和哪个兄弟姐妹好，就和哪个兄弟姐妹好，难道做鞋是我该做的？贾环每个月都有份例拿，还有一屋子的丫鬟、老婆子伺候着，要是真的缺鞋穿，该找这些人做鞋才是，我没有义务给他做鞋。探春说赵姨娘"忒昏愦的不像了"。为什么她要这么说自己的生母？因为她认为赵姨娘满脑子都是些阴微鄙贱的见识。赵姨娘总跟她强调，你是我生的，和贾环是亲姐弟，你应该多向着贾环。这岂不是强调探春出身不够高贵？这显然伤害到了探春这位千金小姐的自尊心。探春表示她只认老爷和太太，别人不管。探春如此轻视自己的生母，在现代人看来，是不是有点儿势利眼？但在那个社会，作为贵族家庭的小姐，她必须这样做，必须维护自己作为主子的尊严，这就要求她远离身份低贱的人，包括自己的生母。所以曹雪芹才说她"才自精明"。《蔡义江新评红楼梦》这样评价探春："探春的宗法等级观念特深固，她之所以对生母如此轻蔑、厌恶、无情，除赵氏本身非善良之辈外，一个处于婢妾地位的人，竟敢逾越界线，冒犯她作为主子的尊严，也是重要原因。她只认老爷、太太两个人就能说明问题。这在今天，大可非议，在当时，却很占理。"

宝玉是赵姨娘和贾环总想置于死地的对头，探春和他这么要好，赵姨娘心里能平衡吗？她总要在探春跟前嘟嘟囔囔。插上这一段，不是可有可无的琐事，它描写出了大家庭里的嫡庶矛盾，以及处于庶出地位的有见识的女孩怎样为人处世。

探春给宝玉做鞋一事，写出了赵姨娘的"阴微鄙贱"，写出了探春的"才自精明"，也顺手写出了贾政的古板和宝玉的机警。贾政看到宝玉的鞋特别精致纤巧，心里不喜欢，问宝玉是谁给的，宝玉哪敢提"三妹妹"，就撒谎说是过生日时舅母给的。贾政仍然要说："何苦来！虚耗人力，作践绫罗，作这样的东西。"宝玉把这话告诉了袭人，袭人再引出赵姨娘的不忿，叙事如同贯珠，一个接一个，都是鸡毛蒜皮，又都涉及人物性格和人与人之间的复杂关系。

自从黛玉进府之后，《红楼梦》第一次借宝玉和探春闲谈来描写这位贾府三小姐，短短一段，如"颊上三毛"，把探春的"才自精明志自高"刻画了出来。

人格象征、命运诗谶——《葬花吟》

宝玉和探春的交谈也得有人来截断，谁？薛宝钗。"正说着，只见宝钗那边笑道：'说完了，来罢。显见的是哥哥妹妹了，丢下别人，且说梯己去。我们听一句儿就使不得了！'说着，探春、宝玉二人方笑着来了。"宝钗的话说得亲切合理，这样截断宝玉和探春的交谈适时且巧妙。倘若宝玉和探春一直聊下去，宝玉如何能听到黛玉的《葬花吟》？宝玉和探春聊天的时间恰好留给黛玉扫花，将花收进花囊，人情小说的安排，像侦探小说一样逻辑严密。

宝玉看到地上有很多落花，他心想，林妹妹生气了，连落花都不管了，不如我兜了送去，明天再问她。宝玉把落花兜了起来，过树穿花，登山渡水，来到和黛玉葬桃花的地方。宝玉若不见落花，如何会来到他和黛玉葬花的花冢？他不到花冢，如何能听到林黛玉的《葬花吟》？小说家无闲文，无闲字，一步一步娓娓道来，合情合理，渐近主题。

宝玉就要到花冢时，听到山坡那边有呜咽之声，哭得很伤心。宝玉想，这是哪一房的丫头，受了委屈，跑到这儿来哭？便煞住脚步，听到那人一边哭，一边念的是：

> 花谢花飞花满天，红消香断有谁怜？
> 游丝软系飘春榭，落絮轻沾扑绣帘。
> 闺中女儿惜春暮，愁绪满怀无释处，
> 手把花锄出绣闺，忍踏落花来复去。
> 柳丝榆荚自芳菲，不管桃飘与李飞。
> 桃李明年能再发，明年闺中知有谁？

三月香巢已垒成，梁间燕子太无情！

明年花发虽可啄，却不道人去梁空巢也倾。

一年三百六十日，风刀霜剑严相逼，

明媚鲜妍能几时，一朝飘泊难寻觅。

花开易见落难寻，阶前闷杀葬花人，

独倚花锄泪暗洒，洒上空枝见血痕。

杜鹃无语正黄昏，荷锄归去掩重门。

青灯照壁人初睡，冷雨敲窗被未温。

怪奴底事倍伤神，半为怜春半恼春：

怜春忽至恼忽去，至又无言去不闻。

昨宵庭外悲歌发，知是花魂与鸟魂？

花魂鸟魂总难留，鸟自无言花自羞。

愿奴胁下生双翼，随花飞到天尽头。

天尽头，何处有香丘？

未若锦囊收艳骨，一抔净土掩风流。

质本洁来还洁去，强于污淖陷渠沟。

尔今死去侬收葬，未卜侬身何日丧？

侬今葬花人笑痴，他年葬侬知是谁？

试看春残花渐落，便是红颜老死时。

一朝春尽红颜老，花落人亡两不知！

这是《红楼梦》里的著名诗歌，作者是林黛玉，题目为《葬花吟》。

《葬花吟》表面上写的是在风霜的摧残下，花憔悴了，花枯萎了，实际上写的是黛玉这个才华卓绝的孤苦少女，对社会、对环境，以及对自身命运的感受。

"花谢花飞花满天，红消香断有谁怜？"花飞了，花谢了，美丽的生命消逝了，有谁会怜惜？

"柳丝榆荚自芳菲，不管桃飘与李飞。"柳丝从鹅黄初染，到随风飘拂，越长越大，榆树也都结荚了。它们都在旺盛地生长。但是李花落了，桃花落了，却无人去管。这是对世态炎凉，人与人之间关系冷漠的叹息。

"一年三百六十日，风刀霜剑严相逼，明媚鲜妍能几时，一朝飘泊难寻觅。"风刀霜剑逼的是鲜花吗？逼的是像鲜花一样美丽，又像鲜花一样脆弱的黛玉。

"愿奴胁下生双翼，随花飞到天尽头。天尽头，何处有香丘？未若锦囊收艳骨，一抔净土掩风流。质本洁来还洁去，强于污淖陷渠沟。"这是黛玉宁为玉碎、不为瓦全的人格表现。她和屈原一样，宁可投江，也不与世俗同流合污。她渴望婚姻自由，但绝不低头向掌握命运的人（比如说王夫人）谄媚。黛玉也从没有阿谀过最亲的外祖母。她从落花想到自己的身世，想到自己像花一样纯洁，但是自己所处的环境，像污泥一样的肮脏，花谢了就会掉到污泥里面，葬花就是葬自己。

黛玉葬花之前，在她身上有没有发生过对她来说算是迫害的事？没有。她只不过是和宝玉吵架了，只不过是晴雯没给她开门。但是黛玉对环境非常敏感，她似乎有先见之明。远的不说，就在黛玉葬花之前发生的宝钗扑蝶，这是黛玉永远不可能知道的事，但其本质就是对黛玉的诬陷。扑蝶的人巧妙地陷害了葬花的人。所以风刀霜剑的表现之一，宝钗扑蝶也应该能算得上。

《葬花吟》既是黛玉的人格象征，同时还是黛玉的诗谶，预示了黛玉之死。

我曾经仔细考证过曹雪芹同时代宗室诗人明义写的《题红楼梦》二十首，并在论文中提出，曹雪芹写过早期作品《风月宝鉴》，也写过早期版本的《红楼梦》，重点写的都是大观园的故事。这个大观园的故事预示了贾府的败落和黛玉之死，曹雪芹把这两本书合起来，最后写成《石头记》，交给脂砚斋抄阅加评。脂砚斋看的是《石头记》，没有看过早期版本的《红楼梦》。这是我在红学界提出来的观点，大家可以讨论。

　　明义《题红楼梦》第十八首是这样写的：

　　　　伤心一首葬花词，似谶成真自不知。
　　　　安得返魂香一缕，起卿沉痼续红丝？

　　这首诗的意思是，黛玉的《葬花词》成了她自己生命终结的预告，这是黛玉没有想到的。若能得到一缕还魂香，让黛玉起死回生，那样她和宝玉因为她的死亡而断了的红线就可以接上，有情人终成眷属。

　　这首诗成了我了解曹雪芹如何安排木石姻缘的重要依据。明义想叫黛玉起死回生，以便和宝玉续上红线，而不是系上，那就说明黛玉生前和宝玉已定下婚约，系好了红丝。黛玉死了，宝黛婚姻才中止，宝钗才会嫁给宝玉。黛玉之死绝对不像现在后四十回写的那样富有戏剧性——宝玉失玉疯傻，凤姐搞调包记，宝钗鸠占鹊巢，黛玉焚稿断痴情，在对宝玉的怨恨中死去。黛玉是绛珠仙子到人世还泪，黛玉之死是泪尽而亡，黛玉的眼泪永远为宝玉而流，万苦不怨。黛玉是因为牵挂外出逃亡的宝玉，不顾自己的病体，日夜哭泣，流尽最后一滴眼泪而死的。参考明义的题红诗，再来分析《葬花吟》，就可以发现，《葬花吟》中的部分诗句有暗示意义。如"三月香巢已垒成，梁间燕子太无情！明年花发虽可啄，却不道人去梁空巢也倾"，表面意思是，三月时双栖的爱巢已建成，但梁间那只雄燕子飞走了，明年鲜花重开时，雌燕子已死，香巢倾了，梁空了，雄燕子即使飞回来，也没了爱巢，没了伴侣。暗藏的意思是，三月时，宝黛婚姻经贾母认可，已定下了，也就是说香巢筑成了。孰料不久发生变故，宝玉外出逃亡，像雄燕子一样飞走了。这个变故可能是因为宝玉和蒋玉菡、柳湘莲来往，招来祸端，得罪了王爷，不得不离家避祸。他音讯全无，黛玉日夜悲哭，宝玉回来的时候，黛玉已经死了，她的灵柩也运回了苏州，成了"人去梁空巢也倾""花魂鸟魂总难留""花落人亡两不知"。黛玉的《葬花吟》预示着黛玉未来的命运。

联系第二十六回回末的"花魂默默""鸟梦痴痴"，更易理解明义诗的含意。花、鸟皆是无情物，为什么它们有了"魂"，有了"梦"？因为曹雪芹用花、鸟来比喻人。花魂，是林黛玉的灵魂，宁为玉碎，不为瓦全的灵魂；鸟梦，是宝黛爱情的美梦，也是宝黛爱巢倾覆的噩梦。为什么当贾宝玉进潇湘馆向林黛玉负荆请罪时，林黛玉假装不理他，却细心地嘱咐紫鹃如何照顾梁下燕？为什么明明林黛玉写的是《葬花吟》，诗里边却出现燕子的香巢和"人去梁空巢也倾"？就是因为曹雪芹要用燕栖爱巢来比喻宝黛定亲，就是因为擅长以诗作谶语的曹雪芹要在相当于林黛玉人格宣言的《葬花吟》中预伏她未来的命运，预示她的死亡。

早在20世纪70年代，蔡义江教授就研究过曹雪芹笔下的黛玉之死。他认为黛玉之死与宝玉另娶宝钗无关，前八十回的暗示和明义《题红楼梦》互相印证，可以窥见宝黛爱情悲剧的大致轮廓：宝黛爱情快要结出果实，不料好事多磨，贾府遭变，贾宝玉因为与戏子来往的"不才之事"惹出"丑祸"，离家避祸，音讯全无。黛玉急痛忧忿，日夜悲啼，泪尽而亡。我同意蔡老师的观点，在对明义诗再次认真考证后，于2003年写了三篇论《红楼梦》的长文，总共约七万字。冯其庸先生建议我请蔡义江老师把关，蔡先生读了我的这三篇文章后，写了三页纸的评述。这些文章根据蔡老师的意见修改后，在《红楼梦学刊》发表，收入《从〈聊斋志异〉到〈红楼梦〉》一书。

图书在版编目（CIP）数据

马瑞芳品读红楼梦. 2 / 马瑞芳著. —成都：天地
出版社，2023.5

ISBN 978-7-5455-7483-8

Ⅰ.①马… Ⅱ.①马… Ⅲ.①《红楼梦》研究 Ⅳ.
①I207.411

中国版本图书馆CIP数据核字（2022）第239684号

MA RUIFANG PINDU HONGLOUMENG 2

马瑞芳品读红楼梦 2

出 品 人	陈小雨　杨　政	
作　　者	马瑞芳	
责任编辑	柳　媛　胡文哲	
责任校对	马志侠	
封面设计	尚燕平	
责任印制	王学锋	

出版发行　天地出版社
　　　　　（成都市锦江区三色路238号　邮政编码：610023）
　　　　　（北京市方庄芳群园3区3号　邮政编码：100078）
网　　址　http://www.tiandiph.com
电子邮箱　tianditg@163.com
经　　销　新华文轩出版传媒股份有限公司

印　　刷　玖龙（天津）印刷有限公司
版　　次　2023年5月第1版
印　　次　2023年5月第1次印刷
开　　本　880mm×1230mm　1/32
印　　张　7
插　　页　48P
字　　数　206千字
定　　价　68.00元
书　　号　ISBN 978-7-5455-7483-8

喜马拉雅策划出品

《马瑞芳品读红楼梦》现已全部上线，
欢迎大家扫码收听

课程简介

　　《红楼梦》生动地描绘了一个贵族大家庭的吃喝玩乐、生老病死、喜怒哀乐、婚丧礼祭，细致地描摹了一群贵族男女的诗意享乐、悲欢离合，可以看作一部艺术化的中国古代文化百科全书。

　　《马瑞芳品读红楼梦》是马瑞芳老师在总结数十年的研究成果后，逐回细讲《红楼梦》前八十回的倾心之作。从青丝到白发，她仍愿回到曹雪芹笔下，逐字逐句，和听众一起再历一次红楼大梦，从中品味《红楼梦》的人物情感，挖掘人物的复杂性格和内心世界，探寻家族盛衰荣辱背后的深刻原因，感受文学语言的优美洗练。

　　无论是在忙碌中寻静心，在休闲中寻意趣，在得意处寻惊醒，还是在失意处寻体悟，你都能产生共鸣。

欢迎收听更多精彩有声作品

《马瑞芳讲聊斋志异》
打开鬼狐神妖的奇幻世界

《听见·刘心武·读书与人生感悟》
茅盾文学奖得主刘心武八十自述

《必须犯规的游戏·重启》
危机四伏的逃生游戏再次开启

从吉音到文字，分享人类智慧

天壹文化